# QUAI DE LA PERLE

DU MÊME AUTEUR

*Les Belles de Cocteau* (JC Lattès), document, 1995
*Darjeeling* (JC Lattès), roman, 1996
*Du côté de Pondichéry* (Presses de la Cité), roman, 1999
*Un siècle de femmes*, en collaboration avec Véronique Lesueur (Le Pré aux Clercs), album, 2000
*La Rose des Vents* (Presses de la Cité), roman, 2000
*Une histoire de l'amour*, en collaboration avec Véronique Lesueur (Le Pré aux Clercs), document, 2001
*Le Regard du sphinx* (Presses de la Renaissance), roman, 2002
*Ne disons pas au jour les secrets de la nuit*, en collaboration avec Jean-Paul Gourévitch (Presses de la Renaissance), roman, 2003
*Le Roman de Jeanne* (Le Pré aux Clercs), roman, 2003
*Cap Malabata* (Presses de la Cité), roman, 2003
*Et tout me parle de vous* (Presses de la Cité), roman, 2004
*Mes nuits ne sont pas les vôtres* (Presses de la Cité), roman, 2005
*La Belle et la Bête, les coulisses du tournage* (Le Pré aux Clercs), album, 2005
*Jouez cœur et gagnez* (Presses de la Cité), roman, 2006
*Plaisir d'amour*, en collaboration avec Jean-Paul Gourévitch (Le Pré aux Clercs), album, 2006
*Du côté de Bombay* (Presses de la Cité), roman, 2007
*Les Fous de lumière* I, Hortense (Archipel), roman, 2008
*Les Fous de lumière* II, Gabrielle (Archipel), roman, 2008
*Il nous reste si peu de temps* (Presses de la Cité), roman, 2009
*Jean Cocteau, archéologue de sa nuit* (Textuel), album, 2010
*La Conquérante* (Presses de la Cité), roman, 2010
*Les Nuits du Caire* (Presses de la Cité), roman, 2011
*J'ai cherché celui que mon cœur aime* (Presses de la Cité), roman, 2011
*A l'ombre des amandiers* (Presses de la Cité), roman, 2012
*Crystal Palace* (Presses de la Cité), roman, 2012
*L'Art d'aimer* (Textuel), album, 2012
*Je n'ai rien d'autre à te dire sinon que je t'aime* (Textuel), album, 2013
*Jean Cocteau, archéologue de sa nuit* (Le Rocher), document, 2013
*Jean Cocteau, le magnifique*, en collaboration avec Pascal Fulacher, album, 2013

(suite en fin d'ouvrage)

Dominique Marny

# QUAI DE LA PERLE

Roman

*Terres de France*

PRESSES DE LA CITÉ

ISBN 978-2-258-15151-2
Dépôt légal : mai 2019

Presses de la Cité

un département **place des éditeurs**

place des éditeurs

*Pour ma fille Laure*

*Je crois que la vraie pantomime érotique, dans ce qu'elle a de décisif, ce n'est pas l'étreinte mais la rencontre. A aucun autre moment, le sensuel n'est aussi chargé d'âme et la part d'âme aussi sensuelle que dans la rencontre. Tout est alors possible…*

Hugo von HOFMANNSTHAL

# Première partie

# 1

Par la vitre ouverte de l'automobile, Alice respirait l'odeur de la mer. Sur la route qui reliait Saint-Lunaire à Dinard, il y avait peu de circulation, ce qui la rassurait. Ayant récemment obtenu son permis de conduire, elle n'était pas une championne du volant. Ses vacances lui fourniraient l'occasion de se perfectionner, d'autant que son parrain avait la gentillesse de lui prêter son véhicule. Ce matin, tout lui semblait parfait : les nuages qui s'effilochaient dans un ciel bleu, la brise venue du large, le vol des mouettes. Une sensation de liberté l'envahissait. Etait-ce l'approche de la majorité ? Dans trois semaines, Alice aurait vingt et un ans ! En fredonnant *En douce* de Mistinguett, elle klaxonna avant de doubler une charrette tirée par deux chevaux. Alors qu'elle se rabattait, l'automobile se mit à cahoter. Elle se rangea sur le bas-côté, puis constata qu'un pneu était à plat. La carriole ayant passé son chemin, il ne restait plus qu'à attendre un éventuel secours. Au bout de cinq minutes, une Delage se rapprocha, ralentit et finit par s'arrêter.

— Vous êtes en panne ? demanda la jeune femme qui se tenait à l'arrière.

— Une crevaison.

— Mon chauffeur va vous tirer d'affaire.

Quelques minutes plus tard, l'homme se mettait à l'ouvrage.

— Venez vous asseoir, proposa la passagère à Alice qui prit place sur la banquette.

— Merci... Mais je ne voudrais pas vous retarder.

— Me retarder ! Je n'ai rien d'autre à faire que de rejoindre mon époux au golf.

— Vous séjournez à Dinard ?

— Oui. Vous aussi ?

— J'y passe l'été.

— Nous sommes descendus à l'hôtel Royal. Jusqu'à présent, nous allions à Deauville.

L'inconnue s'exprimait avec un accent d'Europe centrale. Etait-elle hongroise, polonaise ? Coiffée d'un chapeau cloche en paille, habillée d'une robe de shantung grège, elle était élégante. De grands yeux noirs soulignés de khôl illuminaient son visage.

— Je m'appelle Mitza. Et vous ?

— Alice.

Mitza sortit un étui à cigarettes en argent.

— Histoire de patienter...

En fumant, elles continuèrent de deviser. Son interlocutrice rappelait à Alice les femmes qu'elle admirait, celles qui avaient envoyé aux orties leurs corsets, coupé leurs cheveux et décidé de prendre en main leur destin.

Alors que le chauffeur refermait sa boîte à outils, Mitza proposa :

— Pourquoi ne viendriez-vous pas prendre un verre au Royal ? Demain soir. A sept heures.

— Pourquoi pas...

— Retrouvons-nous au bar.

Laissant Saint-Enogat derrière elle, Alice traversa Dinard afin de gagner la Vicomté où les villas rivalisaient de luxe et de confort. Le portail franchi, elle longea une allée sablée et se gara dans la cour. Après avoir salué le jardinier qui binait un massif de fleurs, elle monta les marches du perron puis se dirigea vers le salon où l'accueillit en aboyant un fox à poil dur.

— Scamp ! Tais-toi ! ordonna une voix masculine.

Dans un fauteuil, un jeune homme lisait le journal.

— Comment va notre pilote ? plaisanta-t-il.

— J'aurais pu finir à pied...

Tandis qu'Hervé écoutait sa mésaventure, Alice discerna une lueur de plaisir dans ses yeux. Il adorait ce qui sortait de l'ordinaire.

— Une femme dans une Delage... Qui te porte secours... Telle une bonne fée !

Apprenant qu'un prochain rendez-vous était fixé au bar du Royal, Hervé rappela avec un sourire narquois :

— N'as-tu pas promis à Gilles de l'accompagner chez des amis ?

— J'avais complètement oublié !

— Pauvre type. Il n'aurait jamais dû poser les yeux sur toi.

Gilles était tombé amoureux d'Alice l'année précédente. Sans lui avoir rien promis, elle l'utilisait comme chevalier servant.

— Personne ne l'y a obligé, se défendit-elle. Et il ne semble pas s'en plaindre.

— Il finira comme les autres. Aux oubliettes !

Hervé se leva. En passant devant Alice, il remarqua :

— Tu sens bon ! C'est un nouveau parfum ?

— On ne peut rien te cacher.

Le chien sur ses talons, Alice gagna sa chambre. Son premier geste fut de s'accouder au balcon pour contempler Saint-Malo et le va-et-vient des bateaux qui se dirigeaient vers l'embouchure de la Rance. Depuis l'enfance, elle ne se lassait pas de ce panorama qui, sous le soleil ou la pluie, offrait des transparences et des reflets qu'elle tentait de restituer lorsqu'elle colorait ses papiers. Même si elle était née à Paris, la Bretagne occupait son cœur depuis son premier séjour chez son parrain. Henri et son épouse Geneviève représentaient sa vraie famille. Combien de fois ne l'avaient-ils pas encouragée, protégée, consolée ? Elle leur devait un équilibre qu'elle ne pouvait trouver dans son foyer parisien. Encore moins depuis que son père était revenu du front. L'attente interminable dans les tranchées, l'âpreté des combats et la perte de nombreux camarades l'avaient plongé dans une mélancolie tenace. L'homme affable et affectueux qu'elle avait connu s'était enfermé dans le mutisme. Leur relation se bornait à bonjour, bonsoir, et quelques banalités. Nancy, sa mère, ne faisant rien pour adoucir la situation, l'atmosphère était devenue irrespirable.

La sirène d'un remorqueur sortit Alice de ses pensées. Dans trois quarts d'heure, la cloche annoncerait le déjeuner. Elle profita de cette pause pour répondre à quelques lettres puis se dirigea vers l'armoire afin d'y choisir un cardigan. Le miroir lui renvoya le reflet d'une jeune fille à la silhouette élancée et gracieuse. Retenue par des épingles en écaille, son épaisse chevelure châtain laissait entrevoir un cou de cygne. Hésitant entre le bleu et le vert, la couleur de ses yeux variait selon la luminosité et l'environnement. Aujourd'hui, ils avaient la teinte d'une mer clémente. Elle tourna la tête à droite pour traquer une imperfection ou un bouton, mais rien n'altérait son teint. Alice ne parvenait pas à se trouver séduisante. Trop obnubilée par les illustrations et les photographies des magazines, elle aurait préféré avoir une bouche plus fine, un nez droit plutôt que retroussé. En revanche, elle appréciait ses sourcils bien dessinés et les deux fossettes qui creusaient ses joues lorsqu'elle souriait.

Scamp, qui s'était endormi sur un coin de tapis baigné de soleil, tressaillit en entendant la cloche.

Puis il suivit Alice jusqu'au vestibule où Geneviève déposait un panier rempli des glaïeuls qu'elle venait de cueillir. Passionnée d'horticulture et de botanique, elle passait des heures dans le jardin et, à force de lire des manuels spécialisés, détenait une science des végétaux qui étonnait son époux. Ils s'étaient mariés en 1905. Une union arrangée par leurs familles bretonnes. Celle d'Henri était installée à Lorient depuis des générations. Celle de Geneviève résidait à Rennes. Lors de leur première rencontre, il avait eu l'impression qu'elle sortait de la forêt de Brocéliande. Ce qui l'avait inquiété ! Comment vivre auprès d'une personne aussi éthérée ! Peu de temps lui avait été nécessaire pour comprendre que, derrière une apparente fragilité, se cachait une nature inflexible. Son épouse ne refusait aucun défi. Y compris celui de lui avoir donné un fils après trois fausses couches. Bien que la naissance d'Hervé eût failli lui coûter la vie, elle avait comblé leur couple. Le trio partageait son temps entre Lorient où Henri importait du caoutchouc d'Extrême-Orient et Dinard où il avait fait de judicieux placements immobiliers.

— Ta mère a téléphoné ce matin, annonça Geneviève. Elle va te rappeler.

— Il n'y avait rien d'urgent ?

— Non.

— Papa n'était pas plus mal que d'habitude ?

Attachée à son père, Alice n'était jamais tranquille lorsqu'elle le quittait. Quel réconfort puisait-il dans un tête-à-tête avec sa femme qui ne cachait pas le peu d'intérêt qu'il lui inspirait ?

Durant le déjeuner, Henri et son fils se montrèrent intarissables sur les prochaines régates. Alice adorait la volubilité d'Hervé, ses traits d'humour, la pertinence de ses propos. Depuis l'adolescence, il ne faisait rien comme tout le monde. Ce qui n'arrangeait pas ses parents. Encore moins lorsqu'il leur répétait qu'il serait comédien. Plutôt que de hurler au scandale, ceux-ci priaient pour que l'envie lui passât. Alice savait que c'était peine perdue. Hervé ne pensait qu'à la scène. Combien de fois ne lui avait-elle pas donné la réplique lorsqu'il apprenait des textes pour les fêtes du lycée ou des spectacles de bienfaisance ? Il avait une prédilection pour les pièces de Musset et les rôles de jeune premier qu'elles offraient.

Le repas se terminait quand la sonnerie du téléphone interrompit leur conversation

— Ce doit être maman, dit Alice en se levant.

La voix de l'opératrice s'effaça devant celle de Nancy qui, de son Amérique natale, avait conservé un accent prononcé. Sur un ton sans chaleur, elle prit des nouvelles de sa fille qui s'en tint à de courtes réponses. Il en avait toujours été ainsi. Au plus loin que remontaient les souvenirs, aucun moment de tendresse partagée ne se dessinait. Durant ses jeunes années, Alice avait hérité de gouvernantes chargées de la dresser. Il n'existait pas d'autre terme pour définir l'éducation bornée qu'on lui avait dispensée. Pendant la guerre, elle avait touché le fond de la solitude et de la tristesse. Dans le silence de nuits sans sommeil, elle priait pour qu'il n'arrivât rien à son père. Au creux de son lit, protégée par les draps et les couvertures, elle imaginait son retour. Le choc fut terrible quand il revint et qu'elle comprit combien sa mère aurait préféré le veuvage plutôt que la compagnie d'un homme qu'elle ne reconnaissait pas. Depuis, ils vivaient chacun dans leur monde, ne communiquant que pour le strict nécessaire.

Alice passa l'après-midi dans l'ancienne buanderie qui lui servait d'atelier. A Paris elle suivait des cours pour apprendre la technique du papier peint. Après la visite d'une demeure dont les murs étaient recouverts de panoramiques, elle s'était passionnée pour cette discipline artistique. Grace à des manuels, elle avait répertorié des châteaux et des maisons qui recelaient des décorations murales. Paysages exotiques, sylvestres, bucoliques, antiques, maritimes, il y en avait pour tous les goûts. Le sien allait vers les univers intemporels. Dans ses carnets de croquis, elle accumulait des esquisses dont un petit nombre donnerait naissance à des œuvres. Aujourd'hui, elle se concentra sur les arbres stylisés d'un sous-bois. De son pinceau, elle améliora les nuances de brun et de vert, les trouées de lumière. Cette tâche lui fit perdre la notion du temps. Il en était ainsi quand elle peignait. Lorsque trop d'inquiétude la submergeait, elle ouvrait sa boîte de couleurs et sa gorge se dénouait. A la fin de sa scolarité, Alice avait lutté contre ses parents pour suivre un apprentissage et, à force d'entêtement, obtenu leur assentiment. Depuis deux ans, elle bénéficiait d'une formation à l'Ecole et ateliers d'art décoratif. Réservée au sexe féminin, l'institution existait depuis 1895 et dépendait de l'Union centrale des arts décoratifs. Dirigée par mademoiselle Langrand, elle jouissait d'un tel prestige que professeurs et élèves venaient de quitter les locaux trop exigus du boulevard Malesherbes pour s'installer dans un immeuble proche du Trocadéro.

Jusqu'à la fin de la journée, Alice s'attarda dans sa tour d'ivoire. Son matériel rangé, elle feuilleta un livre offert par Geneviève qui connaissait son intérêt pour les artistes novateurs. Au fil des pages, elle contempla des toiles de Picasso qui évoquaient le cirque, des nus de Modigliani dont le somptueux enterrement avait défrayé la chronique, des portraits de Foujita et de Kisling... Elle aimait leur liberté, leur obstination à briser les carcans. Avant tout le monde, ils avaient senti que la société cherchait de nouveaux repères. Alice, qui avait connu les volutes de la Belle Epoque, constatait le fossé qui séparait l'avant de l'après guerre. Une soif de vie, d'étourdissement, de « temps rattrapé » s'était emparée des gens... Et elle se disait qu'elle avait la chance d'avoir vingt ans, un âge propice aux défis.

# 2

En traversant la plage du Prieuré, Alice sentit la brûlure du soleil sur sa peau mouillée. Avant de rejoindre la cabine où elle avait l'habitude de se changer, elle observa un groupe d'enfants qui coiffaient de coquillages les tours d'une forteresse que la prochaine marée engloutirait. Plus loin, une petite fille faisait ses premiers pas sur le sable. Sa main dans celle de sa nurse, elle tentait de placer un pied devant l'autre avant de se laisser tomber. Il y avait du monde en ce milieu d'après-midi. Parents, adolescents, tous s'adonnaient à la baignade, au jeu de badminton, à la lecture ou aux joies du goûter. Un peu partout, des malles en osier étaient ouvertes, laissant entrevoir thermos, timbales et friandises. On parlait français, mais aussi anglais. D'une année sur l'autre, de nombreux Britanniques ainsi que quelques Américains séjournaient dans la station balnéaire. En 1840, le consul Alpyn Thomson avait donné l'exemple en s'installant dans l'ancien prieuré des Trinitaires sur la rive gauche de la Rance, face à Saint-Malo. Vingt ans plus tard, l'une de ses compatriotes, madame Faber, faisait bâtir la villa Sainte-Catherine au Bec de la Vallée. Au même moment, un couple d'Américains, les Coppinger, confiait à leur architecte la construction d'un manoir. Au fil des décennies, de nouvelles villas avaient été édifiées sur les pointes de la Vicomté, du Moulinet et de la Malouine. Auxquelles s'ajouta un nombre impressionnant d'hôtels et de pensions. A la Belle Epoque, Dinard offrait plusieurs casinos et des installations balnéaires défiant toute concurrence... Avant d'entrer dans la cabine, Alice ôta le bonnet de caoutchouc qui protégeait ses cheveux. Elle se sécha, se rhabilla, puis rentra à pied chez Henri et Geneviève.

Son chevalier servant l'attendait dans le jardin.

— Pardon d'être en retard, s'excusa-t-elle.

— Je t'en prie.

Gilles ne montrait jamais d'agacement. Poli, attentionné, serviable, il avait reçu une éducation parfaite. Son physique correspondait à son mental. Plutôt beau garçon, élégant, il incarnait l'image du gendre idéal. Alice s'était plusieurs fois interrogée sur ce qui pouvait réellement l'intéresser tant il agissait en fonction de ce qui plairait ou choquerait l'entourage. De façon étrange, il avait jeté son dévolu sur elle. Sans l'encourager, elle écoutait ses compliments, ses déclarations amoureuses. Quand il insistait trop, elle le tenait à l'écart pendant quelques jours. Il revenait, comme s'il ne s'était rien passé. Alors qu'ils buvaient une citronnade à l'ombre d'un tilleul, elle essayait de l'imaginer dans ses prochaines fonctions de clerc. Notaires à Bordeaux, son père et son oncle l'avaient engagé dans l'étude familiale. Dès septembre, il y travaillerait.

— Tu ne m'accompagnes pas chez les Lebel ? insista-t-il.

— Je les ai prévenus que j'avais un empêchement.

— J'espérais te faire changer d'avis…

La phrase contraria Alice. Comment pouvait-il penser qu'il l'influencerait ? Certes, ils avaient dansé ensemble, un peu flirté… Rien qui les engageât d'une quelconque façon. D'ailleurs, elle n'était pas pressée de lier son destin à un homme. Le couple que formaient ses parents expliquait sa réticence. Ils s'étaient rencontrés au tout début du siècle lorsque Nancy, fille d'un industriel fortuné, était venue en Europe. Le fameux périple initiatique ! A Paris, elle avait rencontré Raymond. On ne pouvait trouver natures plus opposées. Ce qui n'empêcha pas une attirance réciproque. Alice entrait dans l'adolescence quand son père et sa mère commencèrent à s'éviter. Tandis que Nancy rejoignait des amis au théâtre et à l'Opéra, Raymond restait à lire et à classer sa collection de timbres dans la bibliothèque. La guerre et ses conséquences avaient fini de distendre leurs liens. Alice refusait de vivre cette indifférence à l'autre.

Nourrie de romans, elle voulait être passionnément aimée et désirée.

L'hôtel Royal avait été construit en 1902 sur la plage de l'Ecluse. En ce début de soirée, son hall bruissait d'animation. La plupart des clients dîneraient dans la salle à manger dont les hautes fenêtres ouvraient sur la mer. En attendant, certains se dirigeaient vers le bar où un pianiste jouait les derniers airs à la mode.

Alice s'avança vers une table et sortit un petit paquet de son sac.

— Pour vous remercier de m'avoir secourue…

— Comme c'est délicat ! s'exclama Mitza qui, après avoir écarté le papier de soie, découvrit un ange en verre de Murano.

Tentée par une flûte de champagne, elle demanda à son invitée si elle l'imiterait ou préférerait l'un des savants cocktails que préparait le barman dans un shaker en perpétuelle activité. Alice se laissa tenter par un Pink Lady dont le nom lui rappela son dernier séjour à New York et sa frustration de n'avoir pu y boire de l'alcool. Deux ans plus tôt, elle avait accompagné sa mère chez une cousine qui habitait un vaste appartement près de l'Empire State Building. Passer un mois au cœur de Manhattan avait accoutumé son esprit au progrès. En revanche, elle ne s'était jamais sentie proche de sa famille maternelle et n'avait pas regretté de rentrer en France.

En grignotant des olives, Mitza lui raconta qu'elle sortait d'une leçon de natation dans la piscine du casino où elle apprenait la brasse. Alice l'aurait écoutée pendant des heures. Elle aimait sa voix rauque, son accent, son rire. Chez elle, rien n'était banal. Encore moins son apparence. Coiffée d'un bandeau, vêtue d'une robe en crêpe de chine mauve dont le décolleté révélait une carnation parfaite, elle aurait pu poser pour une revue de mode. En jouant avec ses sautoirs de perles, elle lui confia s'être récemment mariée.

— Avec un homme que je suivrais au bout du monde ! Notre union est d'autant plus surprenante que tout nous séparait.

Intriguée, Alice chercha à en savoir davantage. Mitza était née en Pologne, à Cracovie, où elle avait grandi jusqu'à ce que ses parents émigrent en France. A Chatou.

— Nous étions pauvres. Mon père travaillait dans un atelier de confection. Ma mère était lingère. Un jour, j'ai rencontré un type qui m'a trouvée à son goût. J'avais seize ans. Lui, vingt-huit. Il m'a fait poser comme modèle à la Grande Chaumière. Quand la guerre a éclaté, il est parti pour le front et n'en est pas revenu. Un sculpteur m'a remarquée. On a vécu plusieurs années ensemble. Ce n'était pas le grand amour, mais on s'entendait... Jusqu'à ce qu'il...

Tandis qu'elle parlait, son regard se posa sur deux hommes qui se frayaient un passage entre les sièges.

— Ah ! Vous voilà enfin ! Alice, je vous présente mon mari, Pierre Chavant. Et notre ami Louis Favier. L'un a passé l'après-midi au tennis. L'autre à visiter des villas.

Alice n'avait pas imaginé que le premier aurait une cinquantaine d'années. De taille moyenne, les cheveux gris, il attirait la sympathie. Son acolyte était plus jeune, mais plus intimidant. Après s'être assis, ils commandèrent des whiskys. Puis Louis Favier répondit à Mitza qui voulait savoir s'il avait enfin trouvé la maison de ses rêves.

— J'en ai vu deux qui m'ont plu.

— A quel endroit ?

— L'une sur la pointe de la Malouine. L'autre dans le quartier de Bric-à-Brac. Elles sont très différentes… Mais chacune à des atouts.

A l'intention d'Alice, il expliqua :

— Adolescent, je passais une partie de l'été avec ma mère à Dinard. Elle est décédée, l'an dernier… Et j'ai cherché à retrouver certains souvenirs. Au printemps, je me suis installé à l'hôtel Crystal. Peu à peu, l'idée d'acheter une maison s'est dessinée. J'ai commencé à me renseigner. Et comme je suis entêté… je suis revenu.

Pierre Chavant, qui s'était encore peu exprimé, avança :

— Avec Mitza, nous avions parié que tu laisserais tomber. Se fixer quelque part ne te correspond pas.

— On a le droit de changer !

Tandis qu'il prononçait ces mots, Alice croisa son regard qui révélait une nature complexe, à la fois exigeante et sensible. Même s'il semblait parfaitement à l'aise, une réserve le protégeait des familiarités.

— Bien sûr qu'on a le droit ! s'exclama Mitza.

En s'arrêtant devant leur table, une femme blonde interrompit la conversation. Louis se leva puis, sans la présenter, l'entraîna à l'écart. Son corps sculptural impressionna Mitza qui murmura :

— Ce doit être la danseuse de revue dont on nous a parlé.

Après un bref conciliabule, l'inconnue s'éloigna. Louis reprit sa place et, pour couper court à d'éventuelles questions, se tourna vers Alice. Connaissait-elle Dinard depuis longtemps ? S'y plaisait-elle ? Emportés par le sujet, ils énumérèrent les avantages d'une plage plutôt qu'une autre, se félicitèrent de certaines transformations, évoquèrent leurs lieux préférés jusqu'à ce qu'il proposât :

— Seriez-vous libre demain ? Avec Mitza, nous pourrions aller voir les villas...

Son parrain et Geneviève dînant chez des amis, Alice ne s'attarda pas au rez-de-chaussée. A la recherche d'une compagnie, elle s'arrêta devant la chambre d'Hervé et frappa. Il lui ouvrit, un livre à la main.

— Te voilà seulement ! C'était bien, ce rendez-vous ?

— Plutôt... Mais tu es occupé ?

— Ma tirade attendra. J'en ai déjà appris la moitié.

Il s'effaça pour la laisser entrer dans une pièce où l'on ne discernait plus une latte de parquet tant elle était encombrée. Après avoir enjambé ou contourné des piles de livres et de revues, Alice s'assit dans un fauteuil dont le dossier disparaissait sous les vêtements. Des affiches roulées, des prospectus, des photographies de comédiens s'entassaient devant la cheminée.

Hervé se laissa tomber sur son lit dont il souleva le matelas pour sortir une blague à tabac et du papier à cigarettes.

— Ouvre un peu plus la fenêtre ! J'ai failli me faire prendre par maman avant-hier. Bien entendu, j'ai juré mes grands dieux que je ne fumais pas. Elle va sûrement refaire une inspection. Mais raconte-moi… Tu t'es amusée ?

# 3

Sur le chemin qui desservait la pointe de la Malouine, Alice roulait lentement afin d'admirer les somptueuses villas qui concouraient à sa réputation. En pierres grises, en briques, coiffées de pignons et de tourelles, elles reflétaient le goût des architectes qui, à la fin du siècle précédent, rivalisaient d'imagination. Tout avait commencé en 1879 quand le promoteur Auguste Poussineau s'était entiché de ce promontoire escarpé où le duc d'Audiffret-Pasquier vendait le parc de son château. A l'intention de clients fortunés, il y avait fait construire plusieurs maisons. Protégées par de lourdes grilles, entourées de verdure, elles affichaient leurs noms : Belle Assise, Roche Plate, Ker Annick, Kerozar. Fleuron de la Belle Epoque, Roches Brunes dominait les flots et bénéficiait d'une vue imprenable sur Saint-Malo, les îles Harbour et Cézembre, ainsi que le cap Fréhel. Les gens qui avaient eu le privilège d'y pénétrer racontaient s'être crus à la proue d'un navire… Alors qu'elle atteignait l'adresse indiquée, Alice vit Louis Favier qui faisait les cent pas devant le portail de la villa Embruns.

— C'est gentil d'être venue, dit-il en lui ouvrant la portière.

— Mitza n'est pas avec vous ?

— Elle est souffrante. Une crise de foie.

Après avoir salué le négociateur immobilier qui les attendait sur le perron, Alice entra dans le vestibule où flottait une odeur d'encaustique. Un maître d'hôtel les invita à parcourir les pièces de réception qui ne manquaient pas d'allure. Boiseries, cheminées ornées de faïences, plafonds moulurés, vitraux… La décoration d'avant-guerre se déclinait sans restrictions avec ses volutes, ses stucs, ses motifs floraux. Louis s'attarda au premier étage où les salles de bains nécessitaient des travaux. Puis ils sortirent et firent le tour du jardin qui, planté d'ormes et de chênes, formait un écrin protecteur. En regardant la taille de la bâtisse, Alice se demanda s'il ne s'y sentirait pas perdu. De lui, elle ne savait rien… Sinon qu'il n'était pas le père d'une famille nombreuse. Projetait-il de se marier ?

Pour se rendre à Bric-à-Brac, ils retournèrent vers le centre-ville puis empruntèrent la rue Levavasseur. Lorsqu'ils s'étaient entichés de Dinard, les Anglais avaient choisi ce quartier protégé des vents. Le nom avait d'abord désigné une villa pour son style hétéroclite. Puis il s'était étendu aux constructions voisines. Celle qui plaisait à Louis Favier se situait sur les hauteurs où les pins parasols et les acacias la protégeaient des curieux. Derrière la haie, Alice découvrit un jardin mal entretenu. D'une taille plus modeste que la précédente, la maison aurait pu se situer en Grande-Bretagne. Ornée de bow-windows, de balcons et d'une terrasse au premier étage, elle bénéficiait d'une vue sur la cité corsaire. Elle avait été achetée par une cantatrice italienne quatre ans auparavant. Après quelques mois de travaux, tout s'était arrêté.

— La propriétaire demande quelques semaines de réflexion avant de décider si elle se séparera ou pas de son bien. Elle voudrait terminer sa tournée… Puis réfléchir, clarifia le négociateur.

Ils pénétrèrent dans un hall dont les murs étaient recouverts de tapisseries à demi arrachées. Pareil dans le salon et la salle à manger. Quant aux cuisine et office, ils regorgeaient de sacs contenant des gravats. Un escalier menait à l'étage qui offrait quatre chambres et deux cabinets de toilette. Au travers des fenêtres à petits carreaux, Alice regarda le ciel gris où tournoyaient les mouettes. Il allait bientôt pleuvoir. En contrebas, deux embarcations se rapprochaient du quai de la Perle. Une sensation de quiétude l'envahit. Comme si rien de fâcheux ne pouvait lui arriver dans ce lieu que les turbulences semblaient ignorer. Elle avait oublié la présence de Louis qui, de la pièce voisine, l'observait. Jusque-là, il l'avait trouvée plutôt jolie et d'agréable compagnie. Rien à voir avec ce qu'elle laissait deviner en se croyant à l'abri des regards : même réprimée, il y avait de la fougue chez cette jeune personne qui possédait de l'allure et de la grâce.

— Alors, qu'en pensez-vous ? dit-il en la rejoignant.

Dans ses yeux, il lut de l'enthousiasme.

— C'est un endroit où l'on aimerait déposer ses valises.

— Après l'avoir remis en état ! corrigea-t-il.

— Tel qu'il est, on a envie de s'y attarder. Les proportions, le panorama. C'est un lieu qu'il faut savoir apprécier.

Pour Louis, s'acheter une maison ne relevait pas d'un caprice. A bientôt trente-six ans, il voulait se créer des racines. Dans les tranchées, ses souvenirs de Dinard l'avaient aidé à résister au froid, à la vermine et aux tirs ennemis. Lorsqu'il se sentait proche du désespoir, il fermait les yeux et se bouchait les oreilles. Alors, le soleil le réchauffait, le roulement des vagues le berçait, les lanternes des bateaux éclairaient sa nuit. A son retour dans la vie civile, il lui avait fallu parer au plus pressé : reprendre l'affaire familiale qui tournait au ralenti, renouer avec une vie sociale. Son père était mort en 1920 et, trois ans plus tard, sa mère l'avait rejoint au cimetière. Le besoin de savoir qu'une demeure l'attendait, quelque part, s'était imposé.

Ils redescendirent au rez-de-chaussée où les avait précédés leur guide. Laissant les deux hommes discuter, Alice sortit. Le ciel s'était davantage obscurci. Du jardin voisin, elle entendit une nurse qui, en anglais, exhortait des enfants à rentrer. Une goutte s'écrasa sur son nez, suivie de quelques autres. Elle se dirigeait vers une petite serre où s'entassaient des pots en terre cuite quand Louis donna le signal du départ.

Accrochée au portail qu'ils refermèrent derrière eux, une plaque de faïence indiquait le nom de la propriété.

— Villa Margarita, lut Alice à voix haute.

— Margarita signifie perle en latin... Une allusion au quai !

A pas rapides, Louis entraîna Alice vers le salon de thé du Grand Hôtel voisin. Toutes les tables étaient occupées, sauf celle qui se trouvait près de la cheminée. En attendant un lapsang-souchong et une fine à l'eau, ils comparèrent les visites. Leurs impressions étaient à peu près similaires. Sauf que Louis préférait la pointe de la Malouine.

— Il faudrait y déplacer la villa Margarita.

— Ce serait dommage ! Bric-à-Brac a un charme fou. Et lorsque souffle la tempête, on doit s'y sentir moins isolé.

— Vous n'aimez pas les sensations fortes ?

— Tout dépend lesquelles.

Alors que son interlocuteur continuait de l'intimider, Alice s'étonnait de répondre à ses questions avec autant de sincérité.

— Vos parents ont une maison à Dinard ?

— Non. Je passe les vacances chez mon parrain et son épouse.

La pluie, qui frappait les vitres, ne perturbait pas la cérémonie du goûter. Autour d'eux, des femmes de tous âges bavardaient en dégustant des polonaises, des choux ou des puits d'amour. Entre leurs parties de golf, de bridge, leurs baignades ou leurs cures d'hydrothérapie, elles ne négligeaient pas les plaisirs du palais et profitaient de cette pause pour échanger les derniers potins. Ayant reconnu deux amies de Geneviève, Alice savait que celle-ci apprendrait sans tarder son rendez-vous en galante compagnie.

Lorsqu'elle annonça à Louis qu'elle poursuivait des études dans le dessein d'exercer une profession, elle perçut son étonnement et de l'intérêt.

— Ah oui ? Quel genre de métier ?

— La création de papiers peints. Il me reste une année d'apprentissage.

Louis n'avait plus l'habitude de fréquenter des jeunes filles. Depuis son retour du front, il privilégiait les aventures avec des femmes qui affichaient une liberté similaire à la sienne. Ce choix répondait à l'incapacité de s'engager durablement. Après avoir vu tant de gens mourir, il redoutait de s'attacher par crainte d'être abandonné. Pierre et Mitza avaient beau lui offrir l'image d'un couple heureux, il ne souhaitait pas mettre fin à son indépendance.

Résultat : il vivait une histoire bancale avec une danseuse des Folies Bergère.

— Vous n'avez pas parlé de vos activités, constata-t-elle.

— Je fabrique des gramophones... Et des postes de TSF.

Pendant la guerre, la télégraphie sans fil s'était développée au sein de l'armée de terre et de la marine. Elle commençait à s'implanter dans la vie de civils qui, grâce à ce nouveau processus, écoutaient en direct les dernières nouvelles, la météo, les cours de la Bourse ou des programmes musicaux. Paris comptait deux émetteurs publics : Radio Tour Eiffel et Radio PTT. Plus un privé : Radiola, avec ses animateurs, ses invités prestigieux et ses fictions. Par le truchement de postes en bois et en ébonite, les familles accueillaient d'invisibles invités dont elles buvaient les paroles.

— Vos parents ne se sont pas laissé tenter ? demanda-t-il.

— Pas encore ! Ce serait pourtant une distraction pour mon père. Depuis qu'il est rentré du front, il s'est coupé du monde.

Sur un ton plus léger, Alice poursuivit :

— De temps en temps, je vais chez une amie pour écouter les airs qui viennent d'Amérique.

Sur les jazz-bands et les orchestres afro-américains, Louis se montra intarissable. En l'écoutant, elle constatait combien il était moderne. Le monde avait soif d'innovations, répétait-il. Il n'y avait qu'à constater les dernières avancées de l'automobile, de l'aviation, du cinématographe, des publicités lumineuses où son ami Pierre Chavant faisait des merveilles...

— Il est l'un des premiers à avoir compris que les affiches devaient être visibles jour et nuit... A vouloir développer la réclame à la TSF.

En consultant sa montre, il annonça :

— Pardonnez-moi... Mais je vais devoir vous quitter. J'ai promis à des amis de les saluer avant mon départ.

— Vous quittez Dinard ?

— Rien ne me fera rater les dernières épreuves des jeux Olympiques ! Et... ne me questionnez pas sur mes sportifs favoris. Il y en aurait pour des heures !

Sur le perron, Louis envoya des voituriers chercher leurs véhicules. La pluie avait formé de larges flaques dans la cour où pataugeait un bagagiste.

— Je vous tiendrai au courant quand la cantatrice aura fait connaître sa décision.

— Je vous croyais intéressé par la Malouine...

— Qui sait...

En fin de semaine, Alice partit en mer avec son parrain et Hervé. Au retour, ils firent escale à Saint-Malo. Construite sur un rocher, encerclée de remparts et de tours qui la faisaient ressembler à une citadelle, la ville aux maisons de granit pouvait paraître austère, mais elle aimait se perdre dans les ruelles et songer aux navigateurs Jacques Cartier,

Mahé de La Bourdonnais et Duguay-Trouin qui les avaient arpentées. Ainsi qu'à Robert Surcouf, corsaire intrépide et ennemi juré des Anglais ! Hervé, quant à lui, ne s'intéressait qu'à Chateaubriand qui, en 1768, avait vu le jour dans une demeure de la rue des Juifs. A cette époque, Saint-Malo appartenait à de riches armateurs. Dans les cales des navires, ils rapportaient les butins qu'ils conserveraient dans leurs entrepôts ou les malouinières construites le long de la Rance. Cet âge d'or avait laissé des vestiges. Les places et les façades présentant nombre de statues, d'enseignes et d'écussons, il n'était pas difficile d'imaginer l'existence des marins et de leurs familles. Henri sonna à la porte d'une demeure de quatre étages. Il était en négociation avec le propriétaire qui proposait de lui vendre deux parcelles de terrain constructibles près de la gare de Dinard. Depuis une dizaine d'années, le parrain d'Alice avait fait bâtir des maisons plus modestes que les emblématiques villas. Elles s'étaient vendues en un temps record et au prix réclamé. Ce qui l'incitait à persévérer dans cette voie.

Tandis qu'ils s'éloignaient de Saint-Malo, Alice demeura silencieuse. La lumière s'était adoucie et de nombreuses embarcations profitaient d'une mer d'huile. En se rapprochant du quai de la Perle, elle discerna le toit de la villa Margarita. Il y avait longtemps qu'un endroit ne l'avait autant séduite.

Gilles lui avait donné rendez-vous sur la plage de l'Ecluse. Profitant de la marée basse, il jouait au volley-ball avec des amis. Après l'avoir hélé, elle se fraya un chemin entre les cabines de toile où s'étaient installés les baigneurs.

— Alice !

En se retournant, elle vit Mitza qui, assise dans un fauteuil de toile, s'offrait aux rayons du soleil.

— Le hasard fait bien les choses ! s'exclama celle-ci. Je n'avais ni votre nom ni votre adresse.

— Je vais vous les noter, répliqua Alice en sortant de son sac un crayon et un carnet dont elle déchira une feuille.

— Pierre doit se rendre en Amérique pour son travail... Il m'a demandé de l'accompagner. A notre retour, je vous téléphonerai. Nous nous verrons à Paris.

Alors que Mitza déboutonnait les bretelles de son maillot de bain pour qu'aucune marque n'altérât son hâle, Alice se demanda si elle avait déjà vu un corps aussi harmonieux.

— Qu'avez-vous pensé des villas que vous a montrées Louis ?

— Embruns m'a semblé très grande !

— Il a toujours vécu dans des lieux spacieux ! Sa famille maternelle possédait deux manoirs où il avait l'habitude de séjourner.

Alice aurait souhaité en savoir davantage, mais Gilles s'avançait dans leur direction... Ce qui abrégea la conversation.

# 4

En septembre, Alice rentra à Paris. Sa mère l'accueillit à la gare. Elles ne s'étaient pas vues depuis trois mois, mais leur baiser fut sans chaleur.

— Tu as maigri, constata Nancy qui pour se maintenir en forme s'infligeait des régimes draconiens.

Le soleil brillait sur la capitale où Alice retrouva les habituels automobiles, carrioles, fiacres et tramways. Elle aimait ce débordement de vie, cette impression que rien ne s'arrêtait jamais. Après des vacances sans contrariétés, elle avait hâte de reprendre ses études, de retrouver ses amis. La rentrée serait d'autant plus agréable qu'Hervé se préparait à la rejoindre. Lui présent, l'appartement familial serait moins sinistre. Après leur mariage, ses parents s'étaient installés avenue Kléber, à cent mètres de la place de l'Etoile. L'adresse et la superficie convenant à Nancy, ils n'en avaient plus bougé. Alice y occupait une chambre dont les deux fenêtres ouvraient sur des arbres et un hôtel en construction. Rangés le long d'un mur, son chevalet et ses cartons à dessin l'attendaient.

Dans la salle à manger, Raymond était assis à sa place habituelle. Elle s'avança pour l'embrasser, respira l'eau de Cologne familière.

— Bonjour, papa. Je suis contente de te voir.

— Moi aussi. Tes vacances se sont bien passées ? Comment va Henri ?

Les deux hommes s'étaient connus au pensionnat et leur amitié avait résisté aux années. Au point de s'être réciproquement choisis comme parrains de leurs enfants. En les comparant, force était de constater combien leurs approches de l'existence différaient. Henri fourmillait de projets. Raymond évoluait dans un monde sans repères. Enfermé dans sa chambre et sa bibliothèque, il lisait un peu, somnolait, ressassait les mauvais souvenirs. Ce qui concernait la réalité quotidienne l'indifférait. Tout comme la notion du temps ou les reproches de sa femme. Alice restait la seule à lui inspirer de brefs élans de tendresse.

Pendant le dîner, elle tenta de le faire participer à la conversation. A deux ou trois reprises, il donna un avis, mais se rembrunit dès que Nancy prit la parole. Partagée entre la tristesse et la contrariété, Alice se demandait comment ses parents étaient parvenus à ce point de non-retour. Sans son orgueil démesuré, sa mère aurait-elle pu atténuer les égarements et la mélancolie de son mari ? Ayant grandi dans l'opulence, rien n'avait préparé celle-ci à l'adversité. Encore moins à une guerre qui avait altéré une image savamment construite. Comment n'en voudrait-elle pas à son époux de se laisser submerger par les ombres ? A quarante-sept ans, elle aspirait à un meilleur avenir. De taille moyenne, elle savait choisir des vêtements qui lui conféraient une certaine élégance. Ses yeux noirs trahissaient sa dureté et son insatisfaction, mais elle était capable de se montrer enjôleuse dès que ses intérêts étaient en jeu. Avait-elle un amant ? Ou se contentait-elle de jouer les séductrices ? Alice optait pour la deuxième solution. Sa mère n'était pas sentimentale. Dans sa jeunesse, elle avait trouvé romanesque d'épouser un homme qui lui offrait Paris et sa légende. De quoi épater les débutantes américaines avec lesquelles elle avait accompli ses premiers pas dans le monde !

Elle fut soulagée de glisser sa serviette dans le rond en argent. A pas feutrés, son père quitta la pièce. Il boirait son café seul. Elle prit le sien dans le salon où aucun meuble et objet ne changeait de place. Nancy appréciant la profusion, les murs disparaissaient sous des portraits et des natures mortes. Quantité de coupes, de boîtes, de statuettes emplissaient deux vitrines. Au-dessus de la cheminée, un miroir renvoyait le reflet d'un univers figé où chaque matin le valet de chambre passait le balai mécanique et le plumeau. Avec nostalgie, elle songea aux fous rires avec Hervé, aux soirées sur la plage, aux jours heureux qui, trop vite, s'étaient écoulés.

Sa rentrée à l'Ecole et ateliers d'art pour jeunes filles, rue Beethoven, la fit changer d'humeur. Dans les nouveaux locaux, les élèves prirent leurs marques. Alice retrouva ses amies Nicole et Sylvie. La première apprenait la reliure. La seconde : la dorure. Toutes les trois approfondissaient leur culture générale en se rendant régulièrement au Louvre. La visite terminée, elles buvaient un chocolat chaud Chez Angelina en échangeant des confidences. Nicole était la plus délurée. Elle collectionnait les flirts, dansait jusqu'à en perdre le souffle, pratiquait l'escrime, montait à cheval. Sylvie se montrait un peu plus raisonnable. Même si elle dépensait sans compter en vêtements ou colifichets... et rêvait de subjuguer Rudolph Valentino.

Dès son arrivée dans la capitale, Hervé fit leur conquête. Considérant qu'il ne manquait ni de perspicacité ni de goût, elles lui demandaient conseil sur les sujets les plus insolites. Ce qui occasionnait des discussions animées. Chaque journée démontrait au garçon combien il avait eu raison de quitter Lorient. Tôt le matin, il se rendait à la Sorbonne pour y suivre les cours auxquels il s'était inscrit. Avec un groupe d'étudiants, il terminait la journée dans des cafés bondés et enfumés. Lorsqu'il rentrait avenue Kléber, il filait dans sa chambre pour travailler jusqu'au dîner. Le dimanche, il allait au cinéma dont les salles ressemblaient à des palais exotiques. A l'approche de Noël, un événement inattendu le rendit fou de joie. Acheté par Nancy, un poste de TSF fit son entrée dans l'appartement. Alors qu'on l'installait, Alice se souvint que Louis Favier comptait sur une multiplication rapide de ces appareils dans les foyers. Que devenait-il ? Et Mitza ? Etait-elle rentrée d'Amérique ? Penserait-elle à lui faire signe ? Rien n'était moins sûr... Bientôt, divers présentateurs les tinrent au courant de ce qui se produisait en France et dans le monde. Hervé s'intéressa à la Croisière noire, l'expédition en autochenilles organisée par André Citroën. Le 24 octobre, les participants avaient quitté Colomb-Béchar pour traverser l'Algérie, le Niger, le Tchad, l'Oubangui-Chari et le Congo belge. Depuis, ils affrontaient le désert, la savane et les marécages. Leur trajet aiderait à tracer une route qui permettrait de circuler entre les différents pays. Sur une carte d'Afrique, il suivait leur avancée.

Au début de l'année 1925, on ne parla plus que de l'Exposition internationale des arts décoratifs qui allait bientôt ouvrir ses portes. A l'école que fréquentait Alice, les élèves préparaient le décor qui se situerait au premier étage du Grand Palais. Un ensemble de deux cents reliures y serait présenté. Face à un tel défi, professeurs et élèves cherchaient à se surpasser. Alice ne comptait pas ses heures. Non seulement elle participait à la création des papiers peints qui tapisseraient les cimaises, mais elle aidait ses amies dans leurs différentes tâches. Au sein des ateliers, la ferveur était palpable. Toutes les jeunes filles savaient qu'elles bénéficiaient d'une chance incroyable. Pendant quelques mois, Paris glorifierait la modernité. Il n'y avait qu'à observer les lignes épurées des pavillons éphémères pour comprendre que la capitale privilégiait les transformations.

Elle venait de rentrer chez elle quand la sonnerie du téléphone résonna. Pensant que l'appel était destiné à sa mère, elle mit un certain temps à décrocher.

— Allô...

— Alice ? Je ne vous ai pas oubliée...

Mitza habitait à Montparnasse, au dernier étage d'un immeuble de la rue Vavin. Un valet de chambre fit entrer Alice dans un salon où d'épais tapis étouffèrent ses pas. En attendant son hôtesse, elle s'assit sur un sofa recouvert d'une soie vert d'eau. Des tableaux ornaient les murs, la plupart de facture cubiste. Tout comme la sculpture en bronze qui se découpait devant la fenêtre centrale.

— Je suis si contente que tu aies trouvé le temps de venir ! s'exclama Mitza en instaurant le tutoiement.

— Ton périple américain s'est bien passé ? se renseigna Alice pendant que le serviteur lui présentait un verre de porto.

— New York et Boston nous ont plu. Un peu moins Philadelphie. Mais je ne vais plus beaucoup me déplacer... Je suis enceinte de quatre mois.

— C'est merveilleux !

— D'autant que je n'y croyais plus !

Mitza ne révéla pas combien elle avait souffert de la situation. Pierre avait beau lui répéter qu'il n'avait pas besoin de descendant et qu'il l'aimait telle qu'elle était, elle n'avait cessé de voir des médecins. Le miracle était arrivé alors qu'elle commençait d'accepter sa défaite. Jamais elle n'oublierait le moment où elle avait annoncé la nouvelle à son époux. Sans un mot, il l'avait tenue contre lui et elle avait perçu son émotion. Etait-il possible de toucher du doigt autant de bonheur ? Par superstition, elle n'osait pas préparer la chambre du bébé. Un garçon, une fille ? Ils n'avaient aucune préférence.

— Louis Favier sera le parrain, indiqua-t-elle.

— Que devient-il ?

— Toujours par monts et par vaux ! Il a tout de même acheté l'une des deux maisons que vous avez visitées.

— Laquelle ?

— Je ne sais plus...

A la fin du repas, Alice s'approcha des tableaux qui ornaient les murs de la salle à manger. Il y avait plusieurs dessins de Modigliani, dont deux portraits de Mitza.

— Je l'ai rencontré à la fin de sa vie. A la Rotonde, où il venait quotidiennement. Il offrait ses dessins aux gens qui l'inspiraient. Pour le remercier, on lui payait des verres quand on avait des sous.

Elles étaient plusieurs filles à avoir connu la faim, dont son amie Kiki qui était devenue l'égérie du photographe américain Man Ray. Mitza ne regrettait rien de cette époque où elle côtoyait Kisling, Foujita, Pascin. A peine sa relation avec Pierre s'était-elle consolidée qu'elle les lui avait présentés. Il leur avait acheté des œuvres. Pas pour lui faire plaisir, mais parce qu'il les appréciait.

En écoutant Mitza relater l'atmosphère trépidante des ateliers, les dîners arrosés, les discussions enflammées où se mêlaient toutes les langues, Alice l'enviait d'avoir fréquenté des gens hors du commun. Aurait-elle eu la force de tenir bon dans un milieu essentiellement masculin ?

— Je me suis efforcée de ne pas les embêter avec mes propres soucis. D'être toujours de bonne humeur. Ils m'ont adoptée… Et mon mariage avec Pierre n'a rien changé à ces liens.

En réprimant un soupir, Mitza ajouta :

— Autant mon entourage l'a accepté, autant le sien m'a rejetée ! Ses parents l'ont menacé de couper les ponts s'il m'épousait. J'étais juive, pauvre. J'avais vécu en ménage avec deux hommes. Pour eux, je n'étais qu'une prostituée qui cherchait à gruger leur fils. Il leur a tenu tête. Et… je crois qu'il ne le regrette pas…

# 5

Paris bruissait d'animation. Le 28 avril, l'exposition tant attendue ouvrirait ses portes. Vingt et un pays participeraient à l'événement, ce qui attirerait quantité de visiteurs. Lorsqu'elle allait travailler au Grand Palais, Alice aimait s'arrêter devant le pont Alexandre-III, bordé de boutiques éphémères.

Elle s'en éloignait quand quelqu'un l'interpella.

— Mademoiselle !

Un homme d'une trentaine d'années lui tendait l'écharpe qu'elle avait oubliée sur le banc.

— Merci.

— Attention, la prévint-il.

Trop tard ! Elle venait de trébucher contre une souche d'arbre. L'inconnu l'aida à se relever, puis ramassa son sac.

— Vous ne vous êtes pas fait mal ?

— Non. Non.

Après avoir rajusté son chapeau, Alice ôta la poussière de sa jupe.

— J'oublie souvent de regarder où je marche.

Ils rirent avant de prendre la même direction.

— Vous travaillez pour l'exposition ? demanda-t-elle.

— Pour l'hôtel du Collectionneur. Et vous…

— Nous installons une salle à l'intérieur du Grand Palais.

— Alors, on se reverra peut-être…

Dans les gares, les visiteurs commencèrent d'affluer. Toutes catégories confondues, les hôtels affichaient complet et, au sein des familles, on se tassait afin d'accueillir les proches venus de province et de l'étranger. L'avant-veille de l'inauguration, Henri et Geneviève s'installèrent chez les parents d'Alice. Ce qui obligea Raymond à délaisser sa chambre. Il semblait heureux de passer du temps avec son ami. Même si Nancy levait les yeux au ciel chaque fois qu'il évoquait ses années de jeunesse. Occupés par des préparatifs de dernière minute, Hervé et Alice assistaient peu à leurs conversations. Lui, répétait le texte sur Paris qu'il déclamerait avec d'autres apprentis comédiens du cours d'art dramatique où il s'était inscrit. Elle, courait les magasins à la recherche du colifichet ou de l'accessoire qui lui donnerait une allure avant-gardiste.

Avec Nicole, elles avaient décidé de sacrifier leur chevelure sur l'autel de la mode. Pour ne pas flancher, elles se rendirent ensemble chez Antoine, le coiffeur en vogue. Enveloppées d'un peignoir, elles s'installèrent dans d'imposants fauteuils. Puis on s'occupa d'elles. Le shampooing terminé, Alice vit deux mains rassembler ses cheveux en une longue queue de cheval qui crissa sous la morsure des ciseaux avant de tomber sur le sol. Avec virtuosité, les lames s'activèrent autour de sa tête, dénudèrent ses oreilles et sa nuque avant que ne s'y attardât la tondeuse. Quand tout fut terminé, elle regarda l'image de garçonne que lui renvoyait le miroir. Puis elle se tourna vers Nicole que le rasoir avait transformée.

— J'aime plutôt... Et toi ?

— C'est très court... Il faut que je m'habitue.

Chez elle, sa nouvelle coiffure créa la surprise. Si Hervé fut le premier à la féliciter d'avoir sauté le pas, Nancy ne cacha pas sa désapprobation. Elle acceptait mal que sa fille attirât l'attention. Qu'allait-elle devenir si elle se trouvait reléguée au second plan ? Habituée à régner, elle se sentait démunie face aux années qui s'enfuyaient et à sa nostalgie grandissante de l'Amérique. Avait-elle fait le tour de sa vie parisienne ? Se sentait-elle dépassée par un monde trépidant où elle ne trouvait pas sa place ? Nancy ne pratiquait aucun sport, ne comprenait pas pourquoi les jeunes filles voulaient travailler. Elle était restée à l'époque des femmes-fleurs qui appréciaient les atmosphères feutrées, les poèmes d'Anna de Noailles, les déclarations ampoulées d'admirateurs transis.

Mère et fille se rendirent ensemble à l'inauguration, mais se séparèrent avant le discours du président de la République Gaston Doumergue. Après avoir retrouvé Nicole et Sylvie, Alice arpenta l'esplanade du Champ-de-Mars où se pressait la majorité des quatre mille invités. Bordé de portes aux piliers monumentaux, l'espace réservé à la manifestation offrait des pavillons imaginés par les architectes Süe, Mare, Patout et Chevalier.

— Quel dommage qu'ils soient temporaires ! se désola Sylvie.

Tout était voué à la destruction. Ce qui semblait fou lorsqu'on pensait aux sommes d'argent dépensées et à l'inventivité déployée.

Autour d'elles, hommes et femmes se bousculaient pour franchir le seuil de l'ambassade française où Hervé et sa troupe de comédiens déclameraient leur texte. Composé de vingt-quatre pièces, le bâtiment livrait aux visiteurs le bureau-bibliothèque imaginé par Pierre Chareau, la salle de culture physique de Francis Jourdain et le hall créé par Robert Mallet-Stevens. Puis elles se rendirent dans la section des métiers où exposaient Baccarat et Christofle, s'attardèrent chez les joailliers Cartier, Boucheron, Templier, Fouquet et Sandoz, s'extasièrent devant les trois péniches *Amours, Délices* et *Orgues* que le couturier Paul Poiret avait fait amarrer le long de la Seine. Au crépuscule, la tour Eiffel s'illumina et la marque Citroën se détacha sur son maillage de fer. Gaieté et légèreté enveloppaient la foule.

On se rencontrait, s'embrassait, se congratulait. De la musique résonnait un peu partout. Alice croisa des connaissances qui lui conseillèrent la visite des pavillons Pomone et Primavera où étaient rassemblées les productions du Bon Marché et du Printemps. En milieu de soirée, elle pénétra sous la nef du Grand Palais puis gagna l'étage. Dans la salle réservée à son école, les gens semblaient séduits par les matériaux utilisés. Leur intérêt récompensait la patience, le temps et la minutie que les élèves avaient consacrés à des objets et des reliures qui, aujourd'hui, prenaient toute leur valeur.

Alors que la capitale continuait de susciter l'enthousiasme, le temps des examens se rapprocha. Alice travailla sur les papiers peints qu'elle présenterait à ses professeurs. Laissant de côté les illustrations florales, elle dessinait et peignait de petits motifs aquatiques : branches de coraux, hippocampes, étoiles de mer. Au cas où ses propositions obtiendraient d'excellentes notes, elles seraient imprimées et peut-être commercialisées.

Plusieurs fois, elle était retournée voir Mitza, dont la grossesse se terminait. Rester allongée sur son canapé, alors qu'il se passait tant de choses à proximité, contrariait son amie.

— Tu te rattraperas après ton accouchement. L'exposition ne sera pas terminée, temporisait Alice.

— Il n'y aura plus l'effet de la nouveauté !

— Dans trois semaines, ton bébé sera né. Est-ce que cela ne vaut pas des sacrifices ?

— A condition que tout se passe bien.

Alors qu'Alice revenait à pied de Montparnasse, elle ne résista pas à l'envie de traverser l'exposition. Après s'être arrêtée au pavillon de la Manufacture de Sèvres, elle se dirigea vers l'hôtel du Collectionneur qu'elle n'avait pas encore visité tant les gens s'y pressaient. La file d'attente lui paraissant plus raisonnable que les jours précédents, elle s'y glissa. Alors qu'elle approchait de l'entrée, un homme s'arrêta à sa hauteur.

— Nous nous connaissons…

— Peut-être, répondit Alice avec une nuance d'hésitation.

— Vous aviez oublié une écharpe sur un banc…

— En effet !

— Christophe Blanchard, se présenta son interlocuteur avant de l'inviter à le suivre dans le vestibule du bâtiment.

— C'est très aimable d'avoir écourté mon attente.

— Si vous le souhaitez, je pourrais vous faire visiter.

— Pourquoi pas…

Avec les quarante artistes et artisans qui travaillaient pour lui, le décorateur Jacques-Emile Ruhlmann avait imaginé la demeure d'un homme ancré dans les Années folles. Un luxe de bon aloi régnait dans chacune des pièces où l'utilisation de bois rares comme l'ébène de Macassar et la loupe d'amboine apportait une touche de raffinement. Christophe Blanchard s'était initié au métier de laqueur chez Jean Dunand. Installé à son compte depuis peu de temps, il créait des paravents en utilisant des techniques propres à l'Extrême-Orient.

— Vous êtes allé là-bas ? se renseigna Alice.

— Pas encore.

Sa voix aux intonations chaudes ne la laissait pas indifférente. Tout comme son apparence. Avec son visage aux pommettes saillantes, ses yeux de braise et son sourire charmeur, il ne manquait pas de séduction.

Alors qu'elle prenait congé, il retint sa main dans la sienne :

— La dernière fois, je vous ai laissée partir sans savoir si je vous reverrais. Le hasard a joué en ma faveur… Mais on ne doit pas toujours lui faire confiance. J'aimerais vous inviter à déjeuner.

# 6

Christophe se leva pour accueillir Alice chez Prunier-Traktir, le restaurant qui venait d'ouvrir avenue Victor-Hugo. Avant de s'asseoir, elle regarda le décor de marbre, d'onyx et de mosaïques qui, dans un style géométrique, célébrait les produits de la mer.

Durant le déjeuner, il lui raconta son parcours professionnel chez les meilleurs décorateurs de son époque. A l'entendre, il ne devait sa réussite qu'à la chance, mais Alice n'en était pas convaincue. Alors qu'elle continuait de le trouver séduisant, quelque chose dans sa personnalité la dérangeait. La sensation que les autres ne l'intéressaient qu'en fonction de ses propres intérêts ? A plusieurs reprises, il tenta de la faire parler de sa vie privée. Elle n'en révéla que le minimum.

— Vous avez un fiancé ? insista-t-il.

— Non. Et je ne suis pas pressée de me marier.

— Jolie comme vous l'êtes, les prétendants doivent se bousculer !

Elle se contenta de sourire.

— Pour lancer sa marque, un parfumeur s'apprête à donner un bal costumé. J'aimerais que vous y veniez.

Sentant son hésitation, il ajouta :

— Amenez des amies ! A condition qu'elles soient aussi charmantes que vous !

Si elle réussissait ses examens, Alice pourrait être employée par une société de papiers peints. Ses travaux ayant régulièrement contenté ses professeurs, elle se montrait plutôt confiante.

— Tu auras le choix entre plusieurs propositions, la rassurait Hervé.

Lui-même s'étant plongé dans ses révisions, aucun bruit ne résonnait dans l'appartement. Plus question de bavarder jusqu'à des heures tardives ou d'écouter la TSF ! En fin de soirée, ils se retrouvaient dans l'office pour y boire l'infusion de tilleul qui leur offrirait un sommeil réparateur. Tous les deux n'aspiraient qu'à retrouver Dinard, paresser au soleil, nager, se distraire. Quand Hervé voulait agacer Alice, il lui parlait de Gilles qui envoyait des lettres enflammées auxquelles elle ne répondait pas.

Un pneumatique l'ayant avertie que Mitza venait d'accoucher, Alice lui rendit visite. Allongée sur une méridienne, son amie avait un visage fatigué.

— Pierre est encore plus épuisé que moi.

En parlant, elle faisait tourner autour de son doigt un jonc d'or serti de rubis.

— Son cadeau de naissance !

— Il doit être tellement heureux !

— Heureux et perturbé de ne plus se sentir chez lui. Il a dû obéir au médecin et à la sage-femme... Puis à la nurse, qui a un fichu caractère ! Moi-même, je la crains.

Lorsque l'employée, la mine sévère, installa le petit garçon dans les bras de sa maman, Alice admit qu'elle avait tout d'un dragon.

— Je te présente François, annonça Mitza en soulevant l'enfant dont la tête émergeait d'un flot de dentelles.

Alors que le bébé continuait de somnoler, Alice déposa sur le lit l'album qu'elle avait créé à son intention. Au fil des pages, se succédaient des proverbes, charades, illustrations, emplacements vierges pour y inscrire les premières promenades, les premiers jouets, les premières rencontres...

Délivrée des derniers examens, Alice arpenta le Quartier latin avec Hervé, s'attarda aux terrasses des cafés, discuta avec des étudiants sous les frondaisons du Luxembourg. Tous appréhendaient les oraux à venir. Lui, plus que les autres.

— Les parents vont hurler... si je suis recalé !

Elle le rassurait. Aucun examinateur ne résisterait à son bagout, son éloquence, son enthousiasme communicatif. Il avait besoin de défis similaires à ceux que lui offrait la scène. Avec d'autres apprentis comédiens, ils se donnaient régulièrement la réplique dans un grenier de l'île Saint-Louis.

— Si seulement je parvenais à décrocher un petit rôle dans un vrai spectacle, soupirait-il.

— Tu l'obtiendras plus vite que tu ne le penses, l'encourageaient Nicole et Sylvie.

Elles aussi attendaient de savoir ce qu'elles feraient en septembre. Reliures ou dorures à la feuille d'or, leurs travaux seraient probablement couronnés par l'un des prix que décernait l'école. Alice s'émerveillait de leur minutie et de leur patience ! Avec leurs doigts de fée, elles transformaient des matériaux bruts en objets singuliers. Lorsqu'elle leur avait proposé de l'accompagner à une fête, toutes les deux s'étaient immédiatement penchées sur l'élaboration de leurs costumes.

Le parfumeur Olifant avait exhorté ses invités à célébrer le surréalisme qui lui avait inspiré sa fragrance Eclat. Dans la cour de l'hôtel particulier où se déroulait la réception, un flacon géant donnait le ton. Au milieu d'une foule aux déguisements surprenants, des jeunes filles offraient des éventails qui dispensaient une senteur capiteuse. Imaginé pour l'occasion, le décor était amusant avec ses lustres rappelant les manèges des fêtes foraines, ses faux animaux dans des cages dorées. Quelques trapèzes permettaient de se balancer à qui le souhaitait, mais la plupart préféraient les toboggans où, flûtes à la main, ils tentaient la glissade sans renverser une goutte de champagne. Installé sur une estrade, un orchestre afro-américain jouait des airs de jazz. Alice n'avait pas encore aperçu Christophe. En revanche, elle rencontra des amis de sa mère qui la complimentèrent sur son accoutrement : un château de cartes qui n'avait pas été facile à confectionner. A chaque mouvement, elle craignait que l'as de cœur, accroché sur sa poitrine, ne se détachât.

— J'ai vérifié. Il ne bougera pas d'un millimètre, la rassura Sylvie en la voyant se déplacer avec précaution.

Elle-même s'était costumée en réverbère. Nicole en étoile filante…

— J'aurais dû prévoir que cette traîne serait inconfortable !

Quand la chaleur devint trop forte, elles sortirent dans le jardin. A la lueur des lampions, Alice découvrit Christophe. Entouré d'un petit groupe, il tentait sa chance à la pêche miraculeuse. Dans un bassin rempli d'une eau ambrée, des flacons miniatures tournaient à grande vitesse. Les attraper n'était pas aussi facile que l'on aurait pu l'imaginer. Sous les applaudissements, il finit par y parvenir.

— Bravo, le félicita Alice en s'approchant.

— Ah ! Je vous cherchais !

Après lui avoir présenté Nicole et Sylvie, elle s'amusa de le voir transformé en lingot d'or.

— Il n'y a plus qu'à m'enfermer dans un coffre-fort, répliqua-t-il. Mais… pas seul !

Tous se dirigèrent vers le kiosque qui abritait l'un des buffets. L'alcool coulant à flots, le vacarme s'intensifia. On s'apostrophait, se congratulait ! Ayant abusé de la boisson, Christophe formula certains sous-entendus qui poussèrent Alice à lui fausser compagnie. Ce que ne fit pas Nicole, qu'il entraîna vers la piste où ils se lancèrent dans un fox-trot. Un inconnu invita Alice à danser. L'orchestre se donnant à fond, elle transpirait dans son château de cartes…

Au moment où elle se réfugia sur un banc pour reprendre son souffle, Christophe la rejoignit.

— C'est à peine si nous avons passé trois minutes ensemble !

— Vous étiez occupé.

— Toi aussi !

Il s'approcha pour l'embrasser, ce qui la fit reculer.

— Je ne vais pas te mordre, insista-t-il en essayant de l'enlacer.

— Laissez-moi !

— Quelle mouche te pique ?

— Laissez-moi, répéta-t-elle.

— Il vaudrait mieux que tu saches ce que tu veux !

— Je le sais parfaitement.

— Jusqu'à ce soir, je ne te laissais pas indifférente…

— Si cela vous satisfait de le penser ! rétorqua-t-elle avant de tourner les talons.

La semaine suivante, elle dut répondre aux questions de Nicole, à qui Christophe proposait de visiter son atelier.

— Il est entreprenant… Et, chez lui, ce sera plus compliqué de le maintenir à distance !

Son avertissement serait-il pris en compte ? Elle avait d'autres préoccupations que les hypothétiques rendez-vous de son amie. Les résultats des examens allaient être annoncés. En cas de succès, elle partirait pour Dinard où Hervé la rejoindrait, après être passé chez l'un de ses amis à Bayeux.

# 7

Henri et Geneviève accueillirent Alice sur le quai puis l'entraînèrent vers leur automobile. L'animation régnait devant la gare où se retrouvaient familles et amis. Sans compter les chauffeurs des hôtels qui attendaient leurs clients. Tandis que le porteur déposait ses bagages dans le coffre, elle s'assit sur la banquette.

— Le soleil nous boude, se plaignit Henri.

Bravant les bourrasques d'un vent qui faisait galoper les nuages, des gens vêtus d'imperméables déambulaient dans les rues, s'engouffraient dans les magasins, se réfugiaient dans les cafés ou les salons de thé. On se serait cru à la Toussaint ! Alors que le véhicule franchissait la grille de la propriété, Alice vit les arbustes ployer sous les rafales. En contrebas, la mer était grise.

Dans la chambre où rien n'avait bougé depuis l'été dernier, elle se laissa tomber sur le lit recouvert d'un édredon moelleux. Les vacances commençaient sous de bons auspices. Non seulement elle avait réussi ses examens, mais reçu les félicitations du jury. Ce qui lui donnait d'excellents atouts pour travailler au sein d'une entreprise. Dans ce dessein, elle avait envoyé sa candidature à la maison Leroy qui, depuis des décennies, régnait sur le monde du papier peint.

Le temps redevint clément et elle put se baigner autant qu'elle le souhaitait. Au contact de l'eau, son corps se détendait. Le soleil caressait son visage. Ses lèvres avaient un goût de sel. Elle retrouva les amis habituels. Dieu merci : Gilles ne viendrait pas avant la seconde partie du mois d'août ! Délaissant l'automobile, elle se déplaçait à bicyclette, ce qui lui permettait d'emprunter des chemins escarpés et peu fréquentés. En revenant d'une promenade solitaire, elle bifurqua vers le Bec de la Vallée qui avait retrouvé ses estivants. Après être passée devant le Grand Hôtel, elle s'approcha de la villa Margarita dont le portail était ouvert. Dans la cour, des ouvriers rangeaient du matériel… Louis aurait-il préféré cette demeure à celle de la Malouine ?

Curieuse, elle s'arrêta pour demander :

— Monsieur Favier est-il là ?

— Il n'arrivera que la semaine prochaine, lui répondit un maçon qui déchargeait des carreaux de ciment.

Ainsi, il avait fait le choix inverse de ce qu'elle avait imaginé ! Avant de s'éloigner, elle remarqua l'écriteau « Peinture fraîche » sur la porte. Un jardinier était en train de tailler des massifs. Un autre remplissait de terre des jardinières. Bientôt s'installerait le nouveau propriétaire. Ce lieu satisferait-il son attente ? Alice pensait que le choix d'une résidence n'était pas anodin. Il y avait des habitations bénéfiques, d'autres pas. A plusieurs reprises, elle avait ressenti un malaise diffus lorsqu'elle s'était rendue chez des connaissances. Les murs gardaient-ils en mémoire des événements néfastes ? Leurs habitants les polluaient-ils avec leurs propres tourments ? Etait-elle plus sensible que d'autres aux atmosphères ? Au cours de leur visite, elle avait dit à Louis que la villa Margarita se méritait. Ce qui signifiait : devait être aimée et protégée.

Hervé n'arriva que la troisième semaine de juillet. Il semblait en pleine forme. Certes, il avait réussi son année, ce qui lui permettrait de retourner à Paris dès septembre... Mais Alice décela autre chose. Lorsqu'il évoquait le séjour chez son camarade André, son regard changeait.

— Vous avez fait la fête ?

— On a surtout travaillé de nouveaux textes.

André était devenu l'un des partenaires privilégiés d'Hervé qui ne tarissait pas d'éloges sur son charisme :

— Dès qu'il monte sur scène, plus personne n'existe.

Pour les avoir vus répéter, Alice jugeait ces propos exagérés. Plutôt beau garçon, André avait de la présence, un timbre de voix intéressant. De là à penser que son nom s'étalerait sur les affiches !

— Il n'est pas meilleur que toi.

Heureux de s'être retrouvés, tous les deux ne pensèrent plus qu'aux promenades en mer et aux surprises-parties qui se déroulaient aux alentours. C'était la mode de débarquer à l'improviste chez des amis. Dans de grands paniers, on apportait victuailles et boissons... Et la soirée commençait sur des airs de jazz endiablés. La plupart des participants se connaissaient depuis leurs jeunes années. Ils avaient appris à nager ensemble, participé à des chasses au trésor, déambulé à bicyclette le long des côtes. Devenus adultes, ils continuaient de se fréquenter... Même si leurs préoccupations se situaient à des années-lumière. Les petites filles qu'avait côtoyées Alice ne songeaient qu'à épouser un prince charmant et ne comprenaient pas pourquoi elle voulait travailler. Pour éviter des discussions inutiles, elle n'évoquait plus ses projets et regrettait la compagnie stimulante de ses confidentes privilégiées. Dans ses dernières lettres, Sylvie vantait les agréments de Nice où elle s'était rendue. En revanche, Nicole ne semblait guère pressée de quitter la capitale et avait annulé un déplacement à Londres auquel elle tenait. Alice soupçonna que Christophe n'était pas étranger à ce choix

Alors qu'elle rentrait avec Geneviève d'une séance d'hydrothérapie, elle trouva un pli à son nom sur la table du vestibule. Le sigle du Grand Hôtel se détachait sur l'enveloppe. En revanche, l'écriture lui était inconnue. Elle déplia le feuillet.

« Chère Alice, Mitza m'a donné vos coordonnées à Dinard où je suis arrivé avant-hier. Si vous avez un peu de temps à m'accorder, j'aimerais vous montrer les transformations de la villa Margarita... Appelez-moi au Grand Hôtel. Louis. »

Alice téléphona le lendemain matin, mais il avait déjà quitté l'établissement. A tout hasard, elle prit la direction du Bec de la Vallée et déposa sa bicyclette à l'entrée de la villa, où ne résonnait aucun bruit. Elle s'approcha du portail, constata qu'il n'y avait personne et, pressée d'en découvrir davantage, escalada un muret. Alors qu'elle s'avançait dans la cour, une fenêtre s'ouvrit au premier étage.

— Alice !

En sursautant, elle leva la tête.

— J'arrive, indiqua Louis avant de refermer la croisée.

Avec une gêne grandissante, elle attendit qu'il la rejoignît.

— Je suis désolée d'être entrée sans votre permission... On m'a dit...

— Vous avez bien fait de passer, l'interrompit-il. J'ai besoin de vos conseils.

Des établis, des seaux, des scies et des caisses à outils laissaient un espace de circulation réduit dans le vestibule où ils zigzaguèrent jusqu'au salon. Elle s'approcha d'un bow-window entrebâillé et profita d'une lumière à peine voilée, du frémissement des feuilles sous la brise, de l'omniprésence de l'eau. A la Vicomté, elle bénéficiait d'un panorama spectaculaire, mais pas aussi poétique !

— Mitza m'avait dit que vous étiez devenu propriétaire. Mais elle ne savait plus si vous aviez choisi Margarita ou Embruns.

— Elle ne m'écoute qu'à demi ! Mais j'ai l'habitude ! s'exclama Louis. En novembre, la cantatrice a fixé son prix de vente. Lorsque je suis venu à Dinard pour faire un choix, il soufflait un vent de tous les diables. A la Malouine, on aurait cru l'apocalypse ! Ici, c'était différent. Je me suis senti à l'abri... Vous aviez raison !

Tandis qu'elle s'attardait devant la vue, il constata que sa coiffure de garçonne n'altérait pas sa féminité. Sensible à son allure, il la regarda déambuler entre les différentes croisées, suivre du regard l'envol d'un merle.

— Quand comptez-vous vous installer ?

— Les peintres ont promis de quitter les lieux le 14 août. Le temps de nettoyer, de réceptionner les meubles... et je serai chez moi !

En parlant, ils passèrent dans la salle à manger où flottait une odeur du plâtre.

— Quelle couleur me conseilleriez-vous pour les murs du rez-de-chaussée ?

— Ivoire.

Au premier étage, Louis avait bousculé le plan. Il n'y avait plus que deux chambres au lieu de quatre. Les cabinets de toilette étaient devenus de vastes salles de bains. Pour recevoir ses amis, il avait fait aménager trois chambres mansardées et leurs commodités dans l'ancien grenier.

— L'architecte s'en est plutôt bien sorti. Mais donnez-moi des idées pour les papiers peints.

Alice n'eut pas besoin de réfléchir tant le style britannique de la maison la rendait facile à décorer.

— Il faudrait privilégier les couleurs claires… Choisir de petits ou de faux motifs. Eviter les fleurs.

Louis sortit d'une poche un carnet pour y noter le nom des fabricants qu'elle conseillait. Puis ils redescendirent.

— Vous n'êtes pas pressée ?

Sans écouter la réponse, il la précéda vers une véranda qu'elle n'avait pas encore visitée. Deux chaises de fer forgé rouillé entouraient un guéridon.

— Asseyez-vous.

De la cuisine, il rapporta un panier contenant des cerises.

— Mes voisins viennent de me les offrir.

Des lunettes noires masquaient les yeux de Louis, néanmoins elle se souvenait qu'ils étaient gris. Au cours de leur conversation, elle apprit qu'il voyageait fréquemment pour ses affaires. En Amérique, il venait d'acquérir les droits de distribution d'un important catalogue de 78 tours. Non seulement ses postes de TSF se vendaient, mais le choix de morceaux musicaux pour les gramophones ne cessait de s'étoffer.

Alice goûta aux fruits qui emplirent sa bouche de leur saveur acidulée. Alors que résonnait la sirène d'un bateau, elle huma l'odeur de l'herbe coupée, apprécia la caresse du soleil sur son visage. Louis alluma une cigarette, en aspira longuement la première bouffée. Dans l'acacia voisin, des pigeons ramiers se poursuivaient.

— Il y a longtemps que je n'ai pas bénéficié d'une telle tranquillité.

Entre les traversées de l'Atlantique en paquebot, les décalages horaires, les décisions professionnelles, l'alternance du français et de l'anglais, l'agrandissement de son usine en banlieue parisienne, la commercialisation de ses nouveaux appareils, il n'avait pas soufflé. Il avait trente-sept ans. C'était jeune… Mais il lui restait mille choses à accomplir.

# 8

Devant le perron du casino, des voitures se frayaient un chemin au milieu des marcheurs. Certains d'entre eux se dirigeraient vers les salles de jeu que proposait l'établissement, d'autres préféreraient danser. Au milieu de la cohue, Alice tentait d'avancer. Elle accompagnait son parrain et Geneviève qui avaient rendez-vous avec un couple d'amis. Arrivés les premiers dans le grand salon, ceux-ci les attendaient avec leur fils Hadrien qui insista pour qu'elle s'assoie à ses côtés. De sa chaise, elle avait une excellente vue sur l'orchestre qui, à grand renfort de cuivres et de cordes, incitait à gagner la piste. Entraînée par son cavalier, elle se lança dans un charleston. Non seulement Hadrien dansait bien, mais il se montrait infatigable. Joyeuse, Alice avait l'impression de ne plus toucher terre tandis qu'ils enchaînaient fox-trot, shimmy et black bottom. La musique l'emportait vers un ailleurs sensuel et chatoyant. Combien de temps aurait-elle continué si, en marquant une pause, les musiciens n'avaient imposé un répit général ? Hadrien l'escorta jusqu'à leur table où l'attendait une flûte de champagne. Elle la portait à ses lèvres quand son regard croisa celui de Louis qui, avec deux personnes, venait de s'installer de l'autre côté de l'allée. Il lui adressa un signe de la main puis écouta sa voisine qui discutait avec un homme d'une quarantaine d'années. Lorsque la musique reprit, Alice retourna sur la piste avec Hadrien. En son for intérieur, elle n'était pas mécontente d'être vue en compagnie de ce beau garçon dont elle avait fait la connaissance trois jours plus tôt. Son parrain le lui avait présenté au golf, où se déroulait une remise de trophées. Tandis qu'elle tournoyait dans ses bras, elle aperçut que Louis avait rejoint les danseurs et chuchotait à l'oreille de sa partenaire des propos qui semblaient l'amuser. Etait-ce une nouvelle conquête ? Depuis sa visite à la villa Margarita, elle ne l'avait pas revu, mais ils devaient s'y retrouver avant qu'il ne quittât Dinard. Elle sentit qu'Hadrien resserrait son étreinte. Avait-il perçu que son attention s'était portée ailleurs ? Sa main dans la sienne, elle se demanda s'il lui plaisait suffisamment pour entamer un flirt…

Plutôt que de retourner à sa place, Alice se rendit sur la terrasse afin d'y respirer l'air de la nuit. Accoudée au parapet de pierre, elle apprécia la fraîcheur et le calme qui succédaient à tant d'agitation. Autour d'elle, des gens fumaient une cigarette ou se désaltéraient. Un rire strident fusa, rapidement couvert par le grondement des vagues. A l'horizon, des lumières indiquaient la présence d'embarcations. Elle se souvint de ses traversées atlantiques. En compagnie de sa mère, elle avait découvert la vie à bord de luxueux paquebots… et l'étrangeté d'obéir à des codes mondains draconiens, alors qu'un naufrage pouvait survenir à tout moment. Petite fille, elle avait entendu parler du *Titanic* qui avait sombré avec son équipage et ses passagers. Tout le monde festoyait, lorsqu'il avait heurté un iceberg. Avec les élèves de son école, elle avait prié pour le repos éternel de tous ceux qui n'avaient pu être sauvés.

— Attention de ne pas prendre froid…

Elle sursauta en reconnaissant la voix de Louis.

— Vous avez abandonné votre cavalier ?

— Ce serait plutôt l'inverse. Il est allé tenter sa chance sur les tapis verts.

— Parier ne vous intéresse pas ?

— Tout dépend de l'enjeu. Et vous ?

— J'aime miser sur du concret… Un marché à remporter, une aventure complexe. Quelque chose qui réclame un investissement personnel.

En la voyant frissonner, il ajouta :

— Venez danser. Cela vous réchauffera.

L'orchestre jouait un tango. Avec fermeté, Louis attira Alice contre lui.

Elle régla ses pas sur les siens, avança, recula, virevolta, chaloupa avec de plus en plus d'assurance. Qu'avait-elle d'autre à faire que de s'abandonner au bon vouloir de son cavalier ? Un léger sourire aux lèvres, il lui rendit sa liberté à la fin du morceau. Tandis qu'ils retournaient vers leurs tables, ils croisèrent l'homme avec lequel il passait la soirée. Il s'agissait de son cousin. Tout en saluant Alice, celui-ci la dévisagea avec insistance.

— Tu m'avais caché l'existence de mademoiselle.

— Nous nous connaissons depuis peu, tempéra-t-elle.

— Ah oui ? Depuis quand ?

— Gilbert ! Tu es trop curieux ! s'interposa Louis.

Le lendemain, Alice reçut un appel téléphonique d'Hadrien qui souhaitait la revoir. Durant trois jours, ils s'affrontèrent au tennis, assistèrent à des régates, retournèrent au casino. Il était prévenant, amusant, savait tourner les compliments. La veille de son départ pour Dieppe où il poursuivrait ses vacances, ils participèrent à un pique-nique dans une villa de Saint-Lunaire. Après avoir déjeuné sur la pelouse, certains invités jouèrent au croquet, d'autres aux cartes. Quelques-uns se réfugièrent sous les arbres pour y bavarder ou somnoler. Alice s'installa avec Hadrien au pied d'un pin parasol qui surplombait le rivage.

— J'aimerais ne pas aller à Dieppe, lui dit-il. Mais c'est impossible

— Ce sera sûrement agréable…

— Tu n'y seras pas.

S'approchant d'Alice, il demanda :

— Est-ce que je vais te manquer ?

— Peut-être.

— Dis-moi la vérité.

— On a passé de bons moments ensemble, biaisa-t-elle.

— De bons moments ensemble, répéta-t-il sur un ton vexé. Moi, j'adore être avec toi.

— Moi aussi… Mais nous…

L'interrompant, il posa sa bouche sur la sienne. Alice n'eut pas envie de s'écarter. Un homme lui faisait la cour. Ils se connaissaient peu. Qu'importe. Son baiser lui plaisait !

Hadrien parti, elle ressentit un vide, mais fut moins triste qu'elle ne l'avait imaginé. En attendant de le revoir à Paris, elle retrouva l'envie de peindre, emporta son chevalet à l'extérieur, l'installa devant des sujets intimistes. Il n'était plus question de travail, mais du plaisir de restituer sur la toile vierge une scène de plage, le départ d'un pèlerinage ou une ruelle dans le quartier des pêcheurs. En rentrant d'une promenade, elle constata qu'elle n'aurait pas le temps de déposer son matériel à la Vicomté avant de se rendre villa Margarita où Louis lui avait fixé rendez-vous.

Elle agita la cloche du portail, puis attendit. Quelques instants plus tard, il sortit de la véranda. Un homme et une femme le suivaient.

— Les ouvriers m'ont promis que votre logement serait prêt mercredi, leur disait-il.

— Alors, nous emménagerons jeudi, répondit l'homme.

En continuant de parler, ils parvinrent à la grille, où les deux visiteurs adressèrent un signe de tête à Alice avant de s'éloigner.

— Vous venez de croiser les gardiens, lui indiqua Louis. J'espère ne pas m'être trompé en les engageant.

— Avez-vous vu beaucoup de candidats ?

— Une dizaine. Ceux-ci m'ont fait bonne impression. Lui a travaillé au chantier naval de Saint-Malo jusqu'à ce qu'un accident l'oblige à changer de métier. Son épouse est, paraît-il, bonne cuisinière. Ils ont deux enfants.

— Vous pouvez loger une famille ?

— Dans la dépendance… Là-bas, en contrebas. On aperçoit la cheminée. Mais allons voir les embellissements de la maison.

Alors qu'elle parcourait le rez-de-chaussée puis les étages, Alice remarqua que ses conseils avaient presque tous été suivis. Les tons clairs des murs faisaient ressortir les parquets et les carreaux de ciment qui recouvraient les sols. Et les chambres étaient tapissées d'élégants papiers.

— Celle-ci sera la mienne… Mais vous l'aviez sans doute deviné.

— Elle bénéficie de la meilleure vue… Et…

Alice s'interrompit en découvrant son visage dans une glace. Pendant qu'elle peignait, elle avait dû le toucher avec des doigts maculés de gouache.

— Je ressemble à une palette… Et vous ne m'avez rien dit !

— C'était inattendu… Et charmant !

Amusé de la voir rougir, Louis la mena vers une salle de bains où elle nettoya sa peau. Alice l'intriguait. A la fois assurée et réservée, libre, secrète, plutôt moderne dans ses goûts, elle sortait de l'ordinaire. D'une rencontre à l'autre, il n'avait guère pensé à elle… Néanmoins, il avait écouté ses avis en matière de décoration et s'en félicitait. Seul, il aurait probablement opté pour un cadre plus sévère qui lui aurait rapidement déplu.

Dans le jardin, il fut fier de lui présenter une pelouse exempte de mauvaises herbes. Près d'un bassin, un arrosoir avait été oublié. Il le rangea dans un appentis. Puis ils s'installèrent sous une tonnelle recouverte de chèvrefeuille. De là, ils voyaient le quai de la Perle. Des passants se dirigeaient vers l'embarcadère. D'autres promenaient leurs chiens. Un peu plus loin, des porteurs déchargeaient plusieurs ballots d'un bateau.

— Que contiennent-ils ? s'interrogea Louis.

— De l'opium.

Amusé, il entra dans le jeu.

— Vous avez raison ! Cette cargaison vient de Canton. Elle a failli être interceptée.. Juste avant de franchir le canal de Suez. Mais la voici arrivée à destination. Où l'emportent-ils ?

— Dans l'une des villas du Moulinet. Celle qui appartient à une princesse chinoise, enchaîna Alice en essayant de garder son sérieux.

— Vous êtes sûre ?

— Elle dirige ce trafic d'une main de fer. Ceux qui voudraient la gruger ou lui nuire sont impitoyablement emprisonnés ou assassinés. On l'a d'ailleurs mise en garde contre un certain monsieur Favier qui voudrait jouer les détectives. Elle l'a à l'œil.

— Tiens, tiens… Et que risque-t-il ?

— La torture. A moins que…

— J'attends la suite !

— A moins qu'il ne transforme sa villa Margarita en fumerie. Elle lui fournirait le matériel : les réchauds, les pipes, les bagues de jade, les petits plateaux… La marchandise.

— Et la clientèle ? Qui la composerait ?

— Les marins en bordée ! De Saint-Malo, il n'est pas compliqué de venir jusqu'ici.

— Quelle reconversion pour cette demeure ! Mais si nous nous penchions sur… une certaine Alice… On raconte qu'elle serait une espionne. Formée par Mata Hari.

— Espérons qu'elle ne finira pas comme elle.

— Elle est beaucoup trop rusée !

La sirène d'un bateau interrompit Louis avant qu'il n'ajoutât :

— Il faudra qu'elle surveille la réception qui aura lieu à la villa… le 29 août prochain.

Quand Alice se remémorait cette conversation, elle ne pouvait s'empêcher de sourire. L'été avançait avec son lot de plaisirs. Régulièrement, elle téléphonait à Paris pour prendre des nouvelles de son père. Il était rare qu'il lui parlât, mais la gouvernante se montrait rassurante. Il lisait, se faisait envoyer des timbres pour sa collection et... écoutait certains programmes à la TSF. Une première !

— Il doit être content d'avoir l'appartement pour lui seul, confia-t-elle à Geneviève. Maman est partie pour l'été chez des amis.

— Quand j'ai connu tes parents jeunes mariés, je n'aurais pas imaginé qu'ils puissent s'éviter à ce point. Ils semblaient amoureux !

— Heureusement que tu t'entends bien avec Parrain. Sinon, le mariage me ferait peur !

Geneviève avait souri. Elle était attachée à Henri, mais il lui avait fallu s'adapter à son rythme de vie trépidant. Pour ne pas rester en deçà, elle s'était organisé une existence qui lui convenait. Avoir soigné les blessés dans des hôpitaux de fortune pendant la guerre lui donnait accès au dispensaire. A cette occupation s'ajoutaient des tâches caritatives auprès d'enfants et d'adolescents. Geneviève s'évertuait à cultiver l'harmonie, ce difficile équilibre entre l'essentiel et les petits bonheurs quotidiens. Elle savait profiter d'un rayon de soleil dans son jardin, d'une tasse de thé, d'un bon livre, d'une partie de bridge avec ses amies, de son fox-terrier. Dénuée d'égoïsme, elle se démenait afin de dispenser réconfort et plaisirs à ses proches. Pour Hervé, elle aurait décroché la lune et les étoiles. Sa seule présence la comblait. Depuis que son fils avait entamé des études à Paris, elle savait qu'il ne reviendrait pas en arrière et qu'elle ne l'aurait plus auprès d'elle comme auparavant. Pour cette raison, ces vacances avaient encore plus de saveur !

# 9

Juste après le 15 août, Alice reçut une lettre de Nicole qui l'inquiéta. Son amie n'avait pas quitté Paris et elle avait du vague à l'âme. Avec l'autorisation de Geneviève et l'approbation d'Hervé, elle lui proposa de venir à Dinard.

Une fin d'après-midi, elles s'attardèrent sur la plage de Saint-Enogat.

— J'aime ce calme, murmura Alice en regardant un cerf-volant tournoyer dans le ciel.

— Pour apprécier ces moments, il faut avoir l'esprit libre.

— Qu'est-ce qui te tourmente, Nicole ?

Alors que son amie gardait le silence, elle risqua :

— Il s'agit de Christophe ?

— Comment le sais-tu ?

— Ce n'est pas difficile à deviner.

— Je n'ai plus de nouvelles depuis un mois. Il avait promis d'en envoyer.

— Est-ce qu'on doit lui faire confiance ?

Face au silence de Nicole, Alice ajouta :

— Je t'avais mise en garde.

— Il m'a dit qu'il était amoureux...

Alice se retint de répliquer que Christophe ne craignait pas de mentir pour parvenir à ses fins.

— Tu lui es très attachée ?

— Par la force des choses.

Nicole essuya une larme. Puis elle éclata en sanglots.

Alice s'approcha.

— Allons...

— Je suis enceinte...

Alice tenta de ne pas montrer son inquiétude. Existait-il pire situation que d'attendre un enfant d'un homme qui avait déjà pris ses distances ?

— Que comptes-tu faire ?

— Avorter. Mais il faut que je trouve quelqu'un.

Ni l'une ni l'autre n'ignoraient les dangers que pouvait engendrer une interruption de grossesse.

— Tu as commencé à chercher ?

— Je ne sais pas auprès de qui me renseigner. Et je crains les indiscrétions.

Alice réfléchissait. Elle ne voyait qu'une seule personne avec qui aborder le sujet : Mitza. Parmi les modèles que celle-ci côtoyait, certaines pourraient peut-être leur indiquer un praticien véreux ou une faiseuse d'anges. Seulement, elle ne pouvait pas évoquer le sujet au téléphone, encore moins dans une lettre.

— Je vais rentrer plus tôt que prévu à Paris... Et trouver une solution.

— Merci... Mais je ne voudrais pas...
— Si j'étais dans ta situation, tu ferais la même chose pour moi !

Le reste de la semaine, elles tentèrent de repousser les pensées qui leur empoisonnaient l'esprit. Toutes les deux savaient que Nicole risquait l'emprisonnement en cas de dénonciation... Mais surtout sa vie ! Pour se distraire, elles se rendirent à la piscine, assistèrent à des défilés de haute couture et des récitals. Hervé les accompagnait. Dans peu de temps, il retournerait à Bayeux. Chez son camarade André.

— Cette fois-ci, nous serons neuf.

— Neuf ! Ton ami habite un château ! s'exclama Nicole.

— Ses parents nous autorisent à planter des tentes dans le parc.

La veille de son départ, il frappa à la porte d'Alice.

— Tu as reçu une lettre... Ta concierge l'a fait suivre de Paris.

L'enveloppe décachetée, elle en sortit un feuillet qu'elle lut avant de s'écrier :

— Il me donne rendez-vous ! Le 7 septembre !

— Qui ?

— Le directeur artistique de la maison Leroy.

Fin juin, Alice lui avait adressé un courrier avec l'infime espoir d'obtenir une réponse. Fondée en 1842, la manufacture avait révolutionné la fabrication du papier peint. Ses innovations artistiques et techniques en faisaient l'une des marques les plus recherchées. Passé l'euphorie des premières minutes, elle se raisonna. Certes, les appréciations de ses professeurs et plusieurs échantillons de ses dernières créations avaient suscité un début d'intérêt. Mais il lui restait à convaincre monsieur Amblard de l'embaucher !

Cette nouvelle fit plaisir à Geneviève. Jusqu'à la guerre, les femmes de sa condition n'avaient pu embrasser une carrière. A l'hôtel Royal, où elle avait accueilli et soigné les blessés, on avait loué son sens de l'organisation, son empathie et son dévouement. Cette mission terminée, elle aurait aimé ne pas rester à la périphérie du domaine médical. Le dispensaire avait beau apprécier son implication, elle éprouvait le regret de n'avoir pu s'accomplir davantage. Aussi se réjouissait-elle pour Alice qui, depuis plusieurs années, se perfectionnait dans une discipline qui réclamait autant de persévérance et de minutie que de talent.

De son côté, Nicole avait l'assurance d'entrer chez le relieur qui lui avait inoculé la passion du métier quand, adolescente, elle accompagnait son père dans l'atelier. Elle l'y regardait choisir les papiers marbrés et les cuirs odorants qui recouvriraient ses livres favoris. Rapidement, elle avait su que cet univers deviendrait le sien et s'était initiée aux techniques de la reliure traditionnelle. Depuis son entrée à l'Ecole et ateliers d'art, elle nourrissait l'espoir de devenir l'une des meilleures relieuses de son époque. Alors qu'elle s'apprêtait à exercer cette profession, une épreuve lui ôtait sa joie. Non seulement son amant l'avait quittée, mais elle ne pouvait réclamer son aide.

— Alice… Comment ai-je pu croire à ses mensonges ?

— Tu avais envie de vivre une histoire d'amour.

— Toi, tu as su lui résister !

Tout en discutant, Alice se questionnait sur son actuelle relation avec Hadrien. Que se passerait-il lorsqu'ils se reverraient à Paris ? Comme toutes les jeunes filles qui l'entouraient, sa famille l'avait éduquée dans l'idée qu'elle ne devait pas s'offrir à son partenaire avant de l'épouser. Au risque d'être déshonorée ! Il y avait encore peu de temps, les demoiselles de la bonne société étaient accompagnées de chaperons et ne partageaient aucun tête-à-tête avec le fiancé imposé. Après la guerre, les mœurs s'étaient assouplies. Garçons et filles avaient l'autorisation de se choisir et de se côtoyer… à condition de rester chastes ! Alors qu'elle essayait de secourir son amie, elle mesurait combien une grossesse hors mariage pouvait détruire une réputation.

L'arrivée de Gilles coïncida avec le départ de Nicole. Depuis plusieurs mois, Alice tentait de lui faire comprendre qu'il ne devait rien espérer. Décidée à ne plus le ménager, elle le retrouva sous la véranda de l'hôtel Royal où ils commandèrent des citronnades.

En l'écoutant lui raconter sa vie de clerc à Bordeaux, elle retint un bâillement. Quelques minutes s'écoulèrent avant qu'il ne constatât :

— Tu es bien silencieuse.

— Pas plus que d'habitude.

— Je suis si heureux de te voir.

A plusieurs reprises, il lui avait proposé de venir à Paris. Chaque fois, elle avait prétexté un empêchement. Si seulement il s'était fait une raison !

— Tu ne réponds pas ?

— Gilles… Depuis l'été dernier, je te répète que nous sommes des amis. Rien de plus !

— Il y a quelqu'un d'autre ?

Elle hocha la tête.

— Depuis longtemps ?

— Qu'importe !

— Je veux savoir…

— Quelques mois, mentit-elle.

— Qui est-ce ?

— Je n'ai pas envie d'en parler.

— Ainsi, je dois accepter que tout soit terminé ?

— Je ne t'ai jamais rien promis !

— Est-ce que j'ai rêvé ce qui s'est passé l'an dernier ?

— Nous avons partagé de bons moments…

— Pas davantage ?

Si Alice s'était écoutée, elle se serait levée et l'aurait abandonné avec ses reproches. Sachant qu'ils auraient à se croiser, elle préféra ne pas se montrer blessante.

— Tu as peu de mémoire, insista-t-il.

— Arrêtons de revenir sur…

L'interrompant, Gilles tapa du poing sur la table et elle découvrit quelqu'un d'autre.

— Qui es-tu pour m'expliquer comment je devrais agir ? Allez, va-t'en ! Va le retrouver.

# 10

Un maître d'hôtel précéda Alice jusqu'au salon de la villa Margarita où conversaient une quinzaine d'invités qui la dévisagèrent avec insistance. Il était rare qu'une jeune femme se rendît à une réunion sans escorte masculine.

— Bonsoir, Alice, la salua Louis avant de la présenter aux uns et aux autres.

En les voyant déambuler côte à côte, une question occupa certains esprits. Seraient-ils ensemble ? Loin d'imaginer ces suppositions, elle accepta une flûte de champagne puis s'assit. Partout où elle posait les yeux, les meubles et les objets semblaient s'y trouver depuis toujours. Par quel tour de magie cette demeure avait-elle acquis autant de caractère en si peu de temps ?

— Presque tout appartenait à ma mère, lui confia Louis. Pour ne pas être englué dans les souvenirs, j'ai fait recouvrir les canapés et les fauteuils, changé les abat-jour des lampes, encadrer différemment les tableaux.

L'homme qui l'accompagnait au casino et se prénommait Gilbert interrompit leur conversation :

— Ravi de vous revoir, dit-il en gardant la main d'Alice dans la sienne. Comment trouvez-vous cette maison ?

— Grandement améliorée.

— Vous la connaissiez ?

Dans la salle à manger, il manœuvra pour s'asseoir à sa gauche. En dépit des efforts qu'il accomplissait pour capter son attention, Alice le trouvait antipathique. Derrière son apparence mielleuse, elle percevait un être envieux et manipulateur. Et le tic nerveux qui agitait son visage la mettait mal à l'aise.

Par politesse, elle avança :

— Si je ne me trompe pas, vous êtes l'un des cousins de Louis ?

— Son cousin préféré et son associé. Nos pères ont monté ensemble la fabrique de gramophones pour laquelle nous travaillons.

— Je l'ignorais.

— Louis s'occupe du développement commercial Moi, de l'administration. La cigale et la fourmi !

Alice ne releva pas le sous-entendu et se concentra sur la conversation de leurs proches voisins. Au bout de la table, leur hôte riait avec une femme d'un certain âge qui le couvait du regard. L'atmosphère était légère et les mets délicieux. La plupart des convives possédaient une résidence secondaire à Cancale, Saint-Lunaire, Saint-Briac. Ce qui les poussait à commenter les événements qui avaient marqué la saison

Le dîner terminé, tous s'installèrent dans le fumoir où furent apportés le café et les digestifs.

— Vous ne vous ennuyez pas ? s'inquiéta Louis en rejoignant Alice. J'aurais dû vous inviter avec votre cavalier de l'autre soir. Mais je viens seulement d'y penser !

— Il a quitté Dinard.

— Alors... Je suis à demi pardonné.

Tandis qu'il prononçait ces mots, il se demandait ce qui pourrait inciter Alice à parler d'elle-même. Autant elle était ouverte aux conversations réfléchies ou amusantes, autant elle ne livrait presque rien de son existence. Peut-être n'avait-il pas su la mettre en confiance ? Pour la première fois, il éprouva le désir de poser sa bouche sur son épaule nue, de découvrir le grain de sa peau, d'y éveiller un frisson. Surpris par cette tentation, il la regarda. Elle ne correspondait pourtant pas aux femmes qu'il courtisait !

Dans le train qui la ramenait vers la capitale, Alice somnola. Elle avait passé une mauvaise nuit. Le champagne, sans doute. Ainsi que la perspective de renouer avec les réalités. Seul agrément en vue : Hadrien lui avait proposé de la voir à la fin de la semaine. Depuis leur flirt, elle avait peu pensé à lui. Etait-elle devenue trop exigeante dans ses choix ? Ou était-elle trop préoccupée par d'autres sujets ?

L'un de ses premiers gestes fut de téléphoner à Mitza, qui venait de déballer ses malles. Elles se donnèrent rendez-vous chez Ladurée, rue Royale, où elles se racontèrent leurs vacances.

— Le Pays basque vous a plu ? se renseigna Alice.

— Nous préférons Dinard ! Ce qui tombe bien puisque Louis veut nous y inviter. Sa maison est-elle aussi agréable qu'il le raconte ?

Sans tempérer son enthousiasme, Alice évoqua le charme et le confort de la villa Margarita.

— Espérons que ce ne sera pas un coup de tête, avança Mitza.

— Il est capricieux ?

— Non... Mais je ne le vois pas s'attarder quelque part !

Boudant les pâtisseries qu'on lui présentait, Mitza soupira :

— Depuis la naissance de François, je n'ai pas retrouvé mon poids !

— Tu n'as jamais été aussi belle !

Mitza sourit. Son existence s'apparentait-elle à un conte de fées ? Des débuts difficiles voire misérables, ainsi que la sensation de ne se sentir nulle part à sa place... Et la chance qui l'avait prise sous son aile ! Il lui arrivait de se pincer pour s'assurer qu'elle ne rêvait pas. Mais non ! Pierre et François, ses deux amours, étaient faits de chair et de sang. Le second allait avoir quatre mois et elle s'émerveillait de croiser son regard bleu, de respirer son odeur de bébé, de le bercer en fredonnant de vieilles chansons polonaises. Tandis qu'elle racontait combien son petit garçon la comblait, Alice se demandait comment aborder le sujet qui la préoccupait.

N'ayant pas d'alternative, elle mit de côté les précautions oratoires :

— Mitza, j'ai besoin de tes conseils. Il s'agit d'une amie.

Elle relata la situation de Nicole, puis avoua :

— Je voudrais l'aider, mais je suis aussi démunie qu'elle...

Après avoir posé plusieurs questions, Mitza proposa d'interroger l'une de ses connaissances qui, deux ans plus tôt, avait vécu la même situation.

— Acceptera-t-elle de me donner un nom ? Mais je te promets d'insister.

Une gaieté bon enfant régnait sur les boulevards où camelots, cireurs de chaussures, accordéonistes et marchandes de violettes offraient leur truculence. En poussant la porte à tambour du Café de la Paix, Alice croisa le regard d'Hadrien qui guettait sa venue. Après s'être levé pour l'accueillir, il lui proposa de s'installer sur la banquette.

— Ce sera plus confortable.

Le teint hâlé par le soleil et le grand air, le sourire ravageur, il offrait l'image d'un homme détendu et content de la voir. En enlevant ses gants, Alice s'étonna de son propre émoi. Avait-elle sous-estimé leur toquade ? Dès que leurs verres de porto furent apportés, il avoua :

— Tu m'as manqué.

— Toi aussi, répondit-elle avec plus ou moins de sincérité.

A travers les fenêtres ouvertes, elle voyait les carrioles tirées par des chevaux, les autos et les cycles circuler devant l'Opéra. Massée sur les trottoirs, une foule compacte déambulait à la recherche d'une distraction. Un parfum d'insouciance et de griserie flottait dans l'atmosphère. L'été n'était pas terminé ! Même si l'on avait repris le travail, la douceur d'un début de soirée incitait à musarder.

Au crépuscule, ils quittèrent l'établissement. Après avoir emprunté le boulevard des Capucines, ils se dirigèrent vers la place de la Concorde, empruntèrent l'avenue des Champs-Elysées que bordaient de part et d'autre des jardins. Hadrien entraîna Alice vers une zone d'ombre.

— Il y a trop longtemps que j'en ai envie, murmura-t-il avant de chercher sa bouche.

Sous son étreinte, elle perdit son chapeau qui tomba à leurs pieds. Spontanément, elle entoura le cou d'Hadrien de ses bras, se serra contre lui. Ils demeurèrent un long moment à tanguer l'un contre l'autre et à échanger des baisers. L'obscurité les empêchant de discerner leurs visages, Alice se laissait submerger par le plaisir d'être convoitée. La venue d'autres amoureux les dérangea. Hadrien ramassa le chapeau, tandis qu'Alice remettait de l'ordre dans sa coiffure.

Avant de la quitter, il proposa un nouveau rendez-vous.

— Pas avant la semaine prochaine, opposa-t-elle.

— Pourquoi ?

— Je voudrais être délivrée de mon entretien professionnel.

— Quel est le rapport ?

— Il n'y en a pas. Mais je dois me concentrer et…

— … avec moi, tu perds la raison !

Alice choisit ses vêtements les plus sobres : veste et jupe plissée grège, chaussures à brides, chapeau cloche. Puis elle se rendit dans les bureaux parisiens de la société Leroy dont la manufacture se situait à Saint-Fargeau-Ponthierry.

— Monsieur Amblard va vous recevoir dans quelques minutes, lui indiqua une employée.

La gorge serrée par l'appréhension, elle tenta de se détendre, mais chaque bruit de porte la faisait tressaillir. A mesure que s'égrenaient les minutes, elle avait l'impression que son cerveau s'asséchait. Lorsqu'on la conduisit vers le saint des saints, elle tenta de faire bonne figure.

Traversant la pièce, monsieur Amblard vint à sa rencontre. Il était plus jeune qu'elle ne l'avait supposé et son aspect n'avait rien de rébarbatif.

— Asseyez-vous, proposa-t-il en désignant un siège.

Il s'empara du carton à dessin qu'elle avait envoyé, l'ouvrit, en sortit le contenu qu'il déposa sur une table.

— Vos projets ont retenu notre attention. Et le rapport que nous a envoyé votre école nous a confortés dans l'idée de vous recevoir.

Le calme de son interlocuteur et la concision de ses questions aidèrent Alice à trouver les mots pour expliquer ses choix :

— Il m'est apparu que les gens appréciaient de plus en plus les décors simplifiés.

— Raison pour laquelle les gammes de faux unis et de motifs stylisés ont besoin d'être élargies.

Tout en parlant, le directeur artistique passait en revue les études de sa visiteuse.

— Nous avons besoin d'un point de vue féminin. Jusqu'à présent, ce sont des hommes qui ont travaillé pour l'enseigne.

— Notre approche est-elle si différente ?

— Pas toujours. Mais lorsqu'elle l'est, c'est intéressant.

Il développa l'historique de la maison, dont Alice ne connaissait pas tous les épisodes. Sinon que la société avait vu le jour en 1842 quand Louis-Isidore Leroy avait déposé un brevet concernant une machine à impression simultanée pour plusieurs couleurs de papiers de tenture et un cylindre imprimeur pour papier et étoffes. Cette invention avait donné naissance à la fabrication industrielle du papier peint, mais son créateur n'en était pas resté là. Jusqu'à la fin de sa vie, il avait acquis du matériel jusqu'à posséder un équipement de vingt-cinq machines de une à douze couleurs dont certaines fonctionnaient à la vapeur. Les créations Leroy avaient été plébiscitées lors de successives Expositions universelles. En 1877, la présentation d'une machine à imprimer « 26 couleurs », permettant de reproduire des dessins de plus d'un mètre vingt de hauteur, avait consolidé le prestige de la marque.

— Nous aimerions vous employer comme dessinatrice indépendante. Vous n'auriez pas besoin de travailler quotidiennement dans nos ateliers de Saint-Fargeau-Ponthierry, mais il faudra vous y rendre toutes les deux semaines pour livrer votre travail et en discuter avec l'équipe…

# 11

Alice aurait aimé fêter la nouvelle de son engagement, mais Hervé n'était pas encore revenu de Bayeux. Sylvie profitait des charmes de la Riviera. Et Nicole n'avait pas le cœur à s'amuser. Restait Hadrien ! Ce ne serait pas pareil ! Hormis quelques baisers, que partageaient-ils ? Mitza mit fin à son dilemme en l'invitant au théâtre Edouard VII pour voir une pièce de Sacha Guitry : *On ne joue pas pour s'amuser.*

Devant les portes de l'établissement, quelques spectateurs profitaient de la température clémente avant de s'enfermer dans une salle où ils écouteraient les dialogues d'un dramaturge qui, depuis des années, ne les décevait pas. En s'approchant, Alice reconnut un homme qui regardait l'affiche.

— Nous sommes les premiers, remarqua-t-il en la découvrant. Mitza m'a obtenu une place ce matin Un désistement.

Louis l'escorta jusqu'au foyer, où il acheta des programmes. Puis ils bavardèrent en attendant leurs amis.

Au bras de son époux, Mitza fit une entrée remarquée. Couvrant ses épaules, une étole laissait apparaître la broche de diamants qui scintillait à la pointe de son décolleté. En invitant les spectateurs à gagner la salle, la sonnerie interrompit les embrassades. Alice s'assit entre Louis et Pierre. Trois coups résonnèrent, puis le rideau se leva sur l'histoire de Maggy qui avait décidé de devenir comédienne, ce qui allait l'entraîner dans des situations cocasses. L'humour de Guitry fusait dans des répliques qui déclenchaient l'hilarité. Pendant l'entracte, Pierre et Louis furent accostés par une connaissance. Ce qui permit à Mitza de glisser un papier dans la main d'Alice.

— Ton amie peut téléphoner à cette personne.

— Merci de t'en être occupée.

— Je ne t'ai jamais fourni ce renseignement…

— Sois tranquille.

Chez Larue, les effluves de nourriture aiguisaient les appétits.

— Je mangerais un bœuf, avoua Mitza en s'emparant de la carte.

— Moi aussi, j'ai faim, surenchérit Louis. Et soif !

Pierre demanda conseil au sommelier. Il n'était pas question de se tromper ! Encore moins lorsqu'il s'agissait de contenter son épouse et leurs proches. Une bouteille de meursault fut apportée dans un rafraîchissoir puis débouchée.

— A la nouvelle vie d'Alice ! annonça Mitza en levant son verre.

Louis eut un regard interrogateur.

— Elle a trouvé un employeur, le renseigna Pierre.

— Et vous n'avez rien dit depuis le début de la soirée !

— La priorité était à Sacha Guitry, répliqua Alice en découvrant qu'elle n'aurait pu rêver meilleure célébration que ces moments partagés avec trois personnes attentives et bienveillantes.

— Pour la peine, vous allez tout me raconter !

Tandis qu'il lui posait des questions, elle perçut que Louis ne l'appréhendait plus comme une jeune fille dont il appréciait la compagnie, mais comme une femme qu'il avait envie de courtiser. Son regard croisa le sien… Et elle eut de la difficulté à ne pas baisser les yeux, tant son trouble était grand. Jusqu'à la fin du repas, elle s'efforça de donner le change. Mais son cœur battait la chamade.

Le surlendemain, elle accompagna Nicole jusqu'aux abords du square des Batignolles puis l'attendit sur un banc. A cette heure matinale, il y avait peu de monde : la chaisière qui guettait le premier flâneur auquel elle pourrait monnayer un siège, un vieil homme et son chien qui tirait sur sa laisse. A l'église voisine, les cloches sonnèrent neuf heures. Elle se demandait combien de temps durerait l'entrevue et ce qu'il en résulterait. Au bout d'une vingtaine de minutes, Nicole revint. Sans s'attarder, elles quittèrent les lieux et n'abordèrent « le sujet » qu'à leur descente d'autobus.

— Ce sera jeudi prochain.

Tandis que son amie ajoutait quelques indications, Alice constata qu'elle était livide.

— Est-ce que cette personne t'a inspiré confiance ?

— Je ne sais pas. Elle m'a juste indiqué le prix et les précautions que je devrais prendre après l'intervention.

— J'ai rassemblé la somme nécessaire. Et ne me répète plus que ce prêt te gêne !

La musique de jazz résonnait jusqu'au bas de l'immeuble... Et plusieurs participants à la fête dansaient dans l'escalier ! Alice et Hadrien montèrent au premier étage puis se dirigèrent vers le salon où leur hôte serrait contre lui une cavalière rouge et décoiffée. Des bouteilles et des verres vides jonchaient le sol, ainsi que des cendriers débordant de mégots. Un peu partout, des couples s'enlaçaient et s'embrassaient. Ce qui donna des idées à Hadrien qui semblait connaître une lingerie que personne n'avait encore investie. Une odeur d'amidon et de linge fraîchement lavé les accueillit.

Alors qu'il l'embrassait, Alice ne s'opposa pas à sa fougue. Comme le soir où il l'avait raccompagnée, elle ressentit un plaisir teinté de curiosité et d'excitation, mais aucune émotion. Si Hadrien lui plaisait, il ne lui faisait pas perdre la raison comme il avait trop tendance à le croire. Des pas dans le corridor les obligèrent à s'écarter l'un de l'autre. La porte s'ouvrit devant une jeune fille qui venait chercher des serviettes de table. Alice en profita pour rejoindre les invités. Sur son chemin, un garçon éméché l'attrapa par le poignet et, sourd à ses protestations, l'obligea à boire dans son verre. Ce qui rendit furieux Hadrien…

L'appartement était plongé dans la pénombre quand Alice ôta sa clé de la serrure. Quelle fin de soirée ! Hadrien et son adversaire en étaient venus aux mains. Lorsqu'on avait réussi à les séparer, l'un saignait du nez et l'autre se tenait l'épaule en grimaçant. Contrariée par l'algarade, elle avait demandé à Hadrien de la raccompagner. Durant le trajet, ils s'étaient à peine adressé la parole. Lui demeurait replié sur sa frustration de n'avoir pas fait mordre la poussière à l'ennemi. Elle n'aspirait qu'à la tranquillité. Ils s'étaient dit au revoir avec froideur…

De la lumière filtrait sous l'une des portes du couloir. Elle frappa. Hervé ouvrit, encore habillé.

— Tu viens de rentrer ?

— Je ne suis pas sorti.

Un samedi soir ! Ce n'était pas son habitude.

— Tu n'es pas allé au cinéma ?

— Je n'en avais aucune envie.

— Il y a pourtant de bons films.

— Sans doute.

— Quelque chose t'a contrarié…

— Mais non.

— Depuis que tu es revenu de vacances, tu es différent.

— Je ne vois pas en quoi.

Hervé mentait mal. Et son souci devait être grave pour qu'il n'en dît rien à sa confidente privilégiée.

— Et toi, d'où reviens-tu ?

En quelques phrases, elle raconta le pugilat :

— Plains-toi que des hommes se battent pour ta petite personne !

— Ceux-ci ressemblent peu à l'idée que je me fais des chevaliers.

Il sourit. Ce qui encouragea Alice à lui proposer un cognac.

En revenant de l'office avec verres et bouteille, elle ôta ses chaussures et s'empara du paquet de cigarettes qui traînait sur la table. Tandis qu'Hervé partait à la recherche de son briquet, elle vit un début de lettre qui s'adressait à André. « Tu m'as trop fait souffrir... Pour l'instant, je ne me sens pas capable de te voir, encore moins de répéter une pièce avec toi... » Détournant son regard du feuillet, elle se pencha sur la flamme qu'Hervé lui présentait. Qu'il fût malheureux la perturbait... Il était son âme sœur, le frère qu'elle n'avait pas eu, son protégé et son protecteur. Comment l'aider ? Elle commença par lui rappeler des souvenirs joyeux. L'alcool aidant, il se prit au jeu et en rajouta jusqu'au moment où il s'endormit dans le fauteuil. Elle s'empara d'un édredon pour le couvrir. Puis elle emporta le cendrier, éteignit les lumières et s'éclipsa sur la pointe des pieds.

Après l'entretien avec monsieur Amblard, Alice était passée à son ancienne école pour annoncer son embauche à ses professeurs. L'étape suivante serait de quitter ses parents. Elle avait souvent envié ses deux amies proches pour leur autonomie. Leurs familles habitant la province, chacune louait une chambre dans la capitale.

Point positif dans l'épreuve que traversait Nicole : sa logeuse n'était pas rentrée de vacances. Cette absence lui permettrait de reprendre des forces sans éveiller de soupçons.

— Je resterai avec toi, avait décrété Alice.

— Mais non...

— Arrête de discuter !

L'intervention terminée, elles rentrèrent en taxi. Quand Nicole fut installée dans son lit, Alice fit bouillir du linge et désinfecta ce qui serait nécessaire aux soins. Une inquiétude occupait ses pensées. Si une infection se déclarait, il lui faudrait alerter un médecin... Et son amie pourrait avoir affaire à la justice.

Au fil des heures, elles s'autorisèrent à ne plus craindre le pire. Depuis son début de grossesse, l'idée de mourir n'avait pas quitté Nicole. Il aurait été normal qu'elle fût punie pour s'être opposée à la volonté de Dieu. Elevée dans une famille pieuse, elle fut vite rattrapée par la culpabilité.

— Si mes parents savaient, ils ne m'adresseraient plus la parole... Je me sens tellement fautive vis-à-vis d'eux.

— Tu leur as épargné d'apprendre quelque chose qu'ils détesteraient connaître.

— En leur mentant !

# 12

Alice gara son véhicule à quelques mètres des grilles de l'usine. C'était la première fois qu'elle se rendait à Saint-Fargeau-Ponthierry où la société Leroy fabriquait ses papiers peints. Située entre la Seine et la route nationale, desservie par une ligne de chemin de fer, la commune possédait les atouts indispensables à l'implantation d'une manufacture : sa proximité avec la capitale, la présence de l'eau, l'accessibilité par bateau, chemin de fer et automobile. Avant de pousser la barrière, elle regarda l'établissement où étaient regroupées les différentes étapes de fabrication. L'impression, d'une part. Les opérations périphériques, d'autre part : création des motifs, élaboration des colles et des couleurs, façonnage des cylindres, catalogues d'échantillons, suivi des commandes.

— J'ai rendez-vous avec monsieur Amblard, annonça-t-elle au gardien.

Après avoir obtenu des indications, elle ignora la centrale électrique qui occupait le centre du terrain et se dirigea vers l'une des entrées du bâtiment où s'échelonnaient les ateliers et les bureaux. Dans la cour, plusieurs manutentionnaires empilaient des rouleaux de papier. Une femme en blouse bleue l'accueillit dans le vestibule et lui montra l'escalier qui menait à l'étage où travaillait monsieur Amblard.

— Entrez, s'exclama-t-il en l'apercevant derrière la porte vitrée.

Après lui avoir présenté les deux dessinateurs avec lesquels il travaillait, il lui proposa de prendre part à leur discussion. Ils étaient en train de rectifier les motifs d'un papier pour une chambre d'enfant. Alice les écouta jusqu'au moment où il se retourna pour lui demander son avis. Ravalant sa timidité, elle proposa de réduire de quelques millimètres les oursons qui pique-niquaient dans la clairière d'une forêt.

— Cela donnerait davantage de clarté.

— Faisons un essai !

Lorsqu'ils eurent passé en revue d'autres projets, l'un des dessinateurs fit faire à Alice la visite de l'usine. Ils commencèrent par les ateliers où, annuellement, se créaient plus de trois cent cinquante compositions qui pouvaient être reproduites en cinq tons différents. Puis ils se rendirent dans la réserve des bobines de papier vierge qui seraient transportées dans le hall d'impression et placées sur les débobineuses. S'ensuivraient la préparation des fonds et l'impression des motifs. Alice resta un long moment à regarder fonctionner les diverses machines, à observer les gestes des ouvriers qui réglaient la pression des couleurs en fonction des échantillons fournis. Entre les différentes opérations, ils lavaient les cylindres dans des bacs de ciment.

— Venez, l'appela son guide en allant vers la pièce voisine où des papiers étaient suspendus à une cinquantaine d'accrocheuses.

Accéléré par de petits radiateurs, leur séchage constituait la dernière étape avant la finition vernie à laquelle succéderait la mise en rouleaux mécaniques, une opération menée par des femmes.

Après avoir traversé la cour, ils se dirigèrent vers la centrale électrique qui produisait la force motrice, l'éclairage et le chauffage.

— Le charbon arrive sur des péniches. Un wagonnet accroché à un rail et équipé d'une benne à mâchoire va l'y chercher pour le déposer à mi-chemin entre la Seine et la fabrique…

Le dessinateur poursuivit ses explications, mais Alice était devenue distraite pendant qu'ils visitaient la salle des chaudières. La plus importante société de papiers peints l'avait embauchée. Preuve en était : son interlocuteur la considérait comme l'une des leurs. Alors qu'ils revenaient vers leur point de départ, ils évoquèrent leurs parcours. Gabriel Plisson s'était formé aux Arts déco. Il avait rallié la maison Leroy à la fin de la guerre. A la différence d'Alice, il travaillait sur place et, comme de nombreux employés, habitait dans la commune.

En repartant, elle roula devant l'un des deux lotissements où vivaient les ouvriers et leurs familles. Plus loin se situaient les pavillons des contremaîtres, tous construits en meulière et brique. Attentive au cadre de vie de son personnel, la famille Leroy avait veillé sur chacune des constructions. Une attitude encore peu répandue dans le monde industriel. Pendant le trajet vers Paris, Alice se remémora la fin de sa visite. Après avoir déjeuné dans le réfectoire avec monsieur Amblard et son équipe, elle avait assisté à la réunion où avaient été définies les grandes lignes des collections 1926 : géométrie, couleurs franches et dynamisme. On l'avait chargée de concevoir deux projets pour des chambres et de les décliner en trois couleurs.

— Tu savais que j'avais besoin de l'auto ! Cela fait plus d'une heure que j'attends ton retour !

— Ils m'ont gardée plus longtemps que prévu.

Nancy leva les yeux au ciel.

— A-t-on idée de travailler dans des campagnes perdues !

— Excuse-moi. Je ferai attention la prochaine fois.

— Il n'y aura pas de prochaine fois. Tu te déplaceras en train, en carriole, à bicyclette… Mais tu n'auras plus la voiture.

Alice gagna sa chambre. Depuis son retour de vacances, sa mère était encore plus difficile à supporter. Pendant deux mois, Nancy avait vécu chez des amis, ce qui l'avait tenue éloignée de son époux. Le retrouver lui avait rappelé que leur union l'empêchait de réaliser ses désirs et, surtout, de retourner à New York. Ce besoin de retrouver ses racines s'était accentué depuis de récentes rencontres avec des compatriotes, dont un veuf d'une soixantaine d'années qui lui avait fait la cour avant d'embarquer pour l'Amérique.

Combien de temps Alice pourrait-elle endurer cette atmosphère ? Elle n'avait pas encore les moyens de louer un petit atelier… Et le scandale familial qu'occasionnerait un départ lui ôtait l'envie d'en discuter.

— Maman ne supporterait pas le qu'en-dira-t-on. Je passerais pour une fille perdue ! se plaignit-elle à Hervé.

— Dans ce cas, il ne te reste que le mariage !

— Arrête !

— Ce n'est pas monstrueux de l'envisager.

— Non, bien sûr. Mais tu serais agacé si je te faisais la même réflexion.

— Je n'épouserai personne…

— Qu'en sais-tu ?

— Je le sais. Et nous ne parlions pas de moi !

Nicole avait retrouvé une activité normale, mais son manque d'entrain fut remarqué par Sylvie qui rentrait de Nice.

— On dirait que tu sors de maladie !

— Mais non, voyons !

— Au lieu de traîner à Paris, tu aurais mieux fait de me rejoindre.

Alice, qui assistait à la conversation, changea de sujet.

— Ne dois-tu pas passer un entretien d'embauche avec un doreur ?

— Tu as bonne mémoire. Mais je n'irai pas. Je retourne dans le Sud.

Heureuse d'avoir provoqué l'étonnement, Sylvie prit son temps avant d'ajouter :

— J'ai rencontré un Italien. Il vit à Gênes et... nous allons nous marier.

— Espèce de cachottière ! s'exclama Alice.

— J'étais impatiente de voir vos têtes quand je vous l'annoncerais.

— Raconte...

L'élu s'appelait Giacomo. Sylvie l'avait rencontré alors qu'il restaurait une fresque dans une chapelle.

— On ne s'est plus quittés. Il m'a emmenée dans sa famille. Et s'apprête à demander ma main.

— Tu ne regretteras pas la France ?

— L'Italie n'est pas loin.

— Tu as une photo ? s'enquit Alice

— Evidemment, rétorqua Sylvie qui sortit de son sac un petit cadre de voyage.

— Beau garçon, la félicita Nicole.

# 13

Le 25 octobre, l'exposition des Arts décoratifs ferma ses portes. Mais la capitale continua d'offrir un nombre impressionnant de fêtes et de spectacles. On se donnait rendez-vous dans les cafés, les bars… Partout, les réclames invitaient à découvrir de nouveaux loisirs. La radio égrenait les chansons à la mode. Les femmes rêvaient à des acteurs de cinéma. Les hommes s'imaginaient au volant de belles automobiles. On achetait des billets de tombola… En cet automne 1925, aucune ombre ne ternissait le désir de vivre intensément. Comme tout le monde, Alice se laissait emporter par ce courant. Lorsqu'elle ne travaillait pas, elle fréquentait les magasins. Chez la modiste, elle avait commandé trois chapeaux. Chez le gantier : des gants de soirée qu'elle boutonnait à la saignée du poignet. A la couturière, qui venait à domicile, elle fournit des tissus pour que celle-ci façonnât des robes et des jupes dont elle découpait les modèles dans ses revues préférées.

Elle terminait un essayage quand résonna le téléphone. Un homme demandait à lui parler. Elle reconnut la voix de Louis Favier.

— J'ai des invitations pour le théâtre des Champs-Elysées. M'accompagneriez-vous ?

Dès la première représentation, la Revue Nègre avait défrayé la chronique. Annoncé par l'affiche du dessinateur Paul Colin, le spectacle qui avait triomphé à Broadway n'en finissait pas de déclencher curiosité et intérêt. Si certains criaient au scandale, d'autres se félicitaient de la modernité d'une troupe composée de musiciens, de choristes et de danseurs exclusivement afro-américains. En s'asseyant à côté de Louis dans une salle pleine à craquer, Alice put percevoir l'excitation de spectateurs qui espéraient beaucoup de la soirée. Bientôt, la lumière s'éteignit et un jazz-band sortit des coulisses. Sous des applaudissements nourris, les musiciens commencèrent à jouer tandis que le rideau se levait sur un quai où des dockers chargaient un cargo. Soudain, une jeune fille fit son entrée. Vêtue d'une chemise et d'un short déchirés, elle déambula de façon loufoque en faisant des grimaces puis, sur un rythme endiablé, entama un charleston. Jeune, magnifique, Joséphine Baker ne pouvait laisser indifférent ! Différents tableaux succédèrent à cette ouverture qui avait galvanisé les spectateurs. Alice frissonna en écoutant la clarinette d'un certain Sidney Bechet costumé en vendeur d'oranges, aima les claquettes de Louis Douglas et retint son souffle devant la *Danse sauvage* qu'exécutèrent Joe Alex et sa partenaire. Poitrine dénudée et vêtue d'une jupette en plumes, Miss Baker offrait un corps parfait et sa modernité. Louis ne cachait pas son enthousiasme. Il y eut de nombreux rappels, des fleurs furent jetées sur la scène. Personne ne voulait plus quitter les lieux !

Il avait réservé une table Chez Francis. Récemment ouvert, place de l'Alma, le restaurant attirait les noctambules qui sortaient des salles de spectacle alentour. De son siège, Alice pouvait admirer la tour Eiffel éclairée. Le maître d'hôtel leur avait conseillé un gratin de homard et une poularde en gelée. Alors qu'elle buvait une gorgée de chablis, Louis ne regretta pas de l'avoir invitée. Elle lui plaisait avec le bandeau de strass qui retenait ses cheveux à peine ondulés, la robe de soie verte dont le sage décolleté révélait un reste de hâle, les bras joliment proportionnés.

Il ne put s'empêcher de poser sa main sur la sienne.

— J'étais impatient de vous voir.

Alice rougit, mais ne baissa pas les yeux.

— Ai-je bien fait de vous téléphoner ?

— Oui...

Spontanément, il porta ses doigts à ses lèvres pour y déposer un baiser.

— Votre cavalier de l'été dernier existe-t-il encore ?

— Non.

S'amusait-il de son inexpérience ? Cherchait-il à l'ajouter à ses nombreuses conquêtes ? Qu'importe ! Il ne la laissait pas indifférente et elle aimait le timbre de sa voix lorsque ses questions devenaient intimes.

— Je vais chercher à vous revoir… L'accepterez-vous ?

Incapable de prononcer le moindre mot, elle hocha la tête.

Pour ne pas accentuer sa gêne, il se tourna vers des sujets peu dangereux. Alice restait néanmoins troublée. Cet homme ne ressemblait pas à ceux qu'elle avait côtoyés. Avec lui, elle ne pourrait pas badiner, encore moins tricher. Partagée entre la crainte de ce qui pourrait advenir et son attrait pour lui, elle avait conscience de jouer avec le feu. Lorsqu'ils quittèrent le restaurant, il glissa son bras sous le sien et elle eut l'impression de ne plus toucher terre. Son automobile les attendait à quelques pas. Durant la courte distance qui les séparait de l'avenue Kléber, ils parlèrent peu. Arrivés devant chez elle, il descendit pour lui ouvrir la portière, l'accompagna jusqu'à son immeuble et prit congé sans fixer un nouveau rendez-vous.

Pendant plusieurs jours, il ne se manifesta pas. Ce qui rendit Alice nerveuse. Comment le captiver, lui que rien ou presque ne devait surprendre ? La bouche sèche, elle imaginait son existence de célibataire… et se sentait démunie.

Retourner à la fabrique pour montrer ses projets l'obligea à se ressaisir. Il lui fallut batailler avec Nancy pour obtenir l'automobile. Depuis la rentrée, elles ne cessaient de se chamailler. Hervé tentait d'arrondir les angles entre la mère et la fille, mais c'était peine perdue.

— On ne choisit pas sa famille. Chez nous, c'est un naufrage !

Alice éprouvait de la pitié pour son père qui continuait de perdre le peu de repères qui lui restaient. L'enfermement volontaire, le manque d'exercice et de liens sociaux faisaient de lui une sorte de fantôme dont les apparitions étaient presque effrayantes. Le médecin parlait de neurasthénie galopante, prescrivait des sirops fortifiants et l'aération régulière de la chambre où Alice lui apportait quotidiennement le journal.

— Au bout de dix minutes, ma présence lui pèse…

Hervé, qui sortait d'une période de repli, comprenait que l'on aspirât à la solitude. Suivre les cours à la Sorbonne lui avait réclamé un gros effort. En revanche, il ne se sentait pas encore capable de remonter sur une scène. L'exercice était trop lié à André qui, après l'avoir aimé, lui en avait préféré un autre. Le monde s'était écroulé quand il avait compris qu'un de leurs amis l'avait éclipsé.

A la manufacture, l'équipe des dessinateurs passa au crible les deux projets d'Alice. Quelques modifications lui furent réclamées, mais dans l'ensemble ils furent acceptés. Gabriel se chargea de la familiariser avec les différentes machines, la présenta au personnel. Plusieurs ouvriers la regardèrent avec étonnement. Ils n'avaient pas encore vu de femme au poste qu'elle occupait.

— C'est agréable et rassurant de travailler en équipe, confia-t-elle à Nicole.

Sylvie ayant définitivement quitté Paris, toutes les deux se sentaient un peu abandonnées. D'autant qu'Hervé dédaignait leur compagnie.

— Est-ce que je l'ai contrarié ? finit par s'inquiéter Nicole.

— Ni toi ni moi ne sommes responsables de ses humeurs.

## 14

Après avoir franchi la Seine à Chatou, le véhicule prit la direction de Saint-Germain-en-Laye. Dérangé par l'éclat du soleil, Louis plissait les yeux.

— J'aurais dû emporter mes lunettes.

Alice ôta les siennes.

— Tenez !

— Mais vous ?

— Ce n'est pas moi qui conduis.

La veille au soir, il lui avait téléphoné :

— Que diriez-vous d'une promenade en forêt ?

Arrivés à destination, il gara l'automobile devant une allée cavalière. En descendant du marchepied, Alice leva la tête vers les feuilles qui offraient leurs nuances de brun, de roux, de fauve et d'or. Un dernier flamboiement avant de disparaître ! Qui mieux que la nature pouvait s'offrir avec une telle générosité ?

— Marchons, proposa Louis.

Les trilles des oiseaux et quelques froissements d'ailes leur indiquaient qu'ils n'étaient pas seuls. A l'ombre des fougères, dans les ramures, quantité d'animaux avaient décelé leur présence et se cachaient. Louis se laissait griser par l'odeur puissante de la terre et des végétaux qui emplissait l'atmosphère. Après la journée commémorative de la Toussaint, il avait besoin du contact des arbres. Comme beaucoup de monde, il était allé se recueillir sur la tombe de ses parents et de proches. Un rituel dicté par les convenances, mais qui ne correspondait pas à son état d'esprit. C'était ici, sous la futaie, qu'il trouvait le chemin naturel du souvenir. Loin des couronnes mortuaires, il célébrait les affections indéfectibles, ces affinités particulières qui l'avaient aidé à se construire. Et il se réjouissait qu'Alice se trouvât à ses côtés, le passé et le présent, l'invisible et le visible ne faisant plus qu'un.

Alors qu'ils arrivaient à un rond-point, il demanda :

— Quel chemin choisissez-vous ?

— Le deuxième sur la droite. Je viens d'y voir passer un lapin. On va trouver son terrier.

— Et il nous mènera au Pays des Merveilles ! Accompagné de l'héroïne principale, je devrais être correctement accueilli…

Au moment où Alice regrettait que le temps se fût trop vite écoulé, il lui demanda :

— Vous avez des projets pour la soirée ?

— Pas vraiment

— J'ai invité un ami à prendre un verre. Joignez-vous à nous.

Il habitait à deux pas des Champs-Elysées. Rue Marbeuf, au quatrième étage d'un immeuble haussmannien. L'appartement n'était pas grand, mais Alice apprécia les volumes et les hautes fenêtres du salon. A l'inverse de la villa Margarita, la décoration était contemporaine. Meubles en bois exotiques, lignes épurées, Louis vivait dans son époque. Elle s'attarda devant une console en miroir puis admira un dessin de Foujita.

— Mitza m'a fait rencontrer ses amis. J'ai pu me rendre dans leurs ateliers. Comme Pierre, je me suis laissé tenter.

Il se dirigea vers un bar.

— Un whisky ?

— Plutôt du gin.

Alors qu'il la servait, on sonna à la porte.

L'arrivant avait sensiblement le même âge que Louis, mais on ne pouvait trouver plus différent. Petit, trapu, le teint rougeaud, affublé de grosses lunettes, il n'avait a priori aucun charme. En revanche, Alice apprécia sa poignée de main ferme et son sourire chaleureux. Au fil de la conversation, elle apprit qu'il venait de Tourcoing et que les deux amis avaient combattu ensemble les Allemands. Sans s'appesantir sur cette période, ils évoquèrent le présent. Le visiteur travaillait comme contremaître dans une filature. Il était venu dans la capitale pour assister au mariage de son cousin germain.

— Le métro, les réclames, le monde dans les rues, les ascenseurs.... Il y a de quoi avoir le tournis ! J'ai hâte de retrouver mes habitudes.

L'alcool aidant, il admit s'être tout de même amusé depuis son arrivée. Notamment au Moulin Rouge où il avait applaudi Mistinguett.

— Quelle énergie ! Elle n'est pourtant plus toute jeune !

— Si elle t'entendait ! plaisanta Louis.

Pendant qu'ils discutaient, Alice observait les lieux et se demandait combien de femmes avaient écouté les 78 tours empilés près du gramophone, éteint leurs cigarettes dans les cendriers en onyx, bu des cocktails composés par leur hôte. Combien s'étaient prélassées sur le sofa où elle était assise ? Ces interrogations lui faisaient perdre le peu d'assurance qui lui restait. Certes, il semblait rechercher sa compagnie... Mais que représentait-elle d'autre qu'une « curiosité » au milieu de ses conquêtes ? Son inexpérience la complexait tellement qu'elle décida de prendre congé en même temps que l'invité. Dès qu'il se leva, elle l'imita et ramassa son sac.

— Vous êtes pressée ? s'étonna Louis.

— Je dois aller à Saint-Fargeau-Ponthierry demain matin, mentit-elle. Et je n'ai pas préparé mes cartons à dessin.

Sans répliquer, il raccompagna son ami jusqu'à l'escalier puis revint sur ses pas.

— Est-ce que je dois croire cette histoire de cartons à dessin ?

Alice le vit s'approcher.

— Tu ne dois pas avoir peur...

Incapable de savoir si ces paroles la rassuraient ou la faisaient un peu plus douter d'elle-même, elle sentit les mains de Louis sur ses épaules. Il approcha sa bouche de la sienne et tout devint simple. L'homme qui occupait ses pensées l'embrassait et ce baiser n'avait rien à voir avec ce qu'elle avait connu jusque-là. Emportée dans un tourbillon, elle oublia sa réserve pour s'abandonner. Au bout de longues minutes, il s'écarta et, tenant son visage entre ses mains, chercha son regard.

— Je vais te raccompagner, murmura-t-il en posant ses lèvres à la naissance de son cou. Et tu pourras sagement préparer tes affaires.

Plus Louis découvrait la personnalité d'Alice, plus il avait envie de ne pas brusquer leur relation. Auprès d'elle, il avait l'impression de rattraper ce qu'il avait négligé par impatience ou désir d'indépendance. La faire participer à ses intérêts, ses enthousiasmes, lui démontrait combien il avait peu partagé avec celles qui l'avaient précédée. Au théâtre et au cinéma il se surprit à guetter ses rires ou ses applaudissements. Sachant qu'elle mourait d'envie de découvrir les cafés de Montparnasse, il l'emmena carrefour Vavin. A la Rotonde, elle croisa Tzara et Soutine. Au Dôme, elle observa Brancusi et la peintre russe Chana Orloff. Ils se rendirent ensuite chez Pierre et Mitza.

— Je serais étonné qu'elle n'ait rien deviné, avança-t-il.

— Deviné quoi ? ironisa Alice.

— Que nous nous embrassons dès que personne ne peut nous voir. Et que cela ne te déplaît pas.

Le Nouvel An approchant, il lui demanda ce qu'elle avait prévu de faire.

— Je n'ai encore rien décidé.

— Si j'invitais nos amis à Dinard... Tu nous accompagnerais ?

Chez Leroy, Alice trouvait ses marques. Sur cinq de ses propositions, trois avaient été acceptées.

— C'est plutôt prometteur, la félicita Gabriel. Certains dessinateurs ont essuyé des refus pendant plusieurs mois.

Consciente que chaque projet repoussé pourrait fragiliser de bons débuts, elle privilégia le calme en s'installant dans une chambre de personnel vacante. Chaque matin, elle montait au dernier étage de l'immeuble puis, de la pointe de ses pinceaux, rectifiait ce qu'elle avait accompli la veille, déchirait, jetait, refaisait. Rarement satisfaite, elle pouvait passer des heures à la recherche d'un volume parfait. Ce qui l'empêchait de trop se morfondre. Louis était parti en voyage d'affaires pour deux semaines. Elle avait reçu de courtes missives de Lyon puis de Marseille qu'elle avait lues et relues en y cherchant un sens caché. Percevait-il combien il lui manquait ? Elle-même était surprise de la place qu'il occupait dans son existence. A certains moments, elle exultait d'avoir croisé son chemin. A d'autres, elle craignait qu'il ne l'oubliât. Au cours d'insomnies répétées, elle l'imaginait en train de courtiser des créatures avec lesquelles elle n'aurait pu rivaliser.

# 15

Guirlandes, figurines, boules de verre colorées ornaient les devantures des boutiques de Dinard qui, Noël terminé, proposaient leurs articles pour la Saint-Sylvestre. De nombreux Anglais traversaient la Manche pour l'occasion. Attachés à leurs traditions de fin d'année, ils aimaient les retrouver hors de leur pays. On ne pouvait entrer au casino ou dans les hôtels sans y découvrir des sapins à la décoration féerique. De nombreuses animations étaient proposées : kermesses pour les enfants, thés dansants, concerts et tours de chants.

A quelques mètres de la villa Margarita, Louis ralentit. Ils avaient quitté Paris à l'aube et s'étaient arrêtés à mi-parcours pour déjeuner. Durant le trajet, ils avaient parlé par intermittence. Alice s'était parfois assoupie.

Un homme sortit de la maison.

— Bonsoir, Monsieur.

— Bonsoir, Yann.

Tandis que le gardien se préoccupait des bagages, sa femme accueillit les voyageurs dans le vestibule. Une flambée les attendait dans le salon où le thé fut servi dans des tasses de fine porcelaine. Assis dans le canapé, Louis et Alice s'offraient à la chaleur des flammes. Après avoir conduit, il appréciait cette pause avant l'arrivée de leurs amis. Il alluma une cigarette, en proposa une bouffée à son invitée.

— Tu as sans doute envie de t'installer...

Yann avait monté la valise d'Alice dans l'une des chambres du deuxième étage où Soizic venait de déposer une carafe d'eau et un verre sur la table de chevet.

— Voulez-vous que je range vos vêtements dans l'armoire ?

— Merci. Je vais m'en occuper.

— Si vous avez du linge à repasser, n'hésitez pas à sonner...

Dans la cuisine, Soizic éteignit le feu sous la soupe de poisson. Elle était contente que la villa retrouvât vie. Depuis l'été dernier, monsieur Favier n'y avait pas séjourné. Certains serviteurs se seraient félicités de ne pas avoir le patron sur leur dos. Pas elle ! Depuis plusieurs jours, elle s'était activée à préparer la maison. Son mari l'avait aidée à nettoyer les vitres des fenêtres et de la véranda, ainsi que les rambardes des balcons. Puis ils avaient battu les tapis et les coussins. C'était leur première expérience de gardiens et elle voulait démontrer leurs compétences. Employé au chantier naval de Saint-Malo, Yann avait peu quitté les bassins où l'on construisait les bateaux. Jusqu'au moment où une poulie l'avait violemment heurté. Condamné à une immobilisation de plusieurs mois, il s'était senti inutile. D'autant qu'il ne pourrait reprendre son poste. Face à la situation, Soizic avait entrevu une solution : dans la région, les gens cherchaient des gardiens. Yann n'était pas emballé par l'idée de quitter leur domicile pour vivre chez des employeurs, mais elle ne s'était pas laissé démonter.

Ce soir, tout était prêt pour la venue des Parisiens. En cette période hivernale, le jardin ne se présentait pas sous son meilleur aspect... mais le bois était débité et rangé sous l'appentis, les allées débarrassées des feuilles mortes et ratissées. Quant à la maison, elle fleurait bon la cire et l'élixir de lavande. Soizic souleva le couvercle d'une poêle qui contenait des endives caramélisées. Elle adorait cuisiner et espérait que sa fille deviendrait, elle aussi, un cordon-bleu. Depuis qu'elle était petite, Rozen secondait sa mère dans les travaux ménagers. Non par obligation, mais par goût. Aujourd'hui, elle avait épluché les légumes et préparé une sauce à l'oseille. Si Soizic ne l'avait pas renvoyée dans leur logis, elle serait restée pour entrevoir les dames qui venaient de la capitale...

Mitza, Pierre, leur fils François et sa nouvelle nurse arrivèrent plus tard que prévu. Endormi, le petit garçon fut installé avec précautions dans la chambre qui jouxtait celle d'Alice. Ponctué de bons mots et d'histoires amusantes, le dîner à quatre fut joyeux. Comme si chacun s'était débarrassé de ses soucis pour partager le plaisir d'une soirée hivernale.

Lorsqu'elle regagna sa chambre, Alice ouvrit la fenêtre afin d'entendre le bruit de la mer. L'air froid la faisant frissonner, elle se couvrit puis leva la tête vers un ciel sans étoiles. Alors qu'elle respirait l'air iodé, le grincement d'une croisée que l'on ouvrait à l'étage inférieur la fit se pencher. Louis venait de sortir sur le balcon. Ignorant qu'elle l'observait, il s'attarda quelques minutes avant de faire demi-tour.

Avant le repas, Alice avait rangé ses effets dans l'armoire et la commode, disposé ses brosses et peignes en écaille sur la coiffeuse… ainsi que son vaporisateur de voyage qui contenait Shalimar, le nouveau parfum de Guerlain. Accrochés aux murs vert d'eau, plusieurs tableaux offraient des scènes de plage qui rappelaient l'univers de Raoul Dufy. Sur la cheminée une paire de chandeliers en faïence blanche voisinait avec trois statuettes d'animaux. Après avoir fait sa toilette, elle se coucha. Un simple plancher la séparait de Louis qui avait installé Mitza et Pierre au même étage que lui. Depuis le début de leur flirt, il n'avait jamais abusé d'une situation. Pourtant, lorsqu'il était revenu de son voyage, il avait semblé heureux de la revoir, de la serrer longuement dans ses bras, de l'embrasser. A moins qu'il ne se révélât le plus grand des manipulateurs, elle était quasi certaine qu'il ne jouait pas avec elle !

Lorsqu'elle descendit prendre le petit déjeuner, elle ne trouva personne dans la salle à manger.

— Monsieur est sorti, la renseigna Soizic.

De l'office parvenait un babil d'enfant. La nurse était en train de donner une bouillie à François qui tenait dans sa main un hochet à grelots. En reconnaissant Alice, il commença de gesticuler.

— Il vaut mieux que je ne le distraie pas, dit-elle avant d'enfiler son manteau dans le vestibule.

A pas rapides, elle se dirigea vers la pointe du Moulinet dont elle grimpa les escaliers escarpés. Creusés dans la falaise, ils permettaient d'atteindre son sommet et de dominer la plage de l'Ecluse qui, en cette heure matinale, n'appartenait qu'aux mouettes dont les cris vrillaient les tympans. La marée basse offrant l'occasion de se promener en toute tranquillité, elle n'hésita pas à fouler le sable jusqu'aux premières vaguelettes. Un ciel morne rendait la mer grise, mais à son contact elle avait l'impression de se régénérer. En poursuivant sa marche en direction de la Malouine, elle réfléchit aux quatre mois qui s'étaient écoulés depuis son dernier séjour. Aurait-elle imaginé que la fin de l'été ouvrirait sur des changements majeurs : un métier auquel elle aspirait et une relation avec un homme qui bousculait ses repères. Au bout d'une vingtaine de minutes, elle fit demi-tour. Peu de silhouettes déambulaient devant les façades des hôtels qui bordaient le rivage. La station ne s'animerait qu'en fin de matinée. Il y aurait des concerts de chambre, des distractions pour les plus jeunes. Histoire de patienter jusqu'au déjeuner...

Le visage cinglé par le vent, elle parcourait la dernière partie de son trajet quand elle reconnut Louis qui venait à sa rencontre.

— J'étais certain de te trouver par ici.

— Quel fin limier !

Chaque soir, les deux couples se rendaient au casino pour écouter du jazz ou des chanteurs de variétés. Dans les salons et les bars, on parlait autant anglais que français... Et l'on se distrayait ! Les barmen proposaient des cocktails inédits, le porto coulait à flots. On dansait jusqu'à l'aube sous les lumières tamisées et on défiait l'avenir en pensant qu'il dispenserait d'heureuses surprises. Rien n'avait été négligé pour que le réveillon s'avérât inégalable. Toute la journée, les couturières, coiffeurs, manucures s'étaient occupés de leurs clients. On avait engagé des orchestres et des formations connues, des prestidigitateurs, des jongleurs, des chansonniers !

Minuit allait bientôt sonner... Et l'excitation grandissait. Dans des rafraîchissoirs, les bouteilles de champagne attendaient d'être débouchées. Certains participants lançaient déjà des serpentins. D'autres s'étaient approchés de l'immense boule de gui qui occupait le centre de la salle de bal. A grand renfort de cuivres et de cymbales, l'orchestre faisait monter la température. Soudain, les musiciens s'arrêtèrent et une chanteuse commença de décompter les minutes. Dans un indescriptible brouhaha, les gens se congratulèrent. Alice sentit la main de Louis sur son épaule nue et ne put retenir un frisson. Sans prononcer un mot, il déposa un baiser au creux de son cou. Pour s'isoler de la clameur qui grandissait autour d'eux, elle ferma les yeux... Ce fut Mitza qui la ramena à la réalité pour lui souhaiter une bonne année et ajouter, avec un clin d'œil, que 1926 serait certainement riche en péripéties !

# 16

Le 1er janvier, le petit François ne vit ses parents qu'à midi. Mais il ne manqua pas de compagnie. Au fil des jours, il avait gagné l'affection de Soizic et de Rozen qui, entre deux tâches ménagères, se joignaient à la nurse pour le distraire. L'enfant avait une préférence pour l'adolescente. Dès que celle-ci s'approchait, il tendait les bras. Se pouvait-il qu'un bébé sentît aussi bon ? Et possédât d'aussi beaux habits ? Depuis qu'elle côtoyait monsieur Favier et ses invités, Rozen découvrait un monde qu'elle n'aurait pas soupçonné. Avec ses parents et son frère Mahé, elle n'avait connu que la vie d'un hameau. Puis, sa famille s'était installée à Dinard dans un logement qui ouvrait sur la mer. Dans la rue, elle croisait des automobiles rutilantes dont beaucoup s'arrêtaient devant le Grand Hôtel. Chaque fois qu'elle passait devant l'établissement, elle ralentissait pour observer le va-et-vient des clients et rêvait qu'elle ferait, un jour, partie des femmes de chambre. Lorsqu'elle avait formulé ce souhait, sa mère ne l'avait pas découragée.

— En travaillant dur, tu te feras peut-être embaucher.

Pour la familiariser avec le luxe, Soizic lui demanda de l'aider à nettoyer les chambres. En rangeant les effets des invitées, la petite découvrit des vêtements qui surpassaient tout ce qu'elle avait admiré dans les devantures des magasins. Combinaisons et jupons en dentelle, pyjamas en crêpe de Chine, robes en soie, en velours, en lamé... Sans compter les bijoux ! Sautoirs, boucles d'oreilles, bagues. Il y avait de quoi perdre la tête. Chez mademoiselle Alice, elle aimait respirer l'odeur des onguents et de la poudre. Depuis son arrivée, la jeune femme aiguisait sa curiosité. Etait-elle la fiancée de monsieur Favier ? La trouvant jolie et gentille, Rozen le souhaitait. D'autant que celle-ci lui avait accordé de l'attention.

— Quel âge as-tu, Rozen ?

— Douze ans et demi.

— Merci d'avoir si bien repassé mes robes.

— C'était de bon cœur, mademoiselle. En plus, elles sont très belles !

— C'est ta maman qui t'a appris à t'occuper du linge ?

— Ma maman et ma grand-mère. Elle est brodeuse.

— Dans la région ?

— Pas trop loin d'ici. A Dinan. On dit qu'elle a des doigts de fée.

— Que brode-t-elle ?

— Les costumes de fête et les coiffes.

— Et toi, tu as un costume ?

— Oui. Mais il va bientôt m'en falloir un nouveau. A mon frère aussi ! On a grandi !

— Ton frère ? Je ne l'ai pas encore vu...

— Il aime pas trop le monde.

Rozen retourna dans l'office où elle nettoya des fonds de carafe avec du vinaigre. Le lendemain matin, François et ses parents repartiraient pour Paris. Monsieur Favier et mademoiselle Alice s'attarderaient un jour de plus. Puis, la villa retrouverait son calme.

Alors que Mitza trichait sans vergogne au poker, Pierre lui demanda de se montrer plus scrupuleuse. Ce qui la fit monter sur ses grands chevaux. Alice adorait leurs fausses scènes de ménage ! Son amie aurait pu être comédienne, tant elle était douée pour se tirer de toutes les situations. Inventive, amusante, excentrique parfois, elle adorait surprendre son entourage. La partie terminée, Louis plaça un 78 tours sur le gramophone puis entraîna Alice dans les figures de plus en plus compliquées d'un tango.

— J'étais taxi-boy dans une autre vie, ironisa-t-il.

— Ce qui t'a permis d'acheter cette maison !

— De riches Américaines m'y ont aidé. Sans compter cette veuve mexicaine que j'ai rencontrée à Venise. Nous avons fait le tour de la planète… avant de nous attarder à Buenos Aires où tout le monde m'applaudissait quand j'entrais sur la piste. Quelle chance tu as de m'avoir pour cavalier !

Semblable à Mitza, il aimait les jeux. Ce qui pouvait brouiller les pistes quant à sa vraie nature. Au fil des semaines, Alice commençait à se faire une idée. Derrière une apparente désinvolture, Louis cachait sa crainte de ne pas utiliser à bon escient un temps qui passait trop vite, sa peur d'être distancé par le progrès, sa méfiance des autres, son appréhension de la solitude. Ces quelques jours à Dinard l'avaient détendu. Au point de ne plus vouloir en partir.

Après le départ des Chavant, Alice s'installa dans le salon et but le chocolat que Soizic lui avait servi avant de s'éclipser jusqu'au lendemain. Pour ranimer les braises, Louis s'accroupit devant la cheminée. En le regardant s'affairer, Alice aurait souhaité que le temps s'arrêtât. A Paris, plus rien ne serait pareil. Il serait happé par ses affaires et elle compterait les jours entre leurs rendez-vous. Lorsqu'il se releva, il perçut sa nostalgie et s'approcha :

— Que se passe-t-il ?

— Rien, se défendit-elle.

— Ne me mens pas.

Comment lui cacher qu'il était devenu le centre de son existence, qu'il l'attirait comme un aimant, qu'elle demeurait éveillée la nuit en espérant et redoutant qu'il la rejoignît ? Elle détourna la tête.

— Ne me mens pas, répéta-t-il.

Alice ne résista pas à poser sa joue brûlante contre la sienne puis à réclamer un baiser. Etouffant un ultime sursaut de pudeur, elle se serra contre lui, ébaucha des gestes à la fois maladroits et décidés. Emporté par sa propre fougue, Louis bouscula vêtements et dentelles pour voler un coin de peau, respirer un parfum devenu familier. Conscient d'être le premier homme auquel elle cédait, il prenait garde de ne pas la brusquer. Mais elle semblait libérée de toute peur. Ses caresses la faisaient frissonner et lui-même ressentait de l'émotion à la voir s'offrir avec autant de confiance.

— Laisse-moi te regarder, murmura-t-il.

Dans ses yeux, elle capta une lueur qui ne pouvait que la rassurer sur son pouvoir de séduction. Et lorsqu'il lui dit qu'elle était diablement belle, elle se sentit prête à égaler toutes celles qui l'avaient précédée. C'était si simple de se laisser guider par la soif de se rejoindre...

Couchée dans le grand lit, Alice sentait la hanche de son amant contre la sienne. Somnolait-il ? Elle n'osait bouger de peur de le déranger. Lorsqu'il posa ses lèvres sur son épaule, elle se tourna vers lui.

— Tu ne dors pas ? s'étonna-t-il. A quoi pensais-tu ?

— Ce serait long à raconter.

— Depuis notre arrivée dans cette maison, je me demandais quand tu te déciderais à transformer notre relation. Dès que j'éteignais ma lampe, je maudissais ce plafond qui nous séparait.

— Moi aussi !

— Petite fourbe. Tu n'en as rien laissé paraître.

Il aima son rire joyeux.

— Qui a installé Pierre et Mitza à ton étage ? Qui m'a reléguée à côté de la nurse et du bébé ?

— N'aurais-tu pas trouvé grossier que je fasse l'inverse ?

Soizic n'eut pas besoin d'une boule de cristal pour comprendre que quelque chose avait changé entre Monsieur et mademoiselle Alice. A peine se furent-ils installés dans la salle à manger qu'elle les entendit plaisanter avec une douceur et une complicité nouvelles. Jusqu'à leur départ pour Paris, la gardienne se voulut discrète et sortit peu de l'office où elle lava de la vaisselle. Tandis qu'elle essuyait des verres, elle se demanda si elle aurait bientôt une patronne. Monsieur avait beau lui être apparu comme un célibataire endurci, il pouvait changer d'avis. Ce qui serait bon pour la villa ! Depuis leur embauche, Soizic s'étonnait qu'un tel lieu n'abritât pas un couple voire une famille. Elle n'était pas habituée à ce qui sortait des schémas habituels. A l'âge convenu, on se mariait. En ce qui la concernait, ses parents lui avaient choisi Yann, qui travaillait au chantier naval. C'était avant la guerre, en

1909. Elle avait dix-neuf ans et lui vingt-deux. Ils s'étaient vus quatre fois avant la noce. Autant dire qu'elle avait épousé un inconnu qui ne lui éveillait aucun sentiment. L'attirance était venue quand elle s'était rendu compte qu'il était un excellent danseur. Lors des fêtes, elle pouvait s'enorgueillir d'avoir le meilleur cavalier. Tandis qu'ils esquissaient des pas, elle se sentait légère comme une plume. Il savait aussi jouer de l'accordéon. Bref : au gré des semaines, elle le vit avec d'autres yeux. Yann ne savait pas exprimer ses sentiments, mais elle perçut qu'il n'était pas malheureux avec elle. De leurs étreintes était né leur fils Mahé qui, en grandissant, partagea avec son père le goût des ports et des bateaux. Avec une variante : il ne voulait pas participer à leur construction, mais naviguer. Puis Rozen était venue. Pour ses deux enfants, Soizic avait puisé dans son répertoire de contes et de chansons. Il arrivait encore que tous les deux lui demandent de prononcer la phrase magique : *Il était une fois*. Alors, elle les emmenait dans des forêts traversées par des chevaliers qui avaient juré loyauté et fidélité à leur seigneur, au bord de lacs noyés de brume où des créatures surnaturelles dictaient leurs lois. Juste avant d'emménager à Dinard, elle avait eu une hésitation. Saurait-elle répondre aux exigences de monsieur Favier ? Ignorant les codes de la bourgeoisie, elle avait emprunté des livres à la bibliothèque de Saint-Malo puis déchiffré les préceptes et conseils distillés au fil des pages. Pour ne pas oublier l'essentiel, elle le recopiait dans un cahier. Avoir été à l'école jusqu'à quatorze ans lui permettait de lire, écrire et calculer. Ce qui lui donnait une certaine autonomie.

La villa nettoyée, elle traversa le jardin pour regagner son logis. Mahé venait de remonter du port. Depuis quelque temps, il travaillait sur le bac qui reliait le Bec de la Vallée à Saint-Malo. Pour quelqu'un qui rêvait d'aventures, ce n'était guère réjouissant, mais il était fier de toucher sa paie. En réalité, il attendait d'accomplir son service militaire. Avec l'espoir d'être intégré dans la marine. Pas une journée ne s'écoulait sans qu'il ne s'imaginât au bout du monde.

— Je vais réchauffer du bouillon, lui dit Soizic en s'activant autour d'un chaudron.

— Le patron est parti ?

— Ce matin.

Mahé n'avait rien contre monsieur Favier, mais il était content de retrouver sa mère qui, depuis quelques jours, se montrait peu disponible.

— Il revient quand ?

— Aucune idée !

## 17

Dès leur retour à Paris, Alice prit l'habitude de rejoindre Louis dans son appartement. Hormis Nicole, personne n'était au courant de leur relation. Si Mitza et Pierre avaient une idée sur la question, ils n'avaient bénéficié d'aucune confidence.

« Pour être heureux, vivons cachés », répétait Louis.

Alice hochait la tête en se demandant où la mènerait cette liaison qui l'enfiévrait. Dès que son amant l'appelait, elle le rejoignait. Que ce fût pour une sortie, une soirée intime, une promenade hors de la capitale, elle ne se dérobait pas. Peut-être aurait-elle dû se montrer moins disponible afin de se faire davantage désirer, mais elle n'avait pas envie de lasser ou de perdre Louis avec des minauderies. Une confiance s'étant installée entre eux, il commençait à lui livrer des pans de son passé. Enfant unique et choyé par sa mère, il n'avait manqué de rien jusqu'à la guerre. Comme la plupart de ceux qui en étaient revenus, sa vision du monde s'était assombrie. Ce qui ne l'empêchait pas de jouir des plaisirs qui jalonnaient son chemin. Travailler en était un. Encore plus depuis que ses projets se réalisaient et connaissaient le succès. Alice avait perçu sa fierté quand, un dimanche, il l'avait emmenée visiter l'atelier d'Asnières où se fabriquaient les gramophones et les postes de TSF. Ils avaient déambulé dans les locaux vides d'ouvriers, s'étaient arrêtés devant des phonographes et des récepteurs dernier cri. Avec passion, il avait développé ce qu'il prévoyait pour l'avenir. Puis ils s'étaient dirigés vers l'entrepôt où étaient stockés les 78 tours qu'il importait.

Fin février, Louis rentra de Londres où il s'était rendu pour ses affaires. N'ayant pas vu Alice depuis dix jours, il bouillait d'impatience de la retrouver. Pour la première fois, elle lui fit faux bond. La société Leroy donnait une soirée qu'elle ne pouvait éviter. Seul chez lui, il but quelques rasades d'alcools forts, ne répondit pas au téléphone qui sonna plusieurs fois, finit par s'endormir sur le canapé et se réveilla avec la gueule de bois. Puis il se rendit à Asnières où Gilbert ne manqua pas de commenter son piteux état.

— Tu as encore fait la bringue !

Au prix d'un gros effort, Louis parvint à enchaîner diverses tâches jusqu'à la fermeture des locaux. C'était la première fois qu'il se relevait aussi difficilement d'une cuite ! De retour chez lui, il s'attarda dans un bain. Le téléphone sonna alors qu'il se séchait.

— Louis...

Il reconnut la voix d'une femme qui, depuis quelques jours, recherchait sa compagnie. Alors qu'elle lui proposait de la retrouver, il coupa court et sur un ton sec mit fin à la conversation. Puis il réclama à l'opératrice le numéro d'Alice.

— Ta soirée s'est bien passée ?

— J'en suis sortie plus tôt que prévu et je t'ai téléphoné plusieurs fois... Mais tu étais absent.

Ainsi, elle avait tenté de le joindre pendant qu'il se morfondait ! Quel idiot il avait été de ne pas répondre.

Une heure plus tard, il lui ouvrait la porte.

— Il fait un froid de tous les diables, dit-elle en se débarrassant de ses écharpe et manchon. Un remontant me fera du bien.

Sans sourciller, il s'approcha du bar. Alors qu'il commençait de verser du rhum dans un verre, l'odeur le ramena à son malaise matinal. Il la servit, puis s'installa dans un fauteuil.

— Tu ne bois rien ? s'étonna-t-elle.

— Pas pour l'instant.

— Tu sembles fatigué.

— Maintenant que tu es là, tout va mieux !

En se dissipant, son inquiétude le plaçait devant une évidence. Alice ayant quinze ans de moins que lui et faisant tourner pas mal de têtes, il craignait qu'on ne la lui volât. D'autant que personne ou presque ne connaissait leur liaison. Quittant son siège, il la rejoignit sur le divan.

— Que nous nous cachions ne te pèse pas ?

Surprise par la question, elle murmura :

— Je préfère que mes parents n'apprennent pas que...

— Et si tu m'épousais ?

Constatant que Louis ne plaisantait pas, Alice se sentit submergée par l'émotion. Jusqu'à ce soir, elle n'avait pas voulu espérer ni même penser qu'il la demanderait en mariage. Elle s'était contentée de vivre au jour le jour...

— Tu ne me réponds pas, constata-t-il.

— Es-tu certain de le vouloir ?

— Tu en doutes ?

— Non... Mais tout va si vite !

— Si vite ? Nous nous sommes rencontrés il y a un an et demi. Et revus, régulièrement, depuis l'été dernier.

Ainsi, cet homme si recherché l'avait choisie pour partager sa vie. Serait-elle capable de lui apporter ce qu'il était en droit d'espérer ?

— Tu ne m'as toujours pas répondu. Est-ce si difficile d'accepter ?

— Non ! Bien sûr que non !

— Alors, tu refuses ? s'amusa-t-il.

— Non !

— Sois claire... C'est non ? C'est oui ?

— C'est oui ! Mille fois oui !

Nancy, qui n'avait rien soupçonné, tomba des nues. Sa fille unique avait trouvé un époux dont la situation sociale ne pouvait qu'être admirée. Un avenir radieux se dessinait devant la future mariée… Alors qu'elle-même devrait poursuivre un face à face stérile avec l'épave qu'était devenu Raymond. Des images de New York emplissaient son esprit et son mal du pays s'avérait si puissant qu'elle en arrivait à vouloir fuguer. Pourquoi ne pas embarquer à bord d'un paquebot pour ne plus revenir ?

Loin des tracas de sa mère, Alice ne pensait qu'à contenter Louis qui voulait des fiançailles fin mars. Et des noces fin juin.

Il commença par rendre visite à Raymond qui, avec un regard un peu perdu, l'écouta lui demander la main de sa fille.

— J'espère que vous la rendrez heureuse.

— Je m'y engage.

Un peu plus tard, Louis glissa au doigt d'Alice une bague sertie d'un saphir et de petits diamants. Il avait fait démonter les pierres d'une broche familiale afin qu'elles ornent le bijou créé par un joaillier. Emue, elle ne l'avait pas ôtée quand elle s'était couchée. Dans moins de quatre mois, elle aurait quitté la maison paternelle, changé de nom ! Louis avait beau lui assurer qu'elle conserverait sa liberté, elle appréhendait les répercussions que pourrait avoir leur union sur son début de carrière.

— Arrête de vouloir tout anticiper, la rabroua Hervé, auquel elle avoua ses craintes. Et profite de ces moments ! On ne se marie pas tous les jours !

Passé l'effet de surprise, il se réjouissait pour Alice. En dépit de la proposition que lui avait faite Nancy de conserver sa chambre, il quitterait l'appartement et, dès la rentrée, s'installerait chez un libraire du Quartier Latin avec lequel il avait sympathisé. Depuis Noël, son moral était meilleur. Il avait même repris des cours de théâtre chez un nouveau professeur et se projetait dans des rôles. En attendant, il lui fallait se consacrer à ses examens. Ce qui devint difficile, Alice lui demandant son avis pour la réception, les fleurs…

— Si j'échoue, ce sera ta faute, regimbait-il.

— Tu ne peux pas me laisser tomber.

— Et Nicole ? Elle n'est pas de bon conseil ?

— Je l'ai déjà beaucoup sollicitée.

— Si je comprends bien, mon opinion n'est qu'additionnelle ! se récria-t-il faussement vexé.

Qu'aurait-il dit s'il avait su que Mitza était, elle aussi, consultée ? Elle avait accompagné Alice chez Jeanne Lanvin pour choisir la robe d'organdi blanc. Pour ne pas contrarier sa future épouse, Louis avait accepté de se marier à l'église.

Il faisait beau, le jeudi 24 juin, quand les cloches de Saint-Pierre-de-Chaillot sonnèrent à toute volée. Au bras de son époux, Alice descendit les marches du parvis. Aurait-on trouvé une image plus parfaite que cette gracieuse jeune femme qui souriait à ses proches ? Un diadème de perles retenait le voile de tulle qui auréolait son visage. Avec sa robe immaculée, ses fines chaussures, sa coiffure courte, elle affichait une élégante modernité. A ses côtés, Louis avait revêtu l'habit propre aux grandes occasions et tentait de maîtriser son impatience pendant que le photographe immortalisait l'événement.

— Nous n'étions pas vilains, commenta Alice en découvrant les clichés.

— Petite prétentieuse !

Ils étaient rentrés le matin même d'un voyage de noces en Italie. Embarqués sur un paquebot à Marseille, ils avaient pris la direction de Naples avant de voguer vers Capri. Alice ignorait ce que lui réserverait l'existence, mais leur escale dans l'île resterait l'un de ses plus beaux souvenirs. Les promenades matinales dans les ruelles où le soleil ne s'était pas encore infiltré, les falaises escarpées, la fameuse Grotte bleue qu'ils avaient visitée en barque, les baignades au pied du phare, la vue du mont Tibère, l'odeur des pins et des fleurs, le retour des pêcheurs, le bonheur palpable de Louis, les longs moments sur le balcon, leurs confidences nocturnes, la sensation que les dieux veillaient sur eux : tout l'avait éblouie !

## 18

— Te voici chez toi…

Louis prononça la phrase alors que l'automobile franchissait le portail de la villa. C'était la première fois qu'Alice venait à Dinard depuis qu'elle portait une alliance.

Après avoir félicité la jeune madame Favier, Soizic la familiarisa avec la demeure, lui ouvrit les placards de la lingerie, ceux de la cuisine et de l'office, l'emmena dans les caves où étaient entreposés les bouteilles de vin et les bocaux de conserves. Louis avait beau lui répéter que ses choix seraient les bienvenus, Alice se sentait impressionnée. Pour la mettre à l'aise, il lui proposa d'inviter son parrain, Geneviève et Hervé qui avaient pris leurs quartiers d'été à la Vicomté. Pendant qu'il travaillerait à Paris, il voulait qu'elle se distraie avec ceux qu'elle aimait.

Passé la tristesse de la séparation, elle déballa les caisses qui contenaient ses affaires. Avec l'aide de

Soizic, elle rangea des livres dans la bibliothèque, ses cartons à dessin et ses boîtes de couleurs dans une grande armoire. Yann était en train de transformer une remise du jardin en atelier. Une fois les murs enduits de chaux et le sol carrelé, elle pourrait y peindre en toute tranquillité. Ses journées auraient été agréables si Louis ne lui avait autant manqué. Chaque matin, elle se glissait dans la partie vide de leur lit, imaginait qu'il se trouvait dans la salle de bains. Une fois levée, elle écoutait les airs sur lesquels ils avaient dansé, tournait les pages des albums de photographies où il figurait avec ses parents. Sa solitude renforçait ses liens avec la villa. Chaque détail de sa première visite revenait à sa mémoire : le chat en maraude, les jeux des petits voisins, l'averse… Lorsqu'elle rentrait de ses baignades, elle aimait s'installer sous les pins et contempler le miroitement de l'eau, les infimes nuances de gris, de vert, de turquoise. Depuis peu, elle avait repris ses pinceaux et cherchait de nouveaux motifs. Dans des bocaux, elle conservait tout ce qui était susceptible de l'inspirer : feuilles ou pétales de fleurs, coquillages, galets, algues, plumes d'oiseau. Rien n'échappait à son œil exercé.

Dans le jardin, elle croisa Soizic qui rapportait des petits pois du potager.

— Rozen va les écosser.

— Elle n'est plus chez vos parents ?

— Maintenant qu'elle a découvert Dinard, elle s'ennuie à la campagne ! Yann s'est fâché parce que je lui ai permis de revenir !

En parlant, elles s'étaient approchées de chez la gardienne.

— Vous n'êtes encore jamais entrée ! Je vous en prie…

Alice découvrit une salle qui révélait les origines bretonnes des occupants. Au centre, une table bordée de deux bancs en noyer était destinée aux repas. Un vaisselier et un coffre ornementé occupaient le mur qui faisait face à la cheminée dont le foyer était occupé par un chaudron. Accrochées à une tringle de cuivre, des casseroles et des poêles attendaient d'être utilisées. Une odeur de propreté et de fruits donnait envie de s'attarder. Soizic présenta une chaise paillée à Alice, proposa du cidre, puis ouvrit une boîte en fer dont elle sortit des sablés.

— Ils ont été cuits hier.

— Je me demande ce que vous ne savez pas faire !

— Oh… Plein de choses !

— J'ai du mal à le croire.

— Ma mère vous dirait que j'ai oublié la moitié de ce qu'elle m'a enseigné.

— Rozen m'a raconté qu'elle brodait.

— Elle aurait voulu que je prenne sa suite. Mais je ne suis pas assez minutieuse. Et j'aime m'occuper de votre maison.

— Yann ne regrette pas le chantier naval ?

— De moins en moins.

Soizic trichait avec la vérité : habitué à la campagne, son mari n'appréciait guère les rues bordées d'hôtels, de magasins et de restaurants. Et les bassins lui manquaient, ainsi que ses copains.

« J'ai tout d'un retraité, constatait-il avec une certaine amertume.

— Cesse de te plaindre, le rabrouait-elle. L'accident aurait pu te rendre infirme ! »

Lorsqu'ils bénéficiaient de congés, ils assistaient aux fêtes, aux bals et aux pardons. Ils chantaient, dansaient, partaient en procession, priaient, se sentaient en harmonie avec la terre de leurs ancêtres, celle où ils étaient nés et à laquelle ils étaient viscéralement attachés. Face aux femmes de pêcheurs qu'elle connaissait, Soizic se jugeait chanceuse. Son mari ne partait pas en mer. Elle n'avait pas à craindre qu'il se noie ou meure durant une tempête ! Etait-ce pour la mettre à l'épreuve que le destin poussait Mahé à vouloir naviguer ? Son fils avait grandi si vite. Depuis le début des vacances scolaires, il avait repris son travail sur le bac qui traversait l'estuaire de la Rance. Le soir, il aidait son père à arroser le jardin... Mais depuis l'arrivée de monsieur et madame Favier, il restait à l'intérieur. Par peur de les rencontrer.

Le cidre bu, Alice se leva. Cette pause lui avait fait du bien. Soizic était une femme de confiance, dotée d'un jugement sain. A trente-six ans et après deux grossesses, elle avait conservé le dynamisme d'une jeune fille. Son rire était contagieux. Et elle fredonnait lorsqu'elle se croyait seule.

Avec sa femme, Louis découvrit l'agrément de se prélasser sous les arbres, de ne pas consulter sa montre, de n'avoir aucune obligation. Dès que les travaux de l'atelier furent terminés, il l'aida à y transporter un sofa, une table, deux chaises, ses chevalets et ses boîtes de couleurs. Sans cacher son émotion, elle le remercia de lui avoir offert un espace pour s'isoler, rêver et créer.

Peu de gens de son âge aspiraient à la solitude et Hervé n'en faisait pas partie ! Mettant à profit les vacances, il avait invité cinq amis comédiens à la Vicomté. La dernière semaine d'août, ils joueraient en amateurs une pièce d'Edouard Bourdet dont Alice réaliserait les décors. Il y avait longtemps qu'elle n'avait pas entrepris des toiles de grande taille. Cette démarche lui fit oublier momentanément son métier et la poussa à peindre ce qui l'entourait : certains recoins du parc, la façade de la villa avec ses clochetons et la terrasse, la mer à travers les pins.

Assise sur un pliant, elle mélangeait des couleurs sur sa palette quand elle entendit un éternuement. En retrait, Rozen l'observait.

— Approche-toi.

Rougissante, la fillette s'avança.

— Est-ce que tu reconnais le paysage ?

Elle hocha la tête.

— Tu as envie d'essayer ?

— Je saurais pas.

— Qu'est-ce que tu risques ? insista Alice.

De son sac, elle sortit un carnet et des crayons qu'elle proposa à la petite qui s'installa dans l'herbe.

— Je vais te montrer quelques techniques qui vont t'aider.

A Dinard, la vie battait son plein. Les cabines de toile aux rayures bleues et blanches étaient occupées par les baigneurs, les courts de tennis pris d'assaut et le terrain de golf de plus en plus fréquenté. Après leur période de repli, Alice et Louis prirent part aux festivités. On les vit partout. Détendus et souriants, ils recevaient les félicitations de ceux qui ne les avaient pas croisés depuis leur mariage.

— Je regrette que ma mère ne t'ait pas connue, avoua-t-il. Vous vous seriez bien entendues !

Gilbert, qui rendait visite au couple, persifla :

— Une belle-mère qui apprécierait sa belle-fille ! C'est plutôt rare !

Surprise par cette déclaration peu amène, Alice craignit la réaction de Louis qui se contenta de hausser les épaules. Comment supportait-il la compagnie de ce cousin malveillant ? Comment travaillait-il en bonne intelligence avec lui ? Certes, il n'avait pas eu le choix puisque leurs pères s'étaient associés ! Chaque fois qu'elle rencontrait Gilbert, elle éprouvait un malaise.

— Il a toujours été compliqué, le défendit Louis. C'est un fils unique… Comme moi ! Enfant et adolescent, il fallait toujours qu'il joue au petit chef… Qu'il ait raison. Non seulement je ne me laissais pas malmener, mais je ne l'écoutais pas.

— Vous vous disputiez souvent ?

— Quand les filles ont commencé à nous intéresser, il s'immisçait dans mes histoires. Ce qui m'exaspérait !

# 19

Début septembre, Alice reprit le chemin de Saint-Fargeau-Ponthierry. Retrouver l'équipe avec laquelle elle travaillait lui fit plaisir. D'autant que monsieur Amblard voulait renouveler une partie du catalogue. Les motifs géométriques plaisaient. Ainsi que les couleurs vives.

— Oubliez vos propres goûts ! Et osez ! leur répétait-il.

Alice privilégia le vert cru, l'orange, le bleu vif. Elle tenta certaines alliances de tons, imbriqua de petits sujets qui formèrent des spirales, des silhouettes, des objets. Grâce à une bonne entente, les dessinateurs partageaient leurs recherches, se stimulaient. Seule femme du groupe, elle n'était la cible d'aucune réflexion malveillante. Ses capacités et son talent ayant été reconnus, elle avait droit au même traitement que ses confrères.

— Au début, ils ont été déstabilisés, raconta-t-elle à Nicole. Mais ils se sont habitués. Et tu me croiras si tu veux, ils se sont cotisés pour m'offrir un cadeau de mariage !

— C'est plutôt sympathique !

Nicole semblait avoir retrouvé de l'enthousiasme depuis son interruption de grossesse. En apprenant qu'elle fréquentait un groupe d'exilés russes, Alice comprit que ces liens n'étaient pas étrangers à son humeur. D'autant qu'elle évoqua à plusieurs reprises un certain Vladimir.

— Comment l'as-tu rencontré ?

— J'étais allée chercher des éditions rares chez un éditeur. Il s'est mis à pleuvoir. Je me suis réfugiée sous une porte cochère où il se trouvait. On a commencé à parler. Il m'a prêté sa veste pour protéger les livres de l'humidité... Quand l'averse s'est arrêtée, il m'a raccompagnée jusqu'à l'atelier.

Les employés étaient déjà partis quand elle avait glissé la clé dans la serrure. Une odeur de cuir, de papier et de colle les avait accueillis. Vladimir s'était délesté du paquet sur l'une des tables. En découvrant les volumes, les peaux, en les respirant, il s'était retrouvé dans la bibliothèque de son grand-père. Dès le début de la révolution, sa famille avait été persécutée par les bolcheviques. A dix-sept ans, il était arrivé à Paris avec une tante et sa cousine qui avaient vendu leurs bijoux pour louer une mansarde. Afin de subvenir à leurs besoins, les deux femmes s'étaient fait engager comme brodeuses chez un couturier. Lui avait travaillé dans une boutique de partitions musicales. Jusqu'au moment où il était devenu régisseur dans un théâtre.

— Nous avons discuté jusqu'à minuit, poursuivait Nicole. Et nous nous sommes revus le surlendemain.

Alice se jugeait insolemment chanceuse d'avoir épousé Louis. Ils voyaient régulièrement Pierre et Mitza, sortaient au cinéma, au théâtre, allaient au music-hall. Les mois passèrent. Il y eut un nouvel été à Dinard où un hôtel venait d'ouvrir ses portes. Surplombant la plage de l'Ecluse, le Gallic était un parfait reflet de l'époque. Pour sa construction en gradins, l'architecte Marcel Oudin avait privilégié le béton et les formes cubiques. Durant l'inauguration, qui s'était déroulée en grande pompe, Alice avait apprécié la décoration et la clarté qu'offraient les nombreuses ouvertures. Ses vacances étaient rythmées par les visites des uns et des autres. Plus le temps passait, plus elle pouvait s'appuyer sur la gardienne. Les vitres étincelaient, le mobilier de jardin ne présentait aucune tache de rouille, le linge était repassé à la perfection. Il arrivait qu'une délicieuse odeur de confitures flottât dans l'air lorsque Soizic mélangeait le sucre, les fraises, les cerises et le cassis dans une grande marmite jusqu'à ce que la chaleur l'obligeât à ouvrir les fenêtres. Il y avait seulement deux ans que monsieur Favier l'avait engagée et elle avait l'impression de travailler pour le couple depuis longtemps. Yann la mettait en garde contre trop d'attachement. Du jour au lendemain, ils pouvaient être congédiés ! Soizic levait les yeux au ciel. Pourquoi envisageait-il toujours le pire ? Se montrait-elle trop idéaliste en espérant qu'ils garderaient longtemps leurs postes et qu'elle verrait grandir les enfants de leurs patrons ?

A Paris, les distractions se multipliaient ! Fin 1927, Alice et Louis firent partie des chanceux qui célébreraient l'inauguration de la Coupole, une brasserie proche de la Rotonde et du Dôme. Excitée par l'événement, elle avait hâte de pousser la porte à tambour de l'établissement, mais l'automobile progressait lentement boulevard du Montparnasse où se pressaient les invités. Depuis plusieurs jours, les journaux ne tarissaient pas d'éloges sur la magnificence du lieu. Alors qu'elle foulait le tapis rouge qui recouvrait le trottoir, Alice chercha en vain Mitza et Pierre. Sans doute étaient-ils déjà entrés. D'une main ferme, Louis l'aida à se frayer un passage au milieu des artistes, modèles, collectionneurs et chroniqueurs qui jouaient des coudes pour pénétrer dans une gigantesque salle à la décoration stupéfiante. Dans un mélange de bois, de céramiques, de fer forgé et de verre, les volumes épurés de l'Art déco enterraient la Belle Epoque. Aux fresques s'ajoutaient trente-trois piliers en lap qui soutenaient le plafond. Le vacarme était tel qu'il empêchait tout échange. Alice reconnut Kiki, l'égérie des Montparnos, qui tirait sur un fume-cigarette long comme son bras. Foujita l'escortait. Un peu plus loin, elle aperçut Jean Cocteau et Blaise Cendrars. Ainsi que la fameuse Joséphine Baker qu'elle avait applaudie au théâtre des Champs-Elysées. Le bar était pris d'assaut. Ce qui n'inquiéta pas Louis qui la mena jusqu'à la fontaine où rafraîchissaient les bouteilles de champagne. Il lui tendit une coupe puis leva la sienne à sa santé. Comment parvenait-il à conserver son flegme dans une atmosphère aussi survoltée ? Alors qu'ils rebroussaient chemin, ils virent Mitza qui discutait avec Man Ray. Derrière ses lunettes en écaille, les yeux du photographe américain ne perdaient rien du spectacle. En souriant, il leur serra la main. Puis un mouvement de foule les sépara. Etourdie par la cacophonie, Alice se laissa emporter par le courant. En tenant à bout de bras leurs plateaux, les serveurs slalomaient. Des femmes s'apostrophaient dans des termes pas toujours raffinés. Ce qui semblait amuser leurs compagnons. Elle se retournait pour tenter de retrouver son mari quand une main se posa sur son épaule.

— Alice !

Au début, elle ne reconnut pas son interlocuteur. Puis elle découvrit à qui elle avait affaire et, sans aménité, détourna la tête.

— Vous ne vous souvenez pas de moi ? Christophe…

D'une voix blanche, elle proféra un non cinglant.

— Seriez-vous devenue amnésique ?

Louis, qui avait réussi à se rapprocher, s'interposa :

— Que se passe-t-il ?

— Rien de grave, répliqua Alice. Ce monsieur m'a marché sur le pied !

En rentrant chez eux, il revint sur le sujet :

— Cet homme qui t'a soi-disant écrasé les orteils, tu le connaissais ?

— En effet !

— Un ancien soupirant ?

— Non.

— Pourquoi semblais-tu si mécontente de le croiser ?

— Il s'est mal comporté envers Nicole.

— Mon père a une bronchite, annonça Alice au début du printemps. Et la fièvre est encore montée. J'aurais dû mieux le surveiller.

Depuis leur mariage, Louis se bornait à accompagner Alice chez ses parents pour Noël et les anniversaires respectifs. De ces visites, il ressortait épuisé. Raymond perdant l'ouïe, il devait répéter plusieurs fois la même phrase avant d'obtenir quelques mots sibyllins qui, la plupart du temps, déclenchaient les foudres de Nancy. En revanche, celle-ci se montrait aimable à son égard. Presque coquette ! Elle ignorait combien il la jugeait peu séduisante avec sa silhouette longiligne, son visage marqué par la frustration, son sourire amer. Percevant qu'Alice se culpabilisait de ne pas avoir protégé suffisamment son père, il se montra attentif à ses propos, la conseilla, la rassura. Peu à peu, elle se calma et, dans ses bras, ne pensa plus qu'à eux deux. Se redressant, elle croisa son regard puis approcha sa bouche de la sienne, chercha sa langue, l'embrassa longtemps. Comme si ce baiser allait la délivrer de son tourment.

En l'espace de quarante-huit heures, la santé de Raymond se détériora. Le médecin diagnostiqua une pneumonie :

— Un organisme résistant pourrait s'en sortir. Mais dans le cas qui nous préoccupe…

Alice s'installa au chevet de son père. Avait-il conscience de sa présence ? Parfois il ouvrait les yeux, mais ne semblait pas la reconnaître. Sans écouter sa fatigue, elle demeura de longues heures à éventer son visage fiévreux, à tenir sa main dans la sienne. A intervalles réguliers, une infirmière lui administrait des traitements dont l'effet n'était guère probant. Nancy faisait des apparitions. Pas une fois elle n'eut un élan de tendresse ou de compassion pour l'homme qu'elle avait épousé. Alice la soupçonnait de vouloir prendre ses jambes à son cou tant la situation l'effrayait. Elle-même essayait de dominer son angoisse face à la mort qui rôdait. Il lui arriva à plusieurs reprises de somnoler puis de se réveiller en sursaut avec un goût de fer dans la bouche. Son père lui faisait penser à une bougie qui terminait de se consumer.

Lorsqu'il s'éteignit au point du jour, elle mit quelques secondes pour réaliser que la respiration sifflante s'était arrêtée. Avant d'alerter sa mère, elle profita de ce singulier tête-à-tête pour dire adieu à celui qui, involontairement, n'avait pas veillé sur elle. La guerre les avait séparés. Et l'après-guerre ne les avait pas rapprochés, faisant d'eux les victimes d'un mauvais tempo, les laissés-pour-compte d'un rendez-vous raté. C'était la première fois qu'elle voyait un défunt. Et elle s'étonna de ne pas ressentir de peur. Son père dormait sans que des ombres viennent le tourmenter. Il ne serait plus sujet aux cauchemars, aux obsessions malsaines, aux idées noires. Prévenu, Louis la rejoignit sans perdre une minute. Elle l'accueillit tremblant de tous ses membres, mais les yeux secs.

# 20

Dès qu'elle s'installa à Dinard, Alice se délesta d'un poids. Depuis l'enterrement de son père, elle avait affronté Nancy qui, une fois la succession terminée, embarquerait pour New York. L'appartement de l'avenue Kléber avait été mis en vente et une grande quantité de meubles serait dispersée aux enchères. Alice avait fait transporter quelques possessions de Raymond à la villa Margarita. Notamment ses collections de timbres. Dès que les caisses étaient arrivées, elle en avait rangé le contenu avec Soizic, dont le fils de dix-huit ans venait de s'engager dans la marine.

— Ce doit être dur de le voir partir ?

— Savoir qu'il n'habitera plus avec nous me cause du chagrin. Bien sûr, je ne lui montre pas. Il est si content !

De nature réservée, le garçon était parvenu à éviter Alice jusqu'au jour où elle s'était approchée pendant qu'il désherbait un massif. Il avait soulevé sa casquette pour la saluer. Puis ils avaient échangé quelques phrases banales

— La mer, c'est ma rivale, avait repris la gardienne. Elle gagnera toujours !

Mahé avait placé son destin au-delà de l'horizon, dans un monde dont il ignorait tout. Lui, qui ne connaissait que sa Bretagne natale, voguerait bientôt sur des océans lointains, franchirait l'équateur, contournerait des îles aux noms enchanteurs, appareillerait dans les ports de différents continents d'où il enverrait des courriers à sa famille. Soizic lirait et relirait les missives jusqu'à les connaître par cœur. Lorsque son fils rentrerait pour de brèves escales, elle chercherait sur ses traits ce qu'il avait vécu loin d'elle : le bon et le mauvais, les joies simples et l'inattendu, le désir d'un ailleurs jamais assouvi.

L'absence d'Hervé, avec qui elle passait habituellement les étés, pesait à Alice. Muté dans l'infanterie, il avait rejoint une caserne d'Arras afin d'y accomplir son service militaire. Ensuite, il se dédierait corps et âme à la scène. Prévenus, ses parents s'étaient inclinés. Henri aurait préféré un autre avenir pour son fils, mais ce choix s'avérant non négociable, il aurait été stupide de s'y opposer. Geneviève continuait de s'enthousiasmer pour l'horticulture. Cette passion la faisait voyager en Angleterre, aux Pays-Bas, en Italie, où elle fréquentait des serres et des parcs, rencontrait d'autres adeptes qui lui rendaient visite à leur tour. Alice déjeunait une à deux fois par semaine avec eux. Ils parlaient de Raymond. Et de Nancy qui pensait avoir trouvé un acheteur sérieux pour l'appartement. Sa fille n'avait pas son mot à dire dans cette transaction.

— Lorsqu'ils se sont mariés, maman a tout acheté ou presque avec sa dot. Papa ne m'a légué que ce qu'il avait hérité de sa famille. Quelques actions en Bourse. Et des objets… Au fond, j'ai hâte qu'elle en termine et quitte la France. Il n'y a qu'à vous deux que je puisse faire cet aveu !

Formuler ces pensées la délivra. Elle s'en était tant voulu de fuir le foyer familial dès qu'une opportunité se présentait… Avoir manqué d'amour maternel ne l'empêchait néanmoins pas de vouloir en donner. Depuis plusieurs mois, elle espérait tomber enceinte. Louis avait quarante ans. Ils étaient mariés depuis deux ans. Ce souhait n'étant toujours pas exaucé, elle commençait à s'inquiéter.

— Le décès de ton père t'a perturbée, l'avait rassurée Mitza à qui elle s'était confiée. Sois patiente.

Alice tentait de ne pas remuer le sujet, mais lorsqu'elle croisait des parents et de jeunes enfants, elle se projetait avec son mari dans une situation similaire. Plusieurs fois, il avait évoqué l'éventualité de devenir père. Sans que cela ressemblât à une urgence ! Il aimait leur vie de couple, leur entente. Après la mort de Raymond, il s'était évertué à divertir Alice, à stimuler sa créativité. Elle lui en était reconnaissante, mais une peine sourde la rongeait parfois. En dehors de son deuil récent, elle considérait n'avoir aucune raison de se plaindre. Alors… Comment expliquer ces imprévisibles sensations de perdre pied ?

Au printemps 1929, Nicole demanda à Alice d'être son témoin. Elle allait épouser Vladimir qui avait quitté son poste de régisseur pour se former au métier de malletier. Après plusieurs visites à l'atelier de reliure, il avait compris qu'il voulait travailler le cuir et créer d'élégants bagages. Avec l'aide d'artisans aussi passionnés que lui, il fabriquerait les malles qui voyageraient dans les coffres des automobiles, les cabines de paquebots et les compartiments des trains. Pour la cérémonie, Sylvie était venue de Gênes. Il y avait longtemps que les trois amies ne s'étaient pas réunies… Et elles ne partageaient plus tout à fait les mêmes préoccupations ! L'Italie avait fait de Sylvie une femme au foyer doublée d'un cordon-bleu. Mère d'un petit Dario et d'une pétulante Gabriella, elle avait pris de l'embonpoint. Ce qui semblait la désoler, mais ne l'empêchait pas de renouer avec la cuisine française. Le jour des noces, Alice eut une pensée émue pour leur ancien trio. Une page se tournait. Plus jamais elles ne retrouveraient leur insouciance d'autrefois. Même si le destin s'était montré clément en leur faisant croiser à chacune l'homme de leurs rêves ! Louis n'avait pu l'accompagner à l'Eglise orthodoxe de la rue Daru où s'était déroulée la cérémonie. Ses affaires l'obligeant à voyager en province et à l'étranger, il enchaînait les absences. Ce qui attristait Alice dont l'hiver avait été marqué par le départ de sa mère. Dans la gare maritime du Havre, elles s'étaient dit au revoir.

— J'espère que la traversée sera calme.

— Je ne suis pas sujette au mal de mer !

— Envoie-nous un télégramme quand tu auras débarqué.

— Oui, bien sûr.

Pressée de se soustraire aux adieux, Nancy avait prétexté un début de rhume :

— Il vaudrait mieux que je me réfugie dans ma cabine.

Vingt-cinq années de coexistence s'étaient interrompues dans la grisaille d'une matinée de février. Pourquoi n'avaient-elles pu se rapprocher ? Des caractères trop différents ? L'impression pour Nancy d'avoir été piégée par la France, un mariage décevant et la maternité ? Alors qu'elle revenait en train vers Paris, Alice s'était demandé si elle n'aurait pas dû accomplir plus d'efforts pour comprendre une femme qui ne s'était jamais sentie à sa place.

Chez Leroy, il y eut des changements. Alors qu'elle arrivait à la fabrique, Alice fut convoquée dans le bureau de monsieur Amblard qui lui annonça son départ pour raisons de santé. Ce qui la surprit et la peina. Un homme plus âgé le remplaça. Petit, sec, énergique, monsieur Justin avait une haute idée de lui-même, des idées arrêtées, et appréciait peu la présence d'une femme dans son équipe. Les projets d'Alice furent de plus en plus fréquemment repoussés.

— Il essaie de me faire partir, confia-t-elle à Nicole. Et il va réussir !

— Ce serait dommage !

— Il est arrivé à me faire douter de tout ce que j'entreprends.

Chaque fois qu'elle s'emparait d'un pinceau, elle entendait les critiques qui lui seraient adressées. Après plusieurs années d'émulation, elle avait l'impression de se retrouver à la case départ. L'orgueil la retenait de révéler la situation à Louis. De toutes les façons, il était trop occupé par de nouveaux investissements pour écouter ses tracas. Son entreprise se préparait à commercialiser des postes de TSF aux formes et matériaux révolutionnaires. Pour s'implanter dans un marché en pleine expansion, il avait emprunté des sommes importantes. En vivant à ses côtés, elle avait compris que, pour se sentir vivant, il lui fallait rebattre les cartes et frôler le danger.

Semblable aux précédents, l'été fut trépidant. Parmi les festivités, il y eut un dîner de têtes où chacun devait incarner un personnage historique. Alice prit les traits de la Pompadour. Son hâle disparut sous de la poudre de riz. Elle dessina une mouche au coin de ses lèvres, cacha ses cheveux sous une perruque...

— Si je t'avais rencontrée deux siècles plus tôt, je t'aurais enfermée dans mon *zenana*, plaisanta Louis en rajustant son turban de maharadjah.

Ils étaient invités chez un couple d'Irlandais qui habitait une villa à Saint-Enogat. Autour des tables, l'amiral Nelson devisait avec la Dame aux camélias, Gengis Khan avec Catherine de Russie, Alexandre le Grand avec Soliman le Magnifique, Cléopâtre avec Bonaparte. Seuls leurs visages grimés et leurs coiffures révélaient les personnages qu'ils incarnaient. De sa chaise, Alice observait Louis qui discutait en anglais avec sa voisine : une Shéhérazade à la séduction indiscutable. Lorsque celle-ci lui murmura quelques mots à l'oreille, elle ressentit une pointe de jalousie. Un peu plus tard, elle apprit que la charmeuse rentrait des Indes où son époux, plus âgé, avait servi le Raj. Après des années loin de la Grande-Bretagne, ils venaient de se réinstaller à Londres.

Dans le salon où furent servis des alcools, Alice demeura à l'écart en espérant que Louis la rejoindrait. Un cigare entre les doigts, un verre de cognac dans l'autre main, il plaisantait avec quelques convives. Ce qui ne l'empêchait pas de jeter des regards vers celle qui l'avait captivé durant le repas. Blonde, des yeux en amande, un nez aquilin, des joues roses, l'enchanteresse s'était approchée d'un piano et en effleurait quelques touches. Puis elle sortit sur la terrasse où Alice décida de la rejoindre.

— Cet air est si vivifiant ! Quand on suffoquait à Delhi, je rêvais de bourrasques, lui dit l'Anglaise.

Une voix d'homme l'interrompit.

— Ah, tu es là… Vivien ! Je te cherchais !

# 21

Alice et Louis croisèrent de nouveau Vivien et Douglas dans les salons de réception du Gallic. Il était clair que l'Anglaise était en quête d'aventures. Ce qui semblait peu soucier son époux. Obnubilé par le golf, il ne portait guère d'intérêt à ses agissements. Elle avait déjà rencontré ce genre de couple qui se moquait des sentiments, mais s'apportait des avantages. Il était clair que la jeunesse et la beauté de Vivien avaient fait passer Douglas pour un chanceux au sein du Raj. Et il était évident qu'elle appréciait la position sociale et financière que lui octroyait leur mariage. En apercevant Louis, son visage s'était éclairé et elle n'avait pas tardé à lui parler en aparté. Alice, qui n'avait rien perdu du manège, comprit qu'il lui faudrait se montrer vigilante. Cette femme était dangereuse.

Délibérément, elle aborda le sujet :

— Que penses-tu de Douglas et de Vivien ?

— Ils ressemblent à tous ces Britanniques qui ont perdu des privilèges qu'ils croyaient éternels. Après les Indes, le retour à la réalité leur est difficile. Douglas trouve du réconfort dans le whisky. Vivien compte se faire une place à Londres...

A Paris, Alice retrouva Hervé qui avait terminé son service militaire. Pour payer la location d'un studio, il travaillait chez un antiquaire. Elle songeait à lui proposer une séance de cinéma quand elle entendit à la TSF que Dinard et Saint-Malo subissaient de fortes inondations. Sans perdre un instant, elle demanda le numéro de la villa Margarita à la téléphoniste qui lui répondit :

— Les communications sont coupées.

Soizic, avec qui Alice avait parlé l'avant-veille, s'était plainte d'un violent orage. Elle lui avait même fait écouter les cataractes que le ciel déversait sans discontinuer. Au fil de la journée, Alice apprit que l'on circulait en barque place de la République, que l'eau atteignait le premier étage de certains bâtiments, que la plupart des jardins étaient dévastés. Quant aux cabines de bain de la plage de l'Ecluse, elles avaient été entraînées vers le large.

— Et le quartier de Bric-à-Brac ? s'inquiéta-t-elle auprès de son mari qui avait obtenu quelques renseignements.

— Nous sommes en hauteur. Ce qui devrait nous protéger !

Dès que les lignes furent rétablies, Soizic se manifesta.

— On aurait cru la fin du monde ! Les chaussées sont éventrées. Il y a de la boue partout ! Et beaucoup de gens se retrouvent sans toit ! Votre maison a tenu bon ! Juste une cheminée qui a chuté du toit…

— Et chez vous ?

— Nous n'avons pas eu de dégâts. J'aurais voulu vous rassurer plus vite. Mais c'était impossible !

L'automne avançait et, lorsqu'elle regardait les feuillages des arbres prendre des teintes plus sourdes, Alice se remémorait sa première promenade en forêt avec Louis. Quatre années s'étaient écoulées depuis ce rendez-vous dont elle était revenue songeuse et déjà amoureuse. Il était devenu son mari, mais aussi sa vraie famille, le centre de son existence, l'homme qu'elle continuait de vouloir étonner ! Seul point noir : elle ne parvenait toujours pas à être enceinte. En secret, elle avait consulté des médecins, suivi leurs conseils et prescriptions. Rien ne semblait pouvoir contrer l'adversité !

Un soir, elle se fit violence pour aborder le sujet.

— Je suis triste de ne pas t'avoir donné un enfant…

— Nous en avons déjà parlé. Rien ne presse !

— Tu essaies de me tranquilliser.

— Je comprends que tu t'impatientes… Mais…

— Je pense aussi à toi, l'interrompit-elle.

— Devenir père n'est pas une priorité pour moi. Tu le sais.

A l'inverse des hommes de sa génération, Louis n'était pas obnubilé par l'idée de transmettre un nom et un patrimoine. Pragmatique, il profitait pleinement de ce qui lui était donné. La vie sur terre débouchant sur le néant, il fallait la mener comme on l'entendait, loin des préceptes religieux et des diktats de la société. Comment faisait-il pour ne pas être contaminé par les esprits formatés ? Sans doute avait-il raison. Elle ne devait pas se morfondre ou perdre espoir…

Le mois d'octobre allait se terminer quand une violente secousse ébranla le monde financier. Du jeudi 24 au mardi 29 octobre, la Bourse de New York connut un effondrement du cours des actions. Les investisseurs perdirent leurs économies. Quant aux spéculateurs, ils risquaient la prison pour des endettements qu'ils ne pourraient pas rembourser. Louis pensait que la débâcle ne concernerait pas la France. Lui-même avait emprunté des sommes importantes pour ses affaires. Sur ce sujet, Alice ne posait pas de questions. Non qu'elle se désintéressât de son travail, mais elle refusait de se mêler des affaires qui le liaient à Gilbert, dont elle continuait de se méfier. Chaque fois qu'elle le croisait, elle avait envie de fuir. Etait-ce dû à ses perpétuels sous-entendus ? A sa nature indiscrète ? A ses critiques sur les uns et les autres ? Ses ambitions dépassant ses capacités, il ne pouvait que jalouser son cousin qui le surpassait dans tous les domaines.

Alice quitterait la société Leroy à la fin du mois de juin. Avec une méchanceté gratuite, monsieur Justin n'avait cessé de déprécier son travail jusqu'à ce qu'elle décidât de donner sa démission. Où iraitelle ? Que ferait-elle ? Assise dans le jardin de la villa Margarita, elle ne parvenait pas à se concentrer. Autour d'elle, mille détails réclamaient son attention : un nuage à la forme échevelée, le pépiement des oiseaux, un chant lointain, le parfum du lilas. Au fil du temps, une relation privilégiée s'était tissée entre elle et cette demeure dont elle aimait les proportions, les fenêtres à petits carreaux, la véranda remplie de plantes, la terrasse où paressait le chat des voisins. Une croisée s'ouvrit. Soizic était en train de préparer le dîner. La gardienne connaissait tellement ses goûts et ses habitudes qu'Alice n'avait presque plus besoin de lui donner des directives. En grandissant, Rozen semblait avoir hérité des qualités de sa mère qu'elle continuait d'aider lorsqu'elle bénéficiait d'un congé. A seize ans, la jeune fille avait enfin réalisé son rêve. Engagée comme femme de chambre au Grand Hôtel, elle ne cachait pas sa joie d'approcher des « gens connus ».

— Ils ne te voient même pas ! minimisait Soizic.

— Ils ne me voient pas... mais je leur suis nécessaire ! Sans moi, ils auraient une chambre en désordre, un lit défait, des cendriers pleins de mégots.

Soizic continuait de persifler, mais sa petite lui insufflait autant de fierté que Mahé. En revanche, elle aurait souhaité que son aîné ne se réengageât pas dans la marine. Autant demander la lune ! Il avait signé un nouveau contrat. Chaque fois qu'il rentrait en permission, elle s'en voulait de ne pas montrer davantage d'enthousiasme lorsqu'il racontait ses traversées. Mais elle ne savait pas mentir !

Nicole et Vladimir rejoignirent Alice et Louis pour Pâques. Tous les quatre profitèrent du printemps qui s'installait pour parcourir la campagne en automobile, s'arrêter dans des villages, visiter des églises, s'attarder dans des auberges. Les arrivants ne cachaient pas leurs sentiments l'un pour l'autre : il la buvait des yeux et elle l'entourait de mille attentions. Ce qui ne l'empêchait pas d'être, parfois, rattrapé par les souvenirs d'une enfance choyée : la nostalgie de la Neva glacée, les histoires que lui racontait une gouvernante à l'imagination fertile, sa mère tenant salon le jeudi, les moissons dans la propriété où il passait l'été... Durant ces moments, Nicole savait se montrer discrète. Elle était devenue son ancrage, celle qui l'aimait et croyait en lui. Pendant ce séjour en Bretagne, Vladimir scella son alliance avec la France qui l'avait accueilli. Respirant l'odeur de la terre balayée par les vents maritimes, il découvrait des calvaires, des retables, des malouinières et des costumes qui s'apparentaient aux contes et légendes dont il était friand.

L'avant-veille de leur départ, ils se rendirent à Dinan, d'où était originaire une amie de Nicole. Louis ayant préféré jouer au golf, seule Alice les accompagna. Elle aimait cette commune et son château ceinturé de remparts, les couvents et la tour de l'Horloge. Sa position sur la Rance en faisait depuis plusieurs siècles un port fluvial florissant.

Une jeune femme leur ouvrit la porte d'une maison à colombages.

— Entrez... Je vous en prie.

Nicole et Claire s'étaient connues au pensionnat et jamais perdues de vue, même si elles avaient peu l'occasion de se rencontrer. Vladimir fut présenté en bonne et due forme. Puis ce fut le tour d'Alice qui, au gré de la conversation, aborda son métier. Ce qui poussa Claire à indiquer que l'un de ses voisins était en train de relancer une manufacture de papiers peints.

— Ah oui ! De quel côté ?

— Sur la rive gauche de la Rance. A la sortie de Plouër. Les bâtiments nécessitent pas mal de travaux, mais il est décidé à les entreprendre.

# 22

L'été suivant, alors qu'elle traversait le village de Plouër, Alice se remémora l'existence d'une fabrique de papiers peints. Après s'être renseignée, elle atteignit un lieu isolé où se dressait un bâtiment de taille moyenne dont la construction remontait au milieu du siècle précédent. Descendant de son automobile, elle s'approcha et vit qu'une façade de la cour était en réfection. Une fenêtre s'ouvrit.

— Vous cherchez quelqu'un ? l'interrogea une voix masculine

— On m'a indiqué que vous fabriquiez du papier peint et…

— Nous sommes fermés jusqu'à la fin des travaux.

— Ah… Excusez-moi !

Alors qu'elle rebroussait chemin, une camionnette s'arrêta à sa hauteur. Par la vitre baissée, le conducteur lui demanda si elle s'était perdue.

— Non. Non. Je passais par ici…

— Par ici ! C'est un cul-de-sac !

— Seriez-vous le propriétaire de la manufacture ?

— En effet. Je suis Bertrand Mansaud.

— L'une de vos voisines m'a raconté que...

Alice relata sa visite chez Claire avant d'ajouter qu'elle-même avait travaillé pour l'entreprise Leroy.

— J'étais curieuse de voir ce que vous proposiez...

— Si vous avez un moment, je vous montre les locaux !

Il leur fallut une demi-heure pour en faire le tour. La fabrique ressemblait en plus petit à ce qu'Alice avait connu à Saint-Fargeau-Ponthierry. Proche de la Rance que l'on apercevait entre les arbres, elle bénéficiait d'une situation géographique idéale entre la gare de Dinan et le port de Saint-Malo.

— Pouvoir être livré et livrer par la route, le train ou le bateau, c'est ce qui m'a poussé à me lancer dans cette aventure, expliqua Bertrand Mansaud. Mes proches m'ont encouragé à ne pas laisser passer l'occasion qui se présentait. Ai-je bien fait de les écouter ? J'en suis de moins en moins convaincu. Les réparations se sont avérées plus importantes que prévu. Je vais devoir trouver du personnel qualifié pour remplacer les employés qui ont pris leur retraite ou démissionné. Et me tailler une place dans une profession où personne ne m'attend...

Alice appréciait la franchise de cet homme dont elle ne savait rien sinon qu'il n'avait pas choisi la facilité. De taille moyenne, il pouvait avoir une quarantaine d'années. Des lunettes en écaille donnaient à son visage une expression sérieuse qui s'atténuait dès qu'il s'exprimait. Ils venaient de traverser les ateliers qui accueilleraient, bientôt, de nouvelles machines.

— Mon bureau ! annonça-t-il lorsqu'ils débouchèrent dans un espace plus lumineux.

D'un placard, il sortit des catalogues contenant les collections que proposait son prédécesseur.

— Tout est à revoir !

Alice se retint de surenchérir. Les déclinaisons de motifs peu joyeux et vieillots qu'il lui présentait rappelaient l'avant-guerre. Hormis des personnes âgées ou nostalgiques, personne ne songerait à les utiliser pour décorer une maison ! Comment Bertrand Mansaud allait-il contourner des écueils majeurs : une marque inconnue, une distribution inexistante, peu ou pas de marchandises attractives ?

— Vous devez me prendre pour un fou ! En fait, je connaissais depuis longtemps l'ancien patron. A ses heures perdues, il nous avait aidés à monter une fanfare à Dinan. Une aubaine pour les adolescents que nous étions ! En revenant du front, je l'ai trouvé fatigué et un peu bizarre. Il avait une soixante d'années, mais on lui en aurait donné beaucoup plus. Un jour, il m'a dit qu'il ne se sentait plus capable de diriger son usine et qu'il me la vendait pour peu d'argent. Je travaillais dans un magasin d'outillage...

— Qu'est devenu ce monsieur ?

— Il végète dans un hospice. C'est à peine s'il me reconnaît !

Un bruit de pas les interrompit. Le gardien, qui avait accueilli Alice à son arrivée, tenait un trousseau de clés dans sa main. En le voyant, elle consulta sa montre. Le temps avait filé à toute allure et Soizic devait s'inquiéter de son retard.

Il ne devait pas être loin de neuf heures quand elle arriva villa Margarita. Dans le salon, une odeur familière de tabac blond la surprit.

— Je commençais à m'inquiéter, l'accueillit Louis en se levant d'un fauteuil.

Interloquée, elle le regarda.

— Tu es là ?

— Je voulais te faire une surprise.

— Tu es là ! répéta-t-elle en se jetant dans ses bras.

— Soizic était dans la confidence.

— La cachottière ! J'étais à mille lieues d'imaginer…

— … que je te prendrais en flagrant délit de désertion ! Où étais-tu ?

— Je suis allée commander des toiles à Dinan. Mais toi ? Ne devais-tu pas travailler jusqu'à la semaine prochaine ?

— Il faut croire que tu me manquais.

Au cours du dîner, elle apprit que le voyage de Louis à Bruxelles avait été repoussé en septembre. Ce changement la rendait pleinement heureuse…

Soizic, dont le sens de l'observation ne s'émoussait pas, se serait-elle autorisée à la mettre en garde si elle n'avait pas été son employée ? Depuis quelques mois, elle avait constaté que monsieur Favier s'était assombri. Plusieurs fois, elle l'avait surpris sur la terrasse, le visage fermé. Affrontait-il des soucis qu'il gardait pour lui ? La gardienne avait lu dans les journaux combien les faillites avaient ébranlé un ordre qui semblait établi. A Dinard, certaines propriétés étaient à vendre. Dans les hôtels, on constatait une baisse des réservations. Rozen racontait que le Grand Hôtel n'était qu'aux trois quarts rempli en ce début de saison. Ce qui n'était guère rassurant. Soizic avait allumé un cierge à l'église puis elle s'était réfugiée dans la prière en espérant que les événements ne perturberaient pas les siens… Et ne feraient pas changer d'avis Mahé qui voulait quitter la marine nationale. Lors d'une permission, il était tombé amoureux d'une jeune fille de Saint-Servan. Ce qui avait modifié ses projets d'avenir. Refusant de la quitter pendant de longues périodes, il travaillerait dans une société privée de transports maritimes qui acheminait des marchandises entre la France et les ports de la Baltique. Soizic éprouvait de la difficulté à imaginer que son fils allait bientôt convoler. Apprécierait-elle sa belle-fille ? Il l'avait amenée un jour de grosse pluie et elle lui avait prêté des vêtements pendant que les siens séchaient devant la cheminée. Avec ses tresses blondes détrempées et son teint de porcelaine, Morgane lui avait paru fragile et timide. Paupières baissées, elle attendait qu'on lui posât des questions pour y répondre d'une voix à peine audible. Etait-ce sa vraie nature ? Soizic n'avait pu se forger une idée. En revanche, elle avait constaté que Mahé était devenu plus sociable. Naviguer à travers le monde l'avait aidé à sortir de lui-même, mais ce qu'il découvrait auprès de sa future femme semblait véritablement l'épanouir. Il ignorait, bien sûr, que cet élan serait appelé à se transformer : au mieux, vers une bienveillance partagée ; au pire, vers les regrets et la frustration. En ce qui la concernait, Soizic s'accrochait à la première hypothèse. Yann l'enflammait peu, mais elle restait sensible à ses qualités. Une gentillesse naturelle, une loyauté jamais mise en défaut et un attachement viscéral à sa famille compensaient son caractère routinier. En sa compagnie, il lui arrivait de trouver les journées monotones, mais elle gardait en mémoire les gestes maladroits et les mots de tendresse qu'il avait eus quand l'absence de Mahé était devenue lourde à supporter. Pour le reste, ils n'étaient pas malheureux chez les Favier. Convenablement payés et logés, elle espérait que rien de fâcheux ne leur ferait perdre leurs emplois...

Depuis qu'elle ne travaillait plus chez Leroy, Alice avait retrouvé le plaisir de peindre. Ne devant plus répondre à des demandes précises ou s'adapter à un style, elle avait installé une grande toile sur son chevalet puis tracé les contours d'une cité engloutie, une sorte d'Atlantide où des constructions oniriques occupaient les fonds marins. Chaque matin, elle s'éveillait avec l'envie de reprendre ses pinceaux.

— Tu ne m'en veux pas ? s'excusait-elle auprès de Louis.

— Bien sûr que non !

Ils se retrouvaient en fin d'après-midi sur la plage de l'Ecluse. A cette heure-là, les enfants commençaient de rassembler leurs filets, leurs pelles et leurs seaux emplis de coquillages. Peu à peu, le vide se faisait. La lumière s'adoucissait. Des bandes d'oiseaux traversaient le ciel. Des chiens couraient sur le sable mouillé. Au loin, les voiliers se rapprochaient du port. Après une partie de tennis ou un parcours de golf, Louis avait hâte de nager. Dans un crawl parfait, il prenait de l'avance sur Alice qui se laissait porter par les vagues.

Alors qu'elle revenait d'une baignade, elle le vit converser avec Vivien et Douglas qui étaient revenus passer le mois d'août chez leurs amis irlandais. En cachant sa contrariété, elle serra la main que lui tendait la jeune femme.

Sorties en mer, cocktails et bals amenèrent les deux couples à se revoir. Alice connaissait suffisamment Louis pour comprendre que Vivien lui plaisait. Tous les deux se retrouvaient sur les courts de tennis où celle-ci excellait. Adversaires ou partenaires en doubles, chacun tentait d'épater l'autre. N'ayant pas leur niveau, Alice ne resta pas longtemps spectatrice de leurs prouesses et vaqua à ses propres occupations. Ravalant son agacement et sa jalousie, elle essayait de paraître aussi enjouée que d'habitude. La compagnie de ses amies lui manquait. A Mitza et Nicole, elle aurait pu confier son tourment.

Un soir, avant qu'ils ne partent dîner chez des amis, elle s'attarda sur la terrasse. A travers les pins, la mer était calme. Du quai de la Perle montaient les voix des passants. Quelques nuages rosissaient dans le ciel qui s'assombrissait. La perfection du panorama lui fit monter les larmes aux yeux. A moins que ce ne fût l'impossibilité de contenir son chagrin. Elle prenait conscience que si Louis la quittait, elle serait seule au monde. Ou presque ! Son père était mort. Sa mère donnait peu de nouvelles depuis qu'elle menait grand train à New York. Hervé était de plus en plus happé par le théâtre. Henri ne cachait pas ses préoccupations face à la crise financière qui, quoi qu'en disent certains, n'épargnerait pas la France. Oui, si Louis la quittait, elle serait perdue. Secouée par les sanglots, elle ne l'entendit pas s'approcher.

— Alice…

Etonné par son silence, il s'approcha et la découvrit en pleurs.

— Que se passe-t-il ?

— Rien de grave, parvint-elle à formuler.

— Rien de grave… Et tu es dans cet état ?

La prenant dans ses bras, il insista :

— Quelqu'un ou quelque chose t'a blessée ?

— Non.

— Tu dois me dire ce que tu as sur le cœur.

— J'ai pensé au temps qui passait, aux gens qui disparaissaient, au fait que rien n'était acquis, que tout pouvait s'arrêter et… je me suis sentie ébranlée. C'est stupide, murmura-t-elle en s'emparant du mouchoir qu'il lui tendait. Et nous allons être en retard…

— Pourquoi ne pas se décommander ? Et rester ici ! Tous les deux. Qu'en penses-tu ?

Pendant qu'il téléphonait pour annuler leur soirée, elle se reprocha d'avoir été soupçonneuse. Elle se le reprocha davantage quand, plus tard, il évoqua leurs plus anciens souvenirs, ceux qui remontaient à l'été 1924. Avec étonnement, elle se rendit compte qu'il n'avait oublié aucun détail la concernant. De leur première visite à la villa à celle qui les avait réunis, un an plus tard, il lui rappela leurs propos, les cerises partagées sous la véranda, leurs plaisanteries autour d'hypothétiques cargaisons d'opium. Emue et amusée, elle se prit au jeu. Tout redevenait évident : lui, elle, cette maison qui les abritait, ce bonheur qui ne demandait qu'à resurgir…

# 23

Un imprévu obligeant Louis à retrouver ses bureaux parisiens, Alice passa du temps dans son atelier. *L'Atlantide* étant quasi terminée, elle songeait à commencer une nouvelle toile sur le même sujet. Et, peut-être, une troisième... Le tout formerait un triptyque. Jamais elle ne s'était lancée dans un projet d'une telle ampleur ! Chez son fournisseur habituel de Dinan, elle avait commandé des châssis qu'elle alla chercher. Alors qu'elle garait son automobile dans l'une des rues principales de la ville, elle aperçut Claire qui traversait et la héla.

— J'ai pensé que vous deviez être en vacances à Dinard, lui dit celle-ci. Et je me suis même demandé si Nicole vous avait rejointe.

— Elle a promis de passer en rentrant de Venise.

— Venise !

— Vladimir rêvait de l'y emmener.

Elles poursuivirent leur conversation dans un salon de thé et évoquèrent Bertrand Mansaud.

— Il m'a parlé de votre visite...

— Vous m'aviez donné envie de découvrir sa fabrique. Où en est-il ?

— Il vient d'engager des ouvriers et une secrétaire. Mais il se fait un souci monstre pour ce qu'il va proposer à sa clientèle. Ne connaîtriez-vous pas un dessinateur qui chercherait du travail ?

Quelqu'un qui chercherait du travail ? Cette fois-ci, la phrase interpella Alice qui, pendant vingt-quatre heures, soupesa la situation. Si elle proposait ses services à Bertrand Mansaud, ce serait à la condition de créer chez elle à Paris. Serait-il d'accord avec ce choix et aurait-il les moyens de la rémunérer ? Afin d'obtenir des réponses à ces deux questions, elle lui téléphona et lui donna rendez-vous villa Margarita.

En l'accueillant, elle se demanda si elle avait bien fait d'entamer un processus qui risquait d'engendrer des soucis. La poignée de main franche de son visiteur l'aida à se décontracter. Après tout, rien n'était décidé !

Installés sur la terrasse, ils burent un Campari en faisant davantage connaissance. Bertrand Mansaud avait fréquenté Dinard dans son enfance. Sa grand-mère y tenait une mercerie et, dès qu'il bénéficiait de vacances, elle lui installait un lit dans l'arrière-boutique. En l'écoutant, Alice sentait se dissiper ses ultimes défenses et l'invita à pénétrer dans son atelier.

— J'y ai conservé tout ce que j'ai créé pour Leroy.

Dans la pièce flottait une odeur de peinture et de térébenthine. Tandis qu'il s'asseyait sur un tabouret, elle sortit d'un cartonnier des liasses d'échantillons et les déposa sur la table. Pendant plus d'une heure, il les passa en revue.

— C'est tellement original… Et varié ! Même si votre style reste reconnaissable entre mille ! Hélas, je ne peux pas vous proposer un emploi. Je le savais en venant mais j'étais curieux de voir ce que vous aviez accompli. Vous êtes trop douée, trop performante. Et je n'aurai pas de sitôt les moyens de rémunérer vos compétences.

— Pourquoi ne pas essayer de trouver un terrain d'entente ?

— Je ne crois pas aux solutions miracles.

Il se leva pour prendre congé.

— Merci de m'avoir accordé votre confiance et votre temps.

— Merci d'être venu jusqu'ici.

Alice croisa deux fois Vivien à la piscine du nouveau casino Balnéum. Avec une hypocrisie consommée, elles échangèrent quelques propos polis avant de nager pour l'une et de se diriger vers les vestiaires pour l'autre. Tandis qu'elle traversait à la brasse le bassin, Alice tentait de se détendre, mais la vision de l'Anglaise ravivait ses arrière-pensées. Avec un peu de chance, celle-ci repartirait pour

Londres avant que Louis ne revînt à Dinard. D'autant que des contrariétés le retenaient dans la capitale. Au téléphone, il l'avait informée que son principal fournisseur américain de 78 tours avait fait faillite. La marchandise promise ne serait pas envoyée. Entre-temps, son mari s'était endetté auprès d'une banque pour organiser un lancement important dont l'annulation forcée le mettait en fâcheuse posture. Même s'il avait tenté de préserver Alice en lui affirmant qu'il trouverait des solutions, elle l'avait rarement senti aussi préoccupé.

La conversation qu'elle eut avec Geneviève et son parrain ne la rassura pas. Le pessimisme d'Henri grandissait.

— Le luxe, c'est terminé ! Il faut se soucier de la classe moyenne et lui offrir des logements abordables. Ceux qui ont investi dans des hôtels trop coûteux s'en mordent les doigts.

Depuis leur mariage, Alice ne s'était pas inquiétée pour Louis. Elle avait même pensé que la chance était sa meilleure amie ! Cette première alerte la plaçait face aux soubresauts d'un monde qui, pendant dix ans, avait privilégié l'insouciance. Il avait profité de cet optimisme généralisé pour proposer des postes de TSF qui dispensaient informations et chansons, des tourne-disques à amplification électronique et un éventail renouvelé de 78 tours dont la plupart venaient d'Amérique.

Lorsque Bertrand Mansaud la demanda au téléphone, Alice s'étonna. Elle ne pensait plus avoir de ses nouvelles.

— J'ai réfléchi et je pourrais vous faire une proposition, avança-t-il. J'aurais préféré qu'elle fût meilleure mais…

Elle percevrait un salaire modeste pour son travail. En revanche, il lui céderait gratuitement des parts de l'affaire afin de compenser sa piètre rémunération.

— C'est un risque à courir… J'en suis conscient.

— J'ai une autre idée. Moins contraignante pour vous ! Pourquoi ne nous donnerions-nous pas jusqu'en juin prochain pour vérifier si notre association nous satisfait ou pas ? Nous aurions neuf à dix mois de réflexion avant de nous engager davantage. Pendant que vous organiseriez votre réseau de distribution, je mettrais au point une première collection. L'été prochain, nous verrions si nous avons suffisamment avancé pour continuer. Jusque-là, je ne serais que votre salariée.

Les jours suivants, elle se rendit à la fabrique dont les travaux venaient de se terminer. Des machines avaient trouvé ou retrouvé leur place dans les ateliers. Ainsi que les bobines de papier vierge que deux ouvriers alignaient dans un espace proche des débobineuses. Bientôt, les espaces résonneraient des bruits propres à l'impression de ses premières propositions. En accord avec son employeur, elle avait commencé de réfléchir à une gamme de motifs stylisés susceptible de plaire à un large public. En découvrant quelques propositions, Bertrand Mansaud ne cacha pas son enthousiasme avant d'ajouter :

— J'espère que mes représentants sauront frapper aux bonnes portes...

Louis arriva enfin. Au cours de leur première soirée, il se montra attentif et tendre à son égard, néanmoins sa préoccupation restait perceptible. Hésitant entre lui poser des questions ou se montrer discrète, elle opta pour la seconde solution jusqu'à ce qu'elle l'entendît se lever dans la nuit. Quittant le lit à son tour, elle le trouva en train de fumer dans le salon faiblement éclairé.

— C'est juste une insomnie, lui dit-il.

— Est-ce que je peux rester avec toi ?

— Il vaudrait mieux que tu te rendormes.

Sans l'écouter, elle s'installa dans un fauteuil. Dans le milieu bourgeois auquel ils appartenaient, un homme ne devait pas évoquer ce qui touchait aux finances en dehors de la sphère professionnelle. Louis avait été éduqué selon ce principe. Il dut se faire violence pour avouer qu'il jouait les équilibristes.

— Dans une quinzaine de jours, je saurai si la banque m'accorde ou non un sursis. Gilbert pense que c'est fichu... Et que je suis le responsable de cette tempête ! Il n'a pas tout à fait tort. Mais ses reproches ne m'aident pas ! Les investisseurs sont devenus frileux. Et je dois faire attention à ne pas ébruiter nos turbulences.

Après avoir aspiré une dernière bouffée et écrasé son mégot dans un cendrier, il vint s'asseoir à côté d'elle.

— Tu ne m'as encore rien dit de tes occupations.

Etait-ce le moment de lui raconter qu'elle allait travailler pour Bertrand Mansaud ? Ne pouvant différer la nouvelle, elle l'annonça de la façon la plus neutre possible.

— L'occasion s'est présentée. J'étais sans emploi. Il accepte que je lui envoie mes projets de Paris. Et nous pourrons nous séparer, l'été prochain, si nous ne nous entendons pas.

— Tu sauras lui créer ce qu'il faut.

— Cela ne servira à rien si l'on ne place pas la collection dans des lieux de vente stratégiques ! J'ai pensé que Pierre pourrait nous aider à rencontrer les acheteurs de la Samaritaine et du Bazar de l'Hôtel de Ville. Il les connaît !

Alice se concentra sur sa première gamme, dessina des motifs susceptibles de plaire à différentes générations, employa des couleurs dont l'impression ne serait pas compliquée à réaliser. C'était à la fois ludique et élégant. Pendant ce temps, Louis se dépensa jusqu'à l'épuisement. Après des journées dédiées aux sports et aux soirées mondaines, il plongeait dans un sommeil réparateur. Vivien n'étant pas rentrée à Londres, ils avaient tout naturellement repris leurs parties de tennis.

A Nicole, venue passer quelques jours, Alice confia son appréhension :

— Cette femme lui tourne autour avec la certitude qu'elle parviendra à ses fins. J'ai envie de lui arracher les yeux !

Ils se trouvaient tous au casino lorsqu'elle aperçut Louis et l'Anglaise sur la terrasse. A l'écart, ils échangeaient des confidences. Puis elle eut un geste de complicité en posant trop longtemps sa main sur le bras de son interlocuteur qui se pencha pour murmurer quelques mots à son oreille auxquels elle répondit par un rire conquérant...

# 24

Alice s'empêcha de questionner Louis sur sa relation avec Vivien. Dans la mauvaise passe qu'il traversait, il était inutile d'attiser un feu supplémentaire. Le retour à Paris l'aida à tenir bon. D'autant qu'il obtint de sa banque un sursis pour la moitié de sa dette et trouva un prêteur qui avança la somme manquante. Ce qui ne résolvait pas le fond du problème, mais permettait de chercher des solutions. Peu optimiste, Gilbert fulminait et menaçait de vendre ses parts. Entre les deux associés, l'ambiance n'avait jamais été aussi détestable.

En restant extérieure à leur conflit, Alice se dédiait à son travail et envoyait ses propositions à Bertrand qui semblait satisfait. Pierre leur ayant ouvert la voie auprès des décisionnaires de quatre grands magasins, il vint dans la capitale pour les rencontrer. Pendant une semaine, il sillonna la ville qu'il avait abondamment fréquentée après la guerre. Bertrand demeurait secret quant à son existence.

Elle savait seulement qu'il ne s'était jamais marié, n'avait pas d'enfant et habitait une maison dans le centre de Dinan.

Ils s'étaient donné rendez-vous dans un café des Champs-Elysées pour qu'il lui relatât ses avancées commerciales. Tandis qu'il avançait dans sa direction, Alice fut surprise par son allure citadine. Vêtu d'un costume gris à la coupe impeccable, Bertrand aurait pu passer pour un dandy. En buvant un porto, il l'informa de ses démarches. Aucune commande n'avait récompensé son périple, mais il avait marqué des points. L'un de ses interlocuteurs lui avait demandé d'étoffer la collection et de revenir. Un autre s'était renseigné sur la possibilité d'obtenir des tarifs dégressifs selon les quantités achetées. Un troisième avait discuté les délais de fabrication.

— Tous ont été séduits par l'esthétique et la cohérence de la proposition. Les grands magasins seront certainement longs à décrocher. En revanche, j'ai bon espoir avec plusieurs ensembliers.

Autour d'eux, les gens sirotaient des cocktails aux appellations anglo-saxonnes avant d'aller dîner dans l'un des nombreux restaurants du quartier. Soudain, le regard d'Alice se fixa sur la porte à tambour. Hervé venait d'entrer dans ce lieu qu'ils avaient l'habitude de fréquenter. De la main, elle lui fit signe et il bifurqua vers leur table.

— Bertrand, je vous présente Hervé. Le frère que je me suis choisi. Hervé, voici monsieur Mansaud, mon employeur.

Elle les laissa se serrer la main avant de proposer :

— Nous tiendrais-tu compagnie ?

— A condition de ne pas vous déranger.

En s'installant sur un tabouret, Hervé expliqua qu'il était entré dans l'établissement entre deux séances de cinéma. Bertrand appréciant ce loisir, ils échangèrent leurs avis sur plusieurs films.

— Grâce à la programmation de Dinard, j'arrive à ne pas prendre trop de retard sur l'actualité. Mais les salles parisiennes me manquent !

— Elles ont une atmosphère particulière, c'est vrai !

Dans la voix d'Hervé pointait une nuance de nostalgie. Il se préparait à embarquer pour New York où il resterait plusieurs mois. Nancy l'avait invité à loger dans son appartement de l'East Side, mais il préférait conserver sa liberté, quitte à vivre dans l'inconfort ! A mesure qu'approchait son départ, il ressentait un mélange d'excitation et d'appréhension. Certes, il allait approcher Broadway et ses théâtres, mais la dépression sévissait durement outre-Atlantique, ainsi que la prohibition. De nature impatiente, il n'avait pas envie d'attendre des jours meilleurs, d'autant qu'il lui fallait mettre de la distance avec une liaison insatisfaisante. Au début, il avait cru que son partenaire correspondrait à ce qu'il recherchait. Idéaliste, il ne voyait pas les écueils. Ou trop tard ! Etait-ce son attirance pour des garçons peu fiables qui le plaçait devant des déceptions répétées ?

Quinze jours après son retour en Bretagne, Bertrand reçut une commande parisienne qui, s'additionnant à celles qu'avaient enregistrées ses représentants en province, donna du travail aux ouvriers. Le bruit des machines résonna dans les ateliers. Dès leur sortie de l'impression, les rouleaux furent installés devant les sécheuses. On chargea les livraisons dans les camions. Alice se sentit un peu rassurée. Partie de pas grand-chose, la marque venait de trouver ses premiers clients. Restait à les fidéliser en ces temps difficiles. Consciente que Louis n'entrevoyait toujours pas d'éclaircies professionnelles, elle choisit de ne pas lui conter ce début de succès. Avec un ingénieur, il tentait de fabriquer le poste de TSF du futur, mais cela prenait plus de temps qu'il ne l'avait prévu. Et l'argent n'entrait pas dans les caisses. Face aux menaces de Gilbert, il se sentait acculé. Alice constata qu'il buvait plus que d'habitude… Ce qui lui faisait envisager des solutions qu'elle redoutait.

— Nous séparer de la villa me permettrait de rembourser mes dettes. Elle nous coûte une fortune en personnel et en charges !

Les larmes aux yeux, elle se rendit compte que ce serait un crève-cœur de licencier Yann et Soizic auxquels elle s'était attachée et qui ne l'avaient jamais décue ou contrariée ! Quant à quitter la maison dans laquelle elle avait fait ses premiers pas d'amoureuse, elle ne parvenait pas à l'imaginer. Propriétaire de ce bien, Louis pouvait évidemment s'en libérer quand bon lui semblerait. Tant bien que mal, elle tentait de ne pas lui en vouloir. Après tout, il n'était pas responsable d'une crise financière qui n'en finissait pas. Elle ne pouvait, non plus, lui reprocher de se battre ! Peu après Noël, une éclaircie se dessina. Un producteur anglais de 78 tours cherchait à commercialiser des titres en France. Louis passa deux semaines à Londres et en revint avec une promesse de contrat peu favorable.

— Je n'ai pas d'autre choix que d'accepter, lui dit-il. Ce qui ne va pas arranger ma relation avec Gilbert.

Pendant son absence, celui-ci avait multiplié les entrevues avec des conseillers juridiques afin de prendre le pouvoir au sein de l'entreprise. Les deux cousins en étaient venus aux mains après que Louis eût été averti par une âme « charitable » de ces agissements. Un contremaître les avait séparés. Depuis, ils ne s'adressaient la parole que pour le strict nécessaire.

— Il est devenu vital de dissoudre la société et de partir chacun de notre côté… La liberté se paiera cher. Mais je préfère sacrifier la villa que de m'enfermer dans une association qui n'a plus de sens.

Alice demeura silencieuse. Les choses auraient-elles été différentes si elle lui avait donné un enfant ? Se serait-il davantage attaché à un cadre familial ? Elle découvrait que Louis ne se préoccupait pas de ce qu'elle pouvait ressentir ! Avait-il changé ou s'était-elle trompée sur son compte ? Qu'était devenu l'homme intuitif, attentif, qui l'avait attirée ? Une tristesse l'envahit. Puissante. Tenace. Refusant d'y céder, elle tenta de se persuader qu'ils traversaient une mauvaise passe et qu'elle devait tenir bon jusqu'à la sortie du tunnel.

Elle se préparait à retrouver Mitza chez leur modiste, lorsqu'on sonna à la porte de l'appartement.

— Gilbert ! s'étonna-t-elle. Avant d'ajouter avec froideur : Louis n'est pas là.

— Je sors d'un déjeuner chez Dessirier où nous avions nos habitudes. Le maître d'hôtel m'a remis le briquet que Louis a oublié avant-hier. Comme il ne vient presque plus au bureau et que je passais devant chez vous, je me suis arrêté pour le déposer.

— Merci. Je le lui donnerai, promit Alice avant de saluer son visiteur.

En sortant du sachet un briquet Dunhill en argent, elle pensa qu'il s'agissait d'une erreur. Il n'appartenait pas à son époux. La découverte des initiales gravées la fit néanmoins changer d'avis. LF… pour Louis Favier ! D'où venait ce briquet qu'elle n'avait jamais vu ? La célèbre marque anglaise avait un magasin à Londres où Louis s'était récemment rendu. Le lui aurait-on offert là-bas ? Et pourquoi ne l'utilisait-il pas devant elle ? Une idée prit forme. Dérangeante. Insupportable. Ce cadeau ne pouvait venir que de Vivien ! A son retour, il lui avait raconté n'avoir vu le couple que deux fois. Comment avait-elle cru pareilles sornettes ! Combien de temps aurait-elle avalé ces mensonges si un banal oubli n'avait dénoncé le double jeu de son mari ?

Lorsque Louis rentra, il ne trouva rien d'anormal. Assise dans le salon, Alice feuilletait un magazine en écoutant la TSF.

— Tout va bien ? demanda-t-il en l'embrassant sur la tempe.

Alors qu'il déposait sa serviette en cuir à l'endroit habituel, il découvrit le briquet. Placé en évidence !

— Gilbert l'a déposé dans l'après-midi. Tu l'avais oublié dans votre restaurant habituel.

Alice avait prononcé ces mots sur un ton glacial qui l'alerta. En se retournant, il constata qu'elle avait quitté son fauteuil.

— Tu dois être heureux de l'avoir retrouvé.

— Je me demandais où il était passé ! C'est un cadeau de ma mère.

— Ah oui… Avant son décès, elle a pu commander un modèle qui vient tout juste d'être commercialisé. Quel tour de force !

— Je ne comprends pas !

— Mais si… Tu me comprends parfaitement.

Déstabilisé, Louis avait du mal à faire bonne figure. Alice en profita pour ajouter :

— Si tu arrêtais de jouer la comédie, ce serait moins humiliant pour nous deux.

— Je ne joue aucune comédie.

— Tu as reçu ce briquet à Londres, affirma-t-elle.

— Tu te trompes.

— D'une femme qui te veut depuis pas mal de temps.

— Ton imagination m'a toujours étonné.

— Il ne s'agit pas de mon imagination, mais de la vérité.

Sur son visage, elle lut de l'inquiétude. Il s'était fait piéger, le savait, et cherchait comment renverser la situation en sa faveur.

— C'est Vivien qui a fait orner ce briquet de tes initiales, n'est-ce pas ?

— En effet. Mais il ne s'est rien passé entre elle et moi, martela-t-il en se rapprochant d'Alice qui s'écarta pour courir s'enfermer dans le bureau.

— Jamais je ne te croirai !

— Ouvre-moi, dit-il en tambourinant contre la porte. Ouvre-moi… Je t'en prie.

Durant de longues minutes, il tenta de la faire fléchir. Sourde à ses paroles, elle demeura blottie contre les coussins du canapé puis se laissa envahir par une sensation de vide qui précéda une crise de sanglots. Plus rien n'avait de sens ! Encore moins son mariage auquel elle avait tant cru. Louis n'avait pas su l'aimer, encore moins la protéger. A plusieurs reprises, il vint frapper. Allongée dans l'obscurité, elle s'obstina à ne pas réagir. A quelques pas résonnait le tic-tac d'une pendulette. Elle ramena un plaid sur elle. Dans la rue résonnèrent les rires de passants. Puis ce fut le silence. Une torpeur l'envahit. Elle se sentit dériver... Jusqu'à ce qu'elle se retrouvât dans une rue londonienne. Attirée par un magasin, elle en poussa la porte... Et entendit un froissement d'ailes.

— Il y a quelqu'un ?

Personne ne répondit.

Elle avança et le parquet grinça sous ses pieds.

— Il y a quelqu'un ? répéta-t-elle.

— Je suis là.

Elle leva la tête et vit un perroquet qui, de son perchoir, l'observait.

— Qu'est-ce que tu cherches ? Ici, on vend du mystère.

— Comment ça, du mystère ?

— Tu peux en acheter au mètre et de la couleur que tu veux.

— Du mystère ? Au mètre ?

— C'est en bas.

Elle se retourna pour chercher l'escalier. Mais c'était un toboggan. En se laissant glisser, elle arriva au sous-sol.

— Bonjour, la salua un pingouin en se dandinant.

— Bonjour.

— Je suis ton vendeur.

— Mais je ne sais pas ce que je veux.

Dans la pièce voisine, des gens se tenaient devant un long comptoir. Des canards se servaient de leurs palmes comme de ciseaux et coupaient du vide.

Le pingouin l'entraîna vers une grande armoire qu'il ouvrit.

— Voici notre plus belle marchandise.

— Mais il n'y a rien…

— Comment ça, rien ? Regarde ce mystère. Il est magnifique. Tu veux en connaître le prix ?

— Je n'ai pas d'argent.

Lorsqu'elle s'éveilla, Alice mit un certain temps à comprendre où elle se trouvait. Elle avait soif et un mauvais goût emplissait sa bouche. Dehors, il pleuvait à verse. Peu à peu, elle reprit contact avec la réalité, étira son bras endolori, alluma la lampe la plus proche. Son rêve restait présent à son esprit. Etrange et un tant soit peu inquiétant. Pourquoi lui avait-on proposé d'acheter du mystère ? La question la ramena à son tourment. Dans la chambre voisine, Louis était-il parvenu à s'endormir ? Depuis qu'ils se connaissaient, aucun différend de cette importance ne les avait opposés. Comment réinstaller une confiance qui s'était délitée ? Si elle n'avait pas découvert la situation, combien de temps la lui aurait-il dissimulée ? Un monde s'écroulait, celui qu'ils avaient construit ensemble et qu'elle avait cru indestructible. S'immisçant dans ses pensées, des images de Vivien et de son mari lui serraient la gorge. Que s'était-il réellement passé ? Que symbolisait ce briquet dont il ne s'était pas débarrassé en rentrant d'Angleterre ? Elle regarda les aiguilles de sa montre. Quatre heures dix !

L'épuisement avait fini par la replonger dans un sommeil agité. Il était presque neuf heures quand elle s'éveilla. La femme de chambre allait bientôt arriver et il n'était pas question qu'elle la trouvât dans cette pièce. Alice ouvrit la porte avec précaution. Pas un bruit ne filtrait dans l'appartement. Louis avait quitté les lieux dans la discrétion. Alors qu'elle entrait dans leur chambre où n'était défait qu'un seul côté du lit, elle découvrit sur sa table de chevet une enveloppe qui lui était adressée, décida de ne pas l'ouvrir et se dirigea vers la salle de bains où le miroir lui renvoya son visage défait. Après avoir ôté ses vêtements fripés, elle tourna les robinets de la baignoire. La missive l'attirant comma un aimant, elle se décida à en découvrir le contenu. Sur un feuillet, il avait écrit de son écriture rapide :

« La nuit se termine… J'aurais voulu attendre ton réveil, mais je dois me rendre à Rouen où je ne peux reporter un rendez-vous. Ce soir, nous reprendrons notre discussion. Rien de ce que tu imagines n'est arrivé. Alice, ne me repousse pas. Sans doute ai-je été plus nerveux, moins attentif, ces derniers temps. Les soucis m'ont submergé et fait perdre de vue l'essentiel. Pardonne-moi de t'avoir involontairement causé de la peine. J'ai hâte de te retrouver… »

Pour ne pas ressasser son tourment, elle déjeuna avec Nicole qui songeait à ouvrir un atelier de reliure à son compte.

— Dès que j'aurai terminé mon travail pour le Salon du livre d'art, je chercherai un local.

En la quittant, Alice visita quelques magasins pour s'occuper. En dépit de ses griefs, Louis lui manquait et elle avait envie de croire aux mots qu'il choisirait pour les réconcilier. Pas par facilité, mais parce qu'elle l'aimait et ne pouvait envisager que se détériorât ce qu'ils avaient partagé. En début de soirée, ils se retrouveraient, inquiets et heureux en même temps… Certes, il resterait des marques, des cicatrices et des doutes : le prix à payer lorsqu'on avait choisi de vivre avec un homme de sa trempe ! De retour chez elle, elle se sentit fébrile comme avant un premier rendez-vous. Incapable de se concentrer sur une quelconque activité, elle se surprit à guetter le bruit de l'ascenseur, celui d'une clé tournant dans la serrure…

# Deuxième partie

## 25

Sur la terrasse de la villa Margarita, Alice buvait un café. Deux ans et demi s'étaient écoulés et, à son propre étonnement, elle était parvenue à reprendre pied. Sans les attentions de ses proches, aurait-elle trouvé la force de survivre à cette soirée de février 1931 ? Dès qu'ils avaient appris la nouvelle, Mitza et Pierre étaient accourus et elle avait pu se reposer sur eux pour prévenir l'entourage. Sans délai, Henri et Geneviève s'étaient installés dans un hôtel proche de l'appartement. Ils en étaient repartis, quinze jours plus tard, lorsque Nicole et Vladimir leur avaient promis de veiller sur leur filleule. Si Alice ne s'était pas opposée à sa décision, Hervé aurait retraversé l'Atlantique pour la rejoindre. Elle l'en avait dissuadé par télégramme.

*Le voyage coûte cher – Tu n'arriverais pas à temps – Pense à lui et à moi, ce jour-là – Je le sentirai.*

En revanche, Nancy n'avait pas proposé de venir et son absence avait soulagé Alice. Depuis son départ pour New York, sa mère était sortie de son existence. Elles correspondaient épisodiquement et, dans leurs courtes lettres, n'évoquaient que des généralités. Alice ne voulait autour d'elle que des personnes qui avaient aimé et apprécié son époux… Même s'il lui avait fallu accepter Gilbert qui s'était faufilé au premier rang. Pour se protéger de son pouvoir de nuisance, elle avait glissé son bras sous celui de Mitza. Son regard s'était fixé sur le cercueil en chêne que quatre hommes portaient vers l'excavation. Sous les voiles de crêpe, son visage s'était crispé et, en tremblant de tous ses membres, elle avait essayé de contenir ses sanglots. Non, c'était impossible ! Louis ne se trouvait pas dans cette horrible caisse ! Elle avait eu raison de crier aux deux policiers, venus l'avertir de l'accident, qu'elle ne les croirait jamais ! L'automobile n'avait pas dérapé sur une plaque de verglas et ne s'était pas encastrée dans un arbre ! Pierre s'était avancé vers la tombe. Louis n'étant pas croyant, Alice avait décidé qu'il n'y aurait ni office religieux ni bénédiction. Les mots prononcés par l'ami fidèle valaient tous les sermons. Qui aurait pu parler avec autant d'affection et de justesse ? En l'écoutant, elle avait lutté pour ne pas s'écrouler. Ce serait pour plus tard ! Un vent glacial soufflait, ce qui n'empêchait pas l'assistance de prendre son temps pour dire adieu au défunt. Famille, amis, relations professionnelles, ils étaient nombreux à s'incliner devant la fosse. Parmi eux, Alice avait découvert Bertrand Mansaud qui, pour la circonstance, s'était déplacé. Ainsi que les gardiens. Accompagnés de leurs deux enfants, Yann et Soizic attendaient leur tour dans la file.

De l'endroit où elle s'était assise, Alice regarda la gardienne qui revenait du potager avec un panier rempli de tomates et de concombres. Dans son tourment, elle avait craint de ne pouvoir conserver la maison et le couple. Louis lui avait légué la villa, l'appartement parisien, les parts de la société… mais aussi les dettes et son contentieux avec Gilbert qui, en embuscade, se préparait à la gruger. Pierre l'avait mise en garde et conseillée dans ses décisions.

— Ce type ne cherchera qu'à te gruger !

Des trémolos dans la voix et le visage altéré par son tic, Gilbert avait affirmé à Alice qu'il se battrait contre vents et marées pour rendre son lustre à la société familiale. Avec une rouerie similaire à la sienne, elle s'était engagée à l'épauler dans ses décisions alors qu'elle se démenait pour recouvrer sa liberté dans des conditions acceptables.

Durant son premier séjour à Dinard, elle s'était tenue loin du monde, sans jamais se sentir seule. Louis ne l'avait pas quittée. Entourée de leurs souvenirs, de leurs objets personnels, elle avait compris que la villa l'aiderait à se reconstruire, deviendrait son port d'attache, un havre où elle serait en sécurité. Pendant plusieurs semaines, elle n'avait rien fait d'autre que de réfléchir à sa nouvelle existence… Et avait décidé de vendre l'appartement parisien.

— Madame... Excusez-moi de vous déranger.

— Vous ne me dérangez pas, Soizic.

— Yann est en train de réparer le vélo de François. Il faudrait changer la roue avant. Etes-vous d'accord pour qu'il le porte au garage ?

— Bien sûr.

François arriverait à la fin de la semaine avec ses parents. Il venait d'avoir huit ans. Plutôt casse-cou, il inquiétait sa mère en lui affirmant qu'il piloterait des avions, deviendrait champion de ski et se battrait sur des rings de boxe. Chaque fois qu'il faisait ce genre de prédictions, Mitza levait les yeux au ciel en se demandant pourquoi son enfant était aussi attiré par le risque.

— Pour son prochain anniversaire, il m'a demandé un baptême de l'air !

Alice aimait François, son énergie, son ingéniosité et sa curiosité. Insatiable, il voulait tout connaître : de la vie des plantes à la construction des locomotives. En sa compagnie, elle se sentait légère. D'autant qu'elle n'éprouvait aucun sentiment maternel à son égard. Ne pas avoir d'enfant ne lui faisait pas chercher de substitut. Son désir de donner la vie n'avait été lié qu'à Louis.

Alors qu'elles parlaient, Soizic constata que madame Favier avait retrouvé de l'entrain. En ce début d'été, elle ne cachait pas son plaisir de recevoir ses amis. Depuis plusieurs mois, elle ne portait plus ses vêtements de deuil. La couleur était revenue dans sa vie. Ce changement réjouissait la gardienne qui s'était inquiétée après la mort de monsieur Favier. Jusqu'à croire que sa veuve sombrerait dans la maladie tant sa peine semblait insurmontable. Lorsque celle-ci était revenue villa Margarita, Soizic avait souffert de la voir aussi désespérée et s'était occupée d'elle, mais il avait fallu du temps avant qu'elle ne recupérât des forces. Son retour à la vie avait coïncidé avec sa décision de faire de Dinard sa résidence principale. Dorénavant, madame Favier s'installerait au milieu du printemps et regagnerait la capitale à la Toussaint. Des meubles et des objets étaient arrivés de Paris. Ce qui l'avait poussée à revoir l'aménagement général afin qu'il correspondît davantage à sa personnalité.

Mitza et Pierre arrivèrent avec François et sa gouvernante. Sans attendre, le garçon enfila un caleçon de bain et réclama de se rendre à la plage.

— A condition que tu ne te baignes pas trop longtemps !

— Maman ! Je ne suis pas en sucre !

Lorsqu'il fut parti avec son père, Mitza s'installa dans une chaise longue.

— Comme on est bien chez toi !

Alice se contenta de sourire.

— Je suis si contente de te voir en forme.

— C'est vrai. Je me sens mieux.

Après la mort de Louis, Alice n'avait pas touché un pinceau. Au point de ne plus travailler pour

Bertrand Mansaud, qui s'était montré compréhensif et patient. Non seulement il ne l'avait pas importunée, mais il s'était démené pour vendre les papiers peints de leur première collection. Les résultats avaient dépassé leurs espérances. On appréciait les motifs d'Alice, l'atmosphère qu'ils octroyaient à une pièce. Et tout naturellement on renouvelait les commandes. La manufacture ne connaissait pas de pause et Bertrand devrait, à court terme, renforcer les effectifs.

— J'ai même retrouvé du plaisir à travailler, ajouta Alice.

— Mansaud doit être content.

— D'autant plus content que nous allons nous associer. Il restera largement majoritaire, mais je vais placer des fonds dans l'affaire. Ce qui permettra d'acheter des machines et du matériel dernier cri.

La bataille avait été acharnée. Entre les menaces et le chantage affectif, Gilbert s'était évertué à la faire craquer. Jusqu'au moment où, par l'intermédiaire de Pierre, un repreneur belge avait racheté le secteur développé par Louis. En apprenant la nouvelle, il était entré dans une irrépressible fureur. D'autant que tout s'était déroulé dans le plus grand secret. Non seulement son plan tombait à l'eau, mais il ne supportait pas de s'être fait doubler et gruger. N'ayant plus à le côtoyer, Alice s'était concentrée sur la vente de l'appartement. Nicole l'avait aidée à donner les effets personnels de son mari. Lorsque les placards et les commodes furent vides, elle éprouva de la culpabilité. Ce qui la ramena à leur dernière journée. Louis aurait-il été plus prudent sur la route si elle ne l'avait pas accusé de dissimulation, voire d'adultère ? Cette question la hantait ! A personne elle n'avait parlé de leur dispute qui resterait une épine fichée dans son cœur. D'autant que le destin les avait empêchés de se réconcilier avant l'accident. De Londres, Vivien et Douglas avaient envoyé une lettre de condoléances qu'elle s'était empressée de jeter à la poubelle en même temps que le briquet !

## 26

Alice rangeait son atelier lorsqu'une voix familière la fit sursauter. Sur le seuil de la porte, Hervé lui souriait.

— Enfin ! Te voilà !

Pendant qu'ils s'embrassaient, elle laissa éclater sa joie. Quand était-il arrivé ? A quel niveau d'euphorie se situaient ses parents depuis les retrouvailles ? Ils s'installèrent dans le jardin où Soizic leur apporta des rafraîchissements. Tandis qu'il allumait une cigarette, Alice constata qu'il avait acquis de la personnalité. Ses traits s'étaient affermis, son corps étoffé. Ils parlèrent longtemps, avides de réinstaurer la complicité qui les liait depuis tant d'années.

Ensemble, ils retrouvèrent le chemin des grandes salles de jeux où, autour des tapis verts, les croupiers distribuaient cartes et jetons. Autour d'eux, certains misaient gros. Mais l'absence des Britanniques se faisait sentir. Depuis la dévaluation de la livre sterling, en septembre 1931, ils boudaient la côte d'Emeraude. Il fallait reconnaître que rien ne poussait à l'optimisme ! La récession économique s'était installée en Europe et, un temps préservée, la France plongeait. Les déficits enflaient, le chômage n'épargnait pas le monde du travail, de trop nombreuses entreprises fermaient. A la roulette, Alice gagna une somme modeste qu'elle choisit de conserver… A l'inverse de Mitza qui, au fil de la soirée, perdit le double de ce qu'elle s'était autorisée à jouer.

— Je t'avais fait signe d'arrêter, lui reprocha Pierre à la sortie de l'établissement.

— Je n'ai pas vu.

— Tu voulais, surtout, n'en faire qu'à ta tête.

Alice adressa un clin d'œil de connivence à Hervé. Avec une mauvaise foi consommée, Mitza menait son mari par le bout du nez en sachant qu'il n'était dupe de rien.

Alice aurait pu conduire les yeux fermés jusqu'à la manufacture. Combien de fois n'avait-elle pas accompli le trajet ? Grâce à son travail, Bertrand avait accepté qu'elle devînt son associée. Afin que l'entreprise conservât son personnel et son rythme, elle devrait ne pas se trouver à court d'idées créatives. Maintenant qu'elle allait mieux, son regard était à l'affût de ce qui l'aiderait à développer des univers. Au printemps dernier, elle avait acheté un appareil photographique qu'elle emportait partout. Dès que la séduisait un paysage, une couleur, un animal ou un détail, elle en faisait un cliché qu'elle punaisait sur un mur de son atelier en attendant de s'en inspirer.

— J'espérais que vous passeriez, lui dit Bertrand. Les derniers essais sont sortis des sécheuses.

— Les couleurs correspondent-elles à ce que nous attendions ?

— Sauf le vert.

— C'était ma crainte.

Il s'agissait d'un papier peint qu'elle avait décliné en plusieurs tons. Des éventails de différentes tailles se répétaient sur des bases acidulées. Le fond vert était indiscutablement raté.

— Si nous cherchons à l'éclaircir, le contraste avec le motif sera trop faible. Si nous le fonçons, le charme disparaîtra. Ne vaudrait-il pas mieux l'annuler ?

Pragmatique, il mettait toujours en avant la fiabilité d'un projet, son coût de fabrication, son impact sur la clientèle. Pour le catalogue 1934, ils avaient décidé de baisser les prix, ce qui signifiait une différence de qualité dans le papier employé qu'il fallait compenser par d'attrayantes propositions graphiques.

Alice n'avait que dix minutes pour se préparer. Enjambant ses habits à mesure qu'elle s'en débarrassait, elle se dirigea vers la coiffeuse pour se poudrer et se recoiffer. Puis elle prit la robe de mousseline bleu indigo que Soizic avait étalée sur le lit, s'enveloppa d'un nuage de parfum et couvrit sa tête d'un chapeau cloche en paille naturelle. Il ne lui restait plus qu'à descendre les escaliers qui menaient au quai de la Perle où la construction du Yacht-Club venait de s'achever. Dès son ouverture, elle avait été séduite par le confort des vestaires, du bar, de la salle de bridge et de la bibliothèque qui occupaient le rez-de-chaussée. L'architecte Yves Hémar avait su créer un lieu moderne et convivial sans trahir le style de la région ni dénaturer un site préservé. Elle constata que la terrasse débordait de monde. On se préparait à récompenser les gagnants d'une régate qui venait de se dérouler dans l'estuaire. Si son parrain n'avait pas autant insisté pour qu'elle vînt, elle aurait boudé ce cocktail. Depuis son veuvage, elle supportait mal d'être observée dès qu'elle participait à une réunion. L'accident de Louis ayant fait le tour de Dinard et alimenté les commentaires pendant une longue période, elle aspirait à ne plus être perçue comme une veuve inconsolable. Derrière un télescope, Mitza scrutait l'horizon. Elle allait la rejoindre quand débuta le discours du président qui s'apprêtait à récompenser les vainqueurs. Debout à ses côtés, Henri semblait apprécier que de nombreuses personnes se soient déplacées. Au milieu de l'été, l'enthousiasme général n'était pas encore émoussé par un trop-plein de festivités. On annonça le nom des gagnants, qui s'approchèrent. Alice connaissait l'un des skippers qui habitait à Saint-Lunaire. En revanche, elle n'avait jamais croisé le second, dont le prénom et le nom indiquaient des origines allemandes. Des applaudissements éclatèrent avant qu'ils ne prennent la parole. L'inconnu s'exprima avec un accent d'outre-Rhin. De taille moyenne et mince, il était élégant dans le costume de lin qui avait remplacé ses vêtements de navigation. Pour lutter contre la réverbération, il plissait les yeux. Avec son coéquipier, il souleva la coupe… Et les photographes les mitraillèrent.

Alice s'accouda au parapet. A ses côté, Pierre fumait un petit cigare. Le surlendemain, il retournerait à Paris où le réclamaient ses activités. La crise économique l'obligeait à baisser le prix de ses prestations, mais il ne manquait pas de travail. Pour ne pas être étouffées par la concurrence, les marques devaient fidéliser leur clientèle. Il leur proposait des réclames lumineuses qui donnaient d'excellents résultats.

— Cette atmosphère n'insuffle pas l'envie de retrouver le bureau, soupira-t-il. Parfois, j'ai envie de tout envoyer promener !

— Tu ne supporterais pas l'inactivité !

— Ce serait plutôt Mitza qui n'accepterait pas que je sois à la retraite. Elle aurait l'impression de vivre avec un vieillard !

— Depuis quand réfléchis-tu à ma place ? s'insurgea celle-ci.

Hervé, qui s'était approché, remarqua en riant :

— Papa est au septième ciel ! Il s'est tellement démené pour que ce Yacht-Club existe !

— Il peut en être fier… C'est une réussite ! surenchérit Alice avant de saluer l'un des vainqueurs de la régate et son épouse.

Victor et Giselle Oudin résidaient à Saint-Lunaire dans une propriété qui n'avait pas été rénovée depuis longtemps. Passant pour des bohèmes, ils roulaient dans une automobile bringuebalante, s'entouraient d'animaux à poils ou à plumes et prônaient les bienfaits de la nature. Marin dans l'âme, Victor se taillait toujours une bonne place lorsqu'il participait à des courses en mer. D'autant qu'il possédait un voilier que de nombreux concurrents lui enviaient. Elle leur présenta Pierre et Mitza. Ce qui fournit l'occasion de boire un dernier verre.

— Je vais chercher Max, annonça Victor à la cantonade.

Il revint, quelque instants plus tard, avec son coéquipier : Maximilian Jager, qui n'était pas allemand comme l'avait imaginé Alice, mais autrichien. Victor l'avait rencontré au cours d'une régate sur la Baltique où tous les deux concouraient. Ni l'un ni l'autre n'avaient gagné, mais ils s'étaient liés d'amitié. Au point de s'inviter dans leurs pays respectifs.

Maximilian s'assit entre Giselle et Alice qui ne tarda pas à remarquer :

— Vous parlez parfaitement notre langue.

— Ma gouvernante était française.

Elle apprit qu'il vivait à Vienne. Une ville qu'elle rêvait de découvrir depuis qu'elle avait lu des romans de Stefan Zweig et découvert certains tableaux de Gustav Klimt.

— Dans le hall de l'université où j'étudiais, nous étions accueillis par *La Philosophie, La Médecine* et *La Jurisprudence.* Mais si je commence à parler de lui, vous ne pourrez plus m'arrêter.

Son sourire laissa apparaître des dents irrégulières. Ce qui n'enlevait rien à son charme. Maximilian

Jager était plus attirant que beau. Dans ses yeux bruns et attentifs, on pouvait déceler un mélange de sensibilité et d'énergie. Il avait un visage réfléchi, mais avenant. Sa voix était basse, presque caressante.

— J'ai d'abord apprécié les paysages qu'il a peints sur les bords du lac Attersee. Puis j'ai aimé la façon dont il savait transformer les femmes en déesses… Allier la mythologie et la modernité.

Né au tout début du siècle, dans une famille bourgoise, Maximilian avait été un petit garçon choyé. Dans une capitale où régnait la prospérité, où la recherche des plaisirs était une priorité, il avait imaginé que l'existence serait dénué d'obstacles. Comme la plupart des adultes qui l'entouraient, il irait voir quantité de pièces au Burgtheater ou écouter de la musique à l'Opéra. Avec un peu de chance, il frapperait aux portes des loges où comédiennes et artistes lyriques l'autoriseraient à entrer. En attendant, il avait fréquenté l'école primaire et découvert le pensionnat, en 1914, quand l'Autriche-Hongrie avait déclaré la guerre à la Serbie.

En donnant le signal du départ, Victor interrompit leur conversation, mais il proposa de se retrouver le lendemain à Saint-Lunaire.

— On pourrait dîner, tous ensemble, à la maison.

Sans hésiter, Alice fit une contre-proposition.

— J'ai invité quelques amis. Joignez-vous à nous ! Pour ne rien vous cacher… je fêterai mon anniversaire.

— Quelle coïncidence ! s'exclama Giselle. Ce sera aussi celui de Max !

# 27

Sans l'insistance de ses proches, Alice n'aurait pas célébré ses trente ans. Ils s'étaient engagés à s'occuper de tout. Au point de lui demander de ne pas rester chez elle pendant les derniers préparatifs. Lorsqu'elle rentra, la maison lui sembla calme. A l'étage, elle croisa Rozen qui venait de déposer des serviettes dans la salle de bains.

— Tu ne travailles pas au Grand Hôtel aujourd'hui ?

— C'est mon jour de congé. Maman m'a demandée de l'aider.

— J'ai appris pour tes fiançailles. Toutes mes félicitations !

Rozen rougit. Elle était tombée amoureuse d'un Italien qui travaillait comme chasseur au Gallic. Juste avant que la saison ne débutât, il avait fait sa demande en mariage. Les noces étaient prévues pour le printemps prochain.

— J'espère que tu me présenteras ton futur mari.

— Oui, Madame, répliqua la jeune fille de plus en plus écarlate.

Dans sa chambre, Alice songea à l'allégresse qui devait être la sienne, aux plans qu'elle devait déjà établir pour la cérémonie, à la façon dont elle imaginait leur futur foyer. Toutes les pensées qui avaient été les siennes ! Cette période lui semblait à la fois proche et lointaine. Tant d'événements s'étaient déroulés depuis que Louis lui avait offert une place privilégiée dans son existence.

Dans le salon, elle trouva François qui, avant la venue des adultes, lui donna son premier cadeau. Un vaporisateur !

— Je l'ai choisi avec maman.

— Comme il est beau ! s'exclama Alice.

— J'étais sûr qu'il te plairait !

Lorsqu'elles furent seules, Mitza raconta combien le garçon s'était investi pour trouver l'objet qui séduirait Alice. L'avant-veille, ils avaient arpenté les rues de Dinard, poussé la porte de différentes boutiques, joué les difficiles...

— S'il se donne autant de mal pour ses futures conquêtes... elles ne seront pas à plaindre, conclut-elle en riant.

— Qu'est-ce qui t'amuse autant, s'enquit Pierre en les rejoignant.

— Ton fils !

Dans la cour, une automobile se gara. Hervé et ses parents en sortirent, les bras chargés de paquets.

Bertrand Mansaud les suivit de près. Au fil des mois, il avait trouvé sa place dans l'entourage amical de sa dessinatrice.

Dans un grand rafraîchissoir, Rozen apporta deux bouteilles de champagne qu'Hervé déboucha. Puis il emplit des flûtes en cristal.

Servie la première, Alice remarqua :

— Il serait temps que Maximilian nous rejoigne. C'est son anniversaire à lui aussi !

— Les Oudin ne sont jamais à l'heure ! rappela Hervé.

Leur arrivée, quelques instants plus tard, lui donna tort. Avant de s'asseoir dans un fauteuil, Maximilian regarda le décor qui l'entourait. Rien à voir avec la maison de Saint-Lunaire qui ressemblait à un capaharnaüm. Ici, tout était harmonieux : la tonalité des murs, les motifs des tissus, les abat-jour plissés des lampes. Dans un mélange réussi, les meubles anciens côtoyaient des créations contemporaines. Alice avait du goût ! Il la regarda avec plus d'attention que la veille. De taille moyenne, elle donnait une fausse impression de fragilité. Sa sveltesse, sans doute. Vêtue d'une robe de tulle gris anthracite à larges bretelles, un nœud plat retenant ses cheveux, elle incarnait la fameuse élégance française. Dans son visage hâlé, ses yeux avaient la couleur d'un ciel d'orage. Pourtant rien dans son attitude ne laissait entrevoir une quelconque contrariété. Elle plaisantait avec l'homme qu'elle lui avait présenté comme son associé. La veille, lorsqu'ils étaient rentrés du

Yacht-Club, Victor et Giselle l'avaient informé que son époux était mort deux ans et demi plus tôt dans un accident d'automobile et qu'elle n'avait repris sa vie sociale que récemment. Ils avaient précisé qu'elle n'avait pas d'enfant. Ce qui, selon leurs dires, aurait été une consolation.

A l'annonce du dîner, il prit le chemin de la salle à manger.

— Maximilian... Asseyez-vous en face de moi.

Obéissant à Alice, il se trouva installé entre Geneviève et Mitza. Sur la table, une guirlande de seringat fraîchement cueilli embaumait. Du vin blanc décantait dans des carafes avant d'accompagner un velouté de langoustines. En verve, Victor raconta les derniers commérages de la côte. Ce qui amusa les convives. En particulier Hervé qui, durant son absence, avait manqué pas mal d'épisodes. Le repas se déroula sans que personne n'abordât le domaine politique ou économique. Hervé parla des divertissements qui l'avaient marqué en Amérique. Ce qui passionna sa mère, à défaut d'intéresser son père. A gauche d'Alice, Bertrand conversait avec Giselle dont le besoin de séduire les hommes était connu. En regardant par la fenêtre, Maximilian constata que la nuit tombait et que le gardien allumait des lampions vénitiens dans le jardin. Ce qui leur évita de se retrouver dans l'obscurité lorsque les éclairages s'éteignirent dans la pièce.

Des applaudissements saluèrent l'arrivée des gâteaux. Celui d'Alice était recouvert d'un sucre glacé où l'on avait piqué trente bougies. Celui de Maximilian faisait honneur au chocolat et présentait le même nombre de petites flammes.

— C'est incroyable, observa Mitza. Vous êtes nés le même jour... de la même année !

Discrètement, Giselle avait donné l'âge de Maximilian à Rozen lorsque celle-ci le lui avait demandé. La réponse avait étonné Soizic qui, dans la cuisine, s'activait.

— Il ne manquerait plus que vos heures coïncident, avança Pierre.

— Ma mère m'a dit que j'étais née à l'aube, indiqua Alice.

— La mienne a accouché en milieu d'après-midi ! Vous êtes mon aînée ! rétorqua Maximilian en riant.

Ainsi, à mille kilomètres de distance, ils étaient entrés ensemble dans un siècle qui avait apporté progrès, plaisirs et une guerre durant laquelle – leurs peuples combattant l'un contre l'autre – on leur avait enseigné à se haïr. Ce soir, après quinze années de paix rétablie, ils fêtaient leurs anniversaires dans une atmosphère bienveillante ! En soufflant ses bougies, il songea aux goûters qu'organisait sa famille quand il célébrait cette date particulière avec ses jeunes amis. Il y avait toujours des jeux, des saynètes, des chansons. De ces fêtes, il sortait surexcité et heureux !

Ils ouvrirent leurs présents dans la véranda. Après avoir réfléchi à ce qu'il pourrait offrir à une inconnue, Maximilian avait opté pour un rosier grimpant qu'Alice pourrait planter dans son jardin. Elle même s'était questionnée sur le cadeau qu'elle ferait à son invité. Dans la matinée, elle avait peint des bateaux dont les voiles se détachaient sur un ciel de traîne. Le sujet, la subtilité des couleurs et la taille miniature du bristol plurent à son destinataire.

— Grâce à cette aquarelle, le grand large me manquera moins ! Nous avons des lacs, mais pas d'océans ni de grandes marées !

— Il faudra revenir à la maison, proposa Victor. Avec ta famille !

Hervé, qui s'était assis au piano, plaqua les premiers accords de *Rhapsody in Blue* de George Gershwin. A New York, il avait perfectionné sa technique. Ce qui lui attira les compliments de Mitza pour laquelle il enchaîna des mélodies de Cole Porter dont *Wake up and Dream*. Elle commença de fredonner. Bientôt ce fut un vrai tour de chant où se mêlèrent les répertoires américain et français. Tout le monde y participa… et l'arrivée des alcools aiguisa les ardeurs. Un verre de fine à la main, Henri se lança dans une imitation de Maurice Chevalier. Pierre lui donna la réplique en jouant Mistinguett. Ce qui fit rire aux larmes Alice. Rozen, qui rassemblait des verres vides, se félicita de la voir aussi détendue.

Il était un peu plus de trois heures quand Alice se laissa tomber sur son lit. Entre éveil et somnolence, elle passa le reste de la nuit dans sa robe qu'elle n'avait pas eu la force d'enlever. Le pépiement des oiseaux la tira de sa léthargie. Ouvrant les yeux, elle vit le jour percer à travers les volets. La pendulette de chevet indiquait neuf heures. Elle prit conscience de son vêtement fripé, des bijoux qu'elle n'avait pas ôtés et, avec effort, se dirigea vers la salle de bains. Tandis qu'elle se déshabillait, des bribes de la soirée revinrent à sa mémoire. Jamais elle n'avait vu son associé aussi en forme ! Bertrand avait fait danser chacune des femmes. Sous la houlette d'Hervé, il s'était initié aux claquettes. Elle-même avait tenté l'expérience avant de prendre l'air dans le jardin où tous l'avaient suivie. S'approchant de Mitza, Pierre avait ôté sa veste pour la déposer sur ses épaules. Elle appréciait ce genre d'attentions qui lui rappelait Louis. Même si beaucoup de choses la ramenaient encore vers son époux, son souvenir était moins omniprésent depuis quelque temps. Comme s'il l'autorisait à vivre pleinement. Sa toilette terminée, elle enfila un peignoir de soie et descendit.

Dans le salon, François jouait au mikado.

— Maman m'y oblige, se plaignit-il. Elle veut que je devienne patient… Tu trouves que c'est bien d'être patient ?

— Tout dépend de la situation, rétorqua Alice en essayant de garder son sérieux.

— Moi ça m'énerve, ces baguettes ! J'ai envie de tout jeter par terre.

— Je vais faire une partie avec toi…

— D'accord, mais je t'interdis de gagner !

# 28

Alice planta le rosier près de la porte de son atelier. Puis, penchée sur sa table, elle réfléchit aux futures collections de papier peint. Avec la machine que venait d'acheter Bertrand, elle pouvait imaginer des motifs qui donneraient une impression de relief. Par la fenêtre, elle vit Mitza s'installer dans une chaise longue. A sept heures, Pierre avait repris le chemin de Paris. Depuis le décès de Louis, le couple et leur fils passaient une partie des vacances à Dinard et Alice leur en savait gré. Ainsi que Soizic, qui appéciait la gaieté. La veille, elle avait été contente d'entendre de la musique, des rires, des chansons. Sans qu'elle y prît garde, les années s'étaient écoulées si vite ! Morgane et Mahé étaient devenus les parents d'un gros garçon. Bientôt Rozen se marierait et, à son tour, enfanterait. Subrepticement, la gardienne avait glissé chez « les vieux »... Des rides marquaient son visage. Elle avait pris de l'embonpoint. Quelques fils blancs striaient sa chevelure. Pourtant, elle se sentait encore utile et alerte. Quand Yann rêvait de la maison qu'ils achèteraient pour leur retraite, elle le laissait dire... mais cela ne la concernait pas !

L'habitacle de l'automobile disparaissait sous les seaux, les filets, les sacs et les parasols quand la gardienne apporta les paniers qui contenaient des gâteaux et plusieurs thermos.

— Il reste de la place dans le coffre, indiqua Alice.

Pendant le trajet, François s'amusa à compter les véhicules qu'ils croisaient. Les yeux protégés par ses lunettes noires, sa mère regardait défiler le paysage. L'avant-veille, pendant le dîner d'anniversaire, Bertrand avait proposé de se rendre avec les enfants sur la plage de la Touesse. Victor et Giselle, qui connaissaient le lieu, avaient renchéri. Et tous s'y étaient donné rendez-vous.

Au cœur du village de Saint-Coulomb, Alice bifurqua puis s'engagea dans un chemin de terre qui les mena vers Roz Ven, la propriété où avait vécu Colette sur laquelle Mitza ne tarissait pas d'éloges.

— Elle a su quitter un époux qui la trompait et l'exploitait en lui faisant écrire les livres qu'il signait. Puis elle s'est débrouillée seule, a chanté dans les music-halls pour gagner sa vie... Elle est devenue journaliste, s'est remariée...

Lorsqu'elles parvinrent à la demeure, elle expliqua que celle-ci avait été achetée en 1910 par la marquise de Morny pour son amante qui rêvait d'une villégiature en Bretagne. Les deux femmes s'étaient rapidement séparées, mais la romancière avait continué de passer des vacances dans ce lieu paradisiaque jusqu'en 1924. Depuis son départ, personne n'y habitait et les volets clos préservaient les échos de l'ancienne vie. Mitza, qui avait eu le privilège de parler avec Colette dans des cocktails parisiens, se souvenait de ses yeux effilés vers les tempes, de son visage pointu, de sa voix rocailleuse aux accents bourguignons.

Pressé d'approcher la mer, François s'était dirigé vers la prairie qui, entre des pins parasols, conduisait au paradis. En lui emboîtant le pas, Alice regardait autour d'elle. A la fois intime, bucolique et poétique, cette enclave secrète recelait tout ce qu'elle aimait. Soudain, elle découvrit les dunes où croissaient des oyats et des chardons bleus et, enfin, la plage encadrée par des rochers. L'idée d'être revenue aux origines l'effleura, tant le paysage lui semblait vierge de toute trace humaine. François se mit à courir en poussant des cris de joie puis tourna sur lui-même, tête renversée et bras en croix. Après avoir choisi un emplacement abrité du vent, elles plantèrent leurs parasols, déroulèrent les tapis, se mirent en costumes de bain. Au moment où Alice s'allongeait, des bruits de voix annoncèrent l'arrivée de Victor, Giselle et leurs enfants. Maximilian fermait la marche. Tous étaient chargés d'un matériel hétéroclite. François fut présenté à Edouard qui avait le même âge que lui, puis à Adèle, un peu plus jeune. Oubliant les adultes, tous les trois partirent à la pêche avec leurs filets et leurs paniers à crevettes.

— Nous n'étions pas venus depuis longtemps, dit Giselle en s'asseyant sur un pliant. Et rien n'a changé !

A quelques pas, Maximilian se laissait griser par la lumière et l'odeur du varech. Seule frustration : il aurait aimé partager ces moments avec sa fille et son petit garçon. Katarina venait d'avoir quatre ans. Et Gustav en aurait bientôt deux. Ils passaient les vacances avec leur mère à Salzbourg. Magda redoutait les voyages. De santé fragile, elle craignait de quitter ce qui lui était familier. Il aurait pourtant aimé l'emmener dans certains de ses déplacements. D'autant qu'il voyageait fréquemment pour exporter le vin que produisait sa famille depuis trois générations. Après la guerre et les années de famine qui avaient suivi la débacle, son père avait peu à peu rendu son lustre au domaine viticole. Et, tout naturellement, il le secondait dans cette activité.

En poussant des exclamations admiratives, Hervé interrompit sa rêverie. Après avoir salué tout le monde, il se débarrassa de ses vêtements et courut se baigner. Maximilian et Alice ne tardèrent pas à l'imiter. La marée basse avait laissé quantité de trésors sur le sable, mais elle les ignora, pressée de sentir le contact de l'eau. Hervé était déjà loin quand ils atteignirent les premières vaguelettes. Dans un crawl énergique, Maximilian partit dans sa direction. Alice préféra se détendre en faisant la planche. Lorsqu'ils revinrent sur leurs pas, la plage s'offrait à leurs regards avec la maison en arrière-fond et les enfants qui s'affairaient autour des flaques. Sourds à l'appel de leurs mères, qui étaient en train d'installer les cakes, les pains d'épices et les tartes sur des nappes à carreaux, ils glissaient dans leurs paniers quantité de crevettes et de petits crabes.

Avant de se sécher, ils saluèrent Bertrand qui, arrivant tout juste de Dinan, retrouvait avec un plaisir évident la plage qu'il avait découverte à son retour du front. Il y était venu avec une bande d'amis, après que la propriétaire de Roz Ven fût repartie pour la capitale. Sachant que personne ne les dérangerait, ils s'étaient promenés et baignés nus. Ce qui lui avait octroyé une sensation de liberté dont il se souvenait encore.

— Vous arrivez au bon moment ! les accueillit Victor en débouchant une bouteille.

Maximilian appréciait le champagne. Son père en faisait régulièrement livrer de Reims depuis que la France et l'Autriche avaient renoué de bonnes relations. Léger et fruité, le Veuve Clicquot inonda son palais d'une saveur délicieuse. Après avoir goûté aux pâtisseries, il suivit Victor, Hervé et Bertrand dans leur exploration des rochers. Au loin, Alice prenait des photographies. Alors qu'il avançait dans sa direction, elle lui demanda de prendre la pose.

— Est-ce vraiment utile ? se défendit-il en riant.

— Cela changera des coquillages et des fossiles !

Elle actionna plusieurs fois son appareil. Puis il l'accompagna dans sa quête. En ramassant avec elle ce qui pourrait l'inspirer, il la questionna sur l'élaboration des papiers peints. Elle évoqua son début de carrière chez Leroy, ce qu'elle y avait appris, sa récente association avec Bertrand... En discutant, ils revinrent vers leurs amis. L'après-midi touchait à sa fin, mais personne n'avait envie de lever le camp. Bertrand sortit d'un sac des cartes pour jouer à la canasta avec Mitza, Hervé et Victor. Un second jeu fut donné aux enfants qui entamèrent une partie de pouilleux.

— J'ai trop bu, se plaignit Giselle.

— La plage transformée en tripot ! L'abus d'alcool ! Je vais vous faire chanter avec des clichés édifiants ! menaça Alice en brandissant son appareil.

Maximilian s'était assis à côté d'elle. Le dos calé contre un talus, il mâchonnait un brin d'herbe salée. Son séjour breton se terminerait le surlendemain. Avant de rentrer en Autriche, il passerait par Paris, Bruxelles et Amsterdam où il proposerait les vins familiaux à la clientèle. Puis ce serait les vendanges ! Proche de la capitale, le domaine accueillerait les journaliers qui recueilleraient les grappes. Depuis l'enfance, il avait vécu au milieu de vignobles qui faisaient la fierté des Viennois. Chaque fin de semaine, il quittait le pensionnat pour rejoindre la propriété où il retrouvait les chiens, les chevaux et des rites saisonniers. La guerre et les conflits sociaux avaient mis fin à un état de grâce qu'il croyait éternel. Il lui avait fallu attendre de devenir adulte pour retrouver le chemin de la reconstruction.

Alice n'avait pas bougé. Indifférente au brouhaha général, elle gardait le silence. Etait-elle sensible à la mer qui remontait avec lenteur ? Aux cris des oiseaux regroupés dans un bosquet ? Lorsque Maximilian se leva, elle tourna la tête dans sa direction et lui sourit. Troublé par une impression de familiarité qui le ramenait vers quelque chose de connu ou de vécu, il chercha à en retrouver le souvenir. La sensation persista jusqu'à ce que Victor et Mitza, qui venaient de gagner à la canasta, donnent le signal du départ. Les enfants se rhabillèrent. Les femmes s'éclipsèrent derrière une dune pour revêtir leurs robes de toile et se recoiffer.

L'été se poursuivit sous de bons auspices. D'autant qu'Hervé s'attarda jusqu'à la fin septembre. Ce qui fit le bonheur de sa mère qui, en catimini, avoua à Alice :

— Si seulement il pouvait épouser une jeune fille qui lui convienne… Je n'aurais plus à craindre qu'il retourne en Amérique.

— Hervé n'a aucune envie de nous quitter. Il veut jouer sur des scènes parisiennes.

— A condition qu'il trouve des rôles. Dans le cas contraire, il pourrait refaire ses valises.

Alors que Geneviève évoquait son envie d'avoir des petits-enfants, Alice s'empêcha d'abonder dans son sens. Depuis longtemps, elle savait qu'Hervé ne se marierait pas. Mettant à profit son talent de comédien, il savait brouiller les pistes et donner le change. Jusqu'à se faire passer pour un bourreau des cœurs qui ne parvenait pas à se fixer ! Sa compagnie lui faisait mesurer combien il lui avait manqué pendant son deuil.

Un incident aurait pu perturber son retour à la vie. Elle venait de s'asseoir au cinéma lorsqu'une silhouette attira son attention. Reconnaissant Vivien qu'elle n'avait plus revue depuis trois ans, elle se força à parler avec Hervé jusqu'au début du film dont elle ne suivit pas les péripéties. A nouveau, le poison circulait dans ses veines, accélérant les battements de son cœur. Après la mort de Louis, l'Anglaise et son époux n'avaient plus séjourné à Dinard. Aujourd'hui, le passé refaisait inopinément surface… Mais elle se promit de résister à sa nocivité.

## 29

La veille de son retour à Paris, Alice passa une longue journée à la manufacture avec son associé. Le carnet de commandes était rempli pour plusieurs mois. Ce qui leur permettrait de réfléchir, hors de toute précipitation, à de nouvelles stratégies de vente. Bertrand avait évoqué avec Pierre l'éventualité de faire de la réclame pour la marque dans certains magazines. Ils se donnaient l'hiver avant de prendre une décision.

En entrant dans la capitale, Alice s'étonna d'être aussi contente. Au fur et à mesure qu'elle roulait vers le centre, la circulation s'intensifia et il lui fallut se frayer un passage entre les carrioles tirées par des chevaux, les fiacres, les chars à bras, les tramways et les automobiles. Arrivée devant un immeuble de la rue Boissy-d'Anglas, elle gara son véhicule, ouvrit le coffre pour en sortir deux valises, franchit la porte cochère puis emprunta l'ascenseur jusqu'au cinquième étage. Depuis un an, elle habitait un petit appartement qu'elle louait à Pierre. Pour conserver la villa Margarita, elle s'était séparée du précédent. A deux pas de l'église de la Madeleine, l'endroit avait du charme et bénéficiait d'une grande luminosité. Ignorant le courrier que la concierge avait déposé sur un guéridon, elle alla vers la cuisine pour se préparer un thé. Puis elle gagna sa chambre. Aucun de ses papiers peints ne tapissait les murs ! A d'éventuels motifs, elle avait préféré des couleurs neutres qui mettaient en valeur les tableaux qu'elle affectionnait. Elle commençait de déballer ses affaires quand le téléphone sonna. Nicole l'invitait à dîner.

En cet automne, la vie parisienne offrait de nombreuses distractions. Malgré ou à cause de la crise économique, il fallait plaisanter, chanter, danser la biguine et la rumba, aller au music-hall ! Dans les cafés ou les restaurants des Champs-Elysées et de Montparnasse, on tentait de croire que la fête continuait… Mais pour les gens lucides, des ombres se profilaient. Fuir son pays pendant la révolution bolchevique avait doté Vladimir de discernement… Et ce qui se passait en Allemagne ne le rassurait pas. Alice aurait préféré se boucher les oreilles plutôt que de l'entendre douter d'un avenir paisible. Néanmoins, lorsqu'il évoquait les agissements du nouveau chancelier, elle s'alarmait. Elu le 30 janvier 1933, Adolf Hitler avait rapidement démantelé la République de Weimar, instauré le Troisième

Reich, fait arrêter, torturer et condamner à mort les opposants à son parti. Dans la nuit du 27 au 28 février, l'incendie du Reichstag à Berlin avait déclenché une violente répression envers les communistes, accusés de l'avoir volontairement provoqué. Le 10 mai, lors d'un autodafé, des milliers de « mauvais livres » étaient brûlés par les nazis en place publique, entraînant le départ d'intellectuels juifs, marxistes ou démocrates.

— Nous n'en sommes qu'au début ! annonçait-il.

Enceinte de leur premier enfant, Nicole lui reprocha de ternir sa joie avec ses prédictions. Depuis son avortement, elle avait craint de ne pouvoir retomber enceinte… Jusqu'à ce que le gynécologue lui annonçât qu'elle serait, bientôt, mère d'un petit garçon ou d'une petite fille ! Le terme approchant, ils en étaient à sélectionner les prénoms et elle insistait pour que celui-ci fût russe. Avec une préférence marquée pour Volodia et Natacha…

A Alice, choisie pour marraine, elle demanda son avis.

— Les deux sont jolis, répliqua celle-ci.

— Vladimir préférerait Tatiana à Natacha.

— J'ai l'intuition que ce sera Volodia.

Hervé avait obtenu un rôle dans une pièce d'Edouard Bourdet, ce qui lui donnait des ailes. Pendant qu'il courait à ses répétitions, Alice surveilla les travaux dans le studio qu'il venait de louer près de l'Opéra-Comique. Sa proximité avec les salles de spectacle rendait le logement idéal, même si l'unique fenêtre donnait sur une cour où pénétrait peu le soleil.

— Je n'y serai que pour dormir, anticipait-il.

Il changea d'avis lorsqu'il découvrit ce qu'elle avait réussi à créer avec de vieux tapis persans et des lampes aux éclairages tamisés qui évoquaient l'atmosphère de l'Orient-Express.

En déplacement à Paris, Bertrand ne cacha pas son enthousiasme lorsqu'il franchit le seuil de la « boîte à chaussures », terme qu'employait Hervé pour définir son habitation. Durant la conversation, Alice observa ses compagnons et une évidence s'imposa… Les deux hommes partageaient une complicité qui dépassait le registre de l'amitié. Des regards qui se cherchaient aux phrases commencées par l'un et terminées par l'autre, des plaisanteries aux rires à l'unisson, tout laissait supposer une attirance partagée ! Passé l'effet de surprise, elle comprit pourquoi Hervé avait prolongé ses vacances à Dinard et pourquoi Bertrand rendait de plus en plus fréquemment visite à ses acheteurs parisiens. Son associé ayant toujours fait preuve de discrétion quant à sa vie privée, elle l'avait à tort imaginé avec une femme mariée.

Loin de penser qu'elle venait de percer leur secret, tous les deux étaient en train d'organiser la soirée.

— J'irais bien au cinéma… On donne *King Kong* au Marivaux, proposait Hervé.

Noël arrivait à grands pas. Alice le passerait à Paris. D'autant que Nicole risquait d'accoucher pendant les fêtes. Comme chaque fin d'année, elle reçut une lettre de sa mère qui allait de vernissages en spectacles, de conférences en cocktails. Ces événements répétitifs semblaient avoir balayé de sa mémoire l'intermède français dont faisait partie une fille qu'elle n'avait pas vue depuis quatre ans et demi et qui ne lui manquait pas. En lisant le courrier, Alice n'éprouva ni tristesse ni amertume. Ne ressentait-elle pas une indifférence similaire pour Nancy ? Constatation étrange : à trente ans, elle était libre de toute attache familiale. Son père et son mari avaient quitté ce monde. Sa mère s'était définitivement éloignée. Elle-même n'aurait pas de descendant ! Afin de ne pas se laisser envahir par la tristesse en cette période festive, elle fréquenta musées et galeries, rendit visite à ses amis, accompagna Hervé à plusieurs spectacles... Elle aurait aimé se promener le long de la Seine ou sur la butte Montmartre, mais la température polaire faisait grelotter les Parisiens. En particulier, les plus démunis. A cause d'un chômage grandissant, beaucoup de gens se trouvaient au cœur de situations alarmantes. Dans des taudis ou dans la rue, des hommes, des femmes, des enfants luttaient pour leur survie. Aux Halles, on les voyait qui cherchaient de la nourriture au milieu des détritus. Malmenée par une politique instable, la hausse des prix et des scandales financiers à répétition, la France s'enfonçait dans la dépression. Quinze ans s'étaient écoulés depuis la fin de la guerre et le vent d'allégresse était retombé. Aujourd'hui, tout s'était figé ! Pour lutter contre un marasme grandissant et donner l'illusion que la chance existait encore, on venait de créer la Loterie nationale, dont les billets s'étaient arrachés. Le premier tirage avait eu lieu le 7 novembre, offrant au gagnant une somme de cinq millions de francs. Influencée par Hervé, Alice avait déboursé cent francs pour l'achat d'un coupon… mais avait fait partie des innombrables perdants.

Place de la Madeleine, le marché aux fleurs proposait des roses de Noël, des branches de houx, des boules de gui et des sapins. Un cornet de marrons chauds à la main, Alice déambulait dans les travées envahies de gens emmitouflés qui achetaient des bouquets et des guirlandes. Derrière leurs étals, les marchands avaient allumé les braseros vers lesquels ils tendaient leurs mains engourdies. Une vieille fleuriste, le visage rougi par le froid, vantait d'une voix éraillée la qualité de ses végétaux. Depuis combien de temps faisait-elle ce métier ? Alice s'approcha pour lui acheter une azalée blanche. Alors qu'elle attendait sa monnaie, elle reconnut Gilbert parmi les passants. En compagnie d'une femme, il avançait dans sa direction. Rentrant le menton dans son col de fourrure, Alice se détourna en espérant qu'il ne l'avait pas vue. C'était étrange ! A court intervalle, elle croisait Vivien puis le cousin de Louis : les deux personnes qui la ramenaient aux pires moments de son existence. A la dérobée, elle jeta un regard derrière elle. Il venait de passer son chemin sans discerner sa présence. Par Pierre – au courant de ce qui se passait dans le milieu des affaires – elle avait appris que l'entreprise de Gilbert périclitait depuis que Louis n'était plus là pour la dynamiser. Comme elle se félicitait d'avoir tenu tête à cet homme qui l'avait menacée de la traîner devant les tribunaux au cas où elle ne lui vendrait pas ses parts de la société !

Rentrée chez elle, elle sortit la plante de son emballage, la posa sur un guéridon. Puis elle empila des bûches dans la cheminée et craqua une allumette. Avant de s'asseoir dans le canapé avec un livre, elle passa en revue le courrier que Soizic lui réexpédiait de Dinard. A la place des habituelles factures, elle trouva des cartes de vœux. Et, parmi celles-ci, l'envoi de Maximilian. Plutôt qu'un sapin de Noël ou un char tiré par des rennes, il avait choisi une maison au bord d'un lac dont les eaux claires reflétaient la façade couverte de vigne vierge. Quelques lignes accompagnaient l'image.

*Chère Alice, Pour oublier la neige et le gel, voici l'un des lieux où votre peintre favori aimait séjourner. Je vous souhaite une belle année 1934. Qu'elle vous apporte tout ce qui pourrait vous être bénéfique. Avec mes meilleures pensées. Maximilian*

Qu'il n'eût pas oublié son admiration pour Klimt la toucha. Elle ne le reverrait probablement pas, mais il faisait partie des gens dont on se souvenait. Alors qu'elle se promettait de lui répondre rapidement, le téléphone sonna et l'opératrice la mit en relation avec Vladimir.

— Alice... tu t'es trompée !

— Trompée ?

— Il n'est plus question de Volodia... mais de Natacha !

— Nicole a accouché ?

— Tu es la première à l'apprendre.

— Tout s'est bien passé ?

— On ne peut mieux ! La petite merveille s'appelle Natacha, Alice, Nicole. Prépare-toi à la porter sur les fonts baptismaux !

## 30

Après un hiver marqué par des émeutes sanglantes entre ligues d'extrême droite et communistes, Alice fut satisfaite de retrouver le calme de Dinard. Pour laisser Soizic préparer le mariage de sa fille, elle ne s'y était installée qu'à la fin du mois d'avril. Avec Bertrand, elle étudia les résultats financiers de leur entreprise, examina les commandes pour voir quels papiers peints obtenaient davantage les suffrages des acheteurs et constata une différence marquée entre les goûts des Parisiens et ceux de certains provinciaux qui privilégiaient des motifs plus classiques. En trois ans, ils avaient atteint leurs objectifs, mais pour poursuivre leur progression ils devaient investir dans des réclames. Bertrand continuait d'hésiter. Pourquoi bousculer ce qui fonctionnait ? Venu pour quelques jours, Hervé parvint à le décider. Au fur et à mesure que s'installait leur relation, le plus jeune prenait l'ascendant sur l'aîné. Bertrand avait une totale confiance en son ami. Etait-ce d'avoir beaucoup voyagé et de travailler à Paris qui faisait que celui-ci savait évaluer les situations ? Lorsqu'il l'en félicitait, Hervé riait. Ni l'un ni l'autre ne se doutaient qu'Alice avait percé leur secret. Ils se montraient si réservés en public que personne n'aurait pu imaginer qu'ils étaient amants. Bertrand avait quitté le centre de Dinan pour s'installer dans un quartier plus tranquille où Hervé ne risquerait pas de tomber sur des connaissances. C'était ainsi qu'Alice avait perçu son déménagement.

Fin juillet, Vladimir, Nicole et Natacha s'installèrent villa Margarita. La petite fille venait d'avoir sept mois. Blonde comme son père, les yeux myosotis, la mine rieuse, elle semblait curieuse de tout, avec une prédilection pour les oiseaux. Prenant son rôle de marraine au sérieux, Alice lui fredonnait des chansons, poussait son landau le long du rivage, la berçait pour l'endormir. Les journées s'écoulaient, ponctuées par une succession de petits plaisirs. Le matin, elle s'installait dans son atelier. Parfois, elle peignait, parfois elle se contentait de tracer quelques traits de crayon sur un carnet. Lorsqu'elle s'attaquait à une toile, le temps passait sans qu'elle y prît garde. Soizic, qui faisait quotidiennement le ménage dans la pièce, ne pouvait s'empêcher de regarder toutes les œuvres que madame Favier ne montrait pas. Marines, ciels clairs ou nuageux, paysages, scènes intimistes, natures mortes : elles étaient rangées comme si, une fois terminées, elles n'avaient plus d'intérêt. La gardienne ne comprenait pas comment l'on pouvait se détacher de ce que l'on produisait. Elle-même était fière quand elle réussissait quelque chose : une barboteuse en tricot pour son petit-fils, un gâteau, l'amidonnage d'une coiffe !

L'été avançait avec ses manifestations récurrentes dont les fameuses régates. En rencontrant Giselle sur la plage, Alice apprit que Victor s'était lancé dans la compétition avec Maximilian qui, après une période d'incertitude, avait confirmé sa venue. Hélas, ils n'étaient arrivés que troisièmes ! Comme l'année précédente, le Viennois resterait peu de temps à Saint-Lunaire.

— Passe demain soir à la maison, proposa Giselle. Avec tes amis…

Assis au milieu de la pelouse qui dominait les rochers, Alice, Nicole et Vladimir avaient répondu à la proposition de Giselle. Alors que Victor servait whisky et porto à ses invités, deux chiens commencèrent à se poursuivre en aboyant. Ce qui ne perturba pas le chat qui somnolait au milieu des pétunias. En regardant la boule de feu qui embrasait l'horizon, Alice demeurait attentive aux conversations. A quelques pas, Vladimir et Maximilian évoquaient Londres où ils s'étaient récemment rendus. Le Russe venait d'y trouver un distributeur pour sa marque de bagages. L'Autrichien avait convaincu des restaurateurs et des négociants que ses vins plairaient à leur clientèle. Elle l'entendait décrire le domaine viticole qui se situait entre la forêt viennoise et un fleuve dont le nom avait inspiré un célèbre compositeur de valses. Puissante, entêtante, l'odeur de l'herbe fraîchement coupée emplissait l'atmosphère et se mêlait à celle du seringat. Dans le jardin, rien n'obéissait à un ordre défini. Chez les Oudin, on ignorait la discipline. A l'intérieur de la maison, c'était la même chose : des meubles disparates voisinaient avec des objets insolites. Depuis des années, Giselle et Victor naviguaient dans un univers poétique qui leur convenait. Entre les bocaux remplis de coquillages, les bois flottés, les instruments de navigation, il fallait se faufiler avec précaution.

Lorsque la nuit tomba, ils se réfugièrent dans la salle à manger où un repas froid les attendait.

— Et maintenant... découvrons les vins que notre ami nous a apportés, annonça Victor en débouchant une première bouteille.

Sollicité par Vladimir, Maximilian expliqua les différentes spécificités des vignobles viennois et précisa que, dans sa famille, on cultivait depuis près d'un siècle des cépages blancs qui, sous l'appellation Gemischter Satz, donnaient un vin apprécié. Après avoir servi Alice, il leva son verre pour trinquer. Puis il attendit qu'elle se prononçât.

— Il est équilibré... Généreux en arômes...

— Il est composé de différents cépages cultivés sur une même vigne et vendangés en même temps.

En l'écoutant, Alice se familiarisait avec un monde dont elle ignorait tout ou presque. Elle appréciait son sens de l'évocation, la facilité avec laquelle il restituait un univers complexe.

— Pour découvrir l'âme viennoise, il faut fréquenter les fameux *Heuriger*, disait-il.

— *Heuriger* ?

— Ce sont des tavernes. Quand il fait beau, les gens s'installent dans les cours, sous des tonnelles. Chaque établissement est rattaché à un domaine et ne sert que sa propre récolte. Certains soirs, des musiciens poussent les gens à chanter.

Le lendemain matin, Alice n'accompagna pas Vladimir et Nicole à la plage. Depuis plusieurs jours, elle différait le rangement de son bureau. Elle triait des factures quand on sonna au portail. N'attendant personne, elle pensa qu'il s'agissait du facteur.

— Excusez-moi de passer à l'improviste... Mais vous avez oublié votre veste. Giselle m'a demandé de vous la déposer.

— Ma veste ! Je ne m'étais pas aperçue que je ne l'avais plus, avoua-t-elle en s'emparant du vêtement que lui tendait Maximilian. Entrez.

— Je ne voudrais pas vous déranger...

— Vous ne me dérangez pas.

Pour profiter du soleil matinal, ils s'assirent sur la terrasse devant une tasse de café.

— Regardez comme votre rosier se porte bien, dit Alice en désignant la façade de son atelier. Je lui ai trouvé l'emplacement idéal.

— Le rosier que je vous ai donné l'an dernier ? Il a triplé de taille et de volume !

— Ici, tout pousse comme du chiendent.

— La régate ayant été décalée de quelques jours, je suis arrivé trop tard pour que nous fêtions une deuxième fois nos anniversaires.

— Comme ce n'était pas un changement de décennie, je l'ai célébré plus discrètement. Et vous ?

— J'étais dans un train.

Il alluma une cigarette. Puis se leva pour prendre congé.

— Vous êtes pressé ?

— Je vais à la pointe du Grouin.

— En bateau ?

— Par la route. Victor m'a prêté son automobile.

— C'est un endroit magnifique.

— Venez avec moi.

— Avec vous ?

— Nous serons rentrés en fin de journée.

— Je n'ai prévenu personne… Et la gardienne est partie au marché.

— Laissez-lui un mot.

— Vous avez raison. Je complique trop les choses.

Tandis qu'ils roulaient à travers la campagne, Alice avait l'impression de faire l'école buissonnière et retrouvait le goût inégalable de l'insouciance. A l'approche de leur destination, Maximilian lui demanda quelle route emprunter, puis il se dirigea jusqu'à la barrière qui arrêtait la circulation. Avant de quitter le véhicule, il s'empara d'un sac contenant des lainages et une thermos. Alice mit son appareil photo en bandoulière, rajusta le lacet de sa chaussure et rejoignit le chemin qui menait vers les rochers et les falaises. Venant de la mer, le vent soufflait avec force. Il y avait toutes sortes d'oiseaux sur ce promontoire et encore plus dans l'île des Landes voisine. Bientôt, ils se trouvèrent face à la baie du Mont-Saint-Michel. Entre le ciel et les flots, toutes les nuances de bleu, de gris et de vert se dessinaient. Saisis par la beauté du panorama, ils s'arrêtèrent quelques instants avant de poursuivre leur marche. Lorsque le parcours devint plus escarpé, Maximilian se retourna plusieurs fois pour vérifier qu'Alice ne rencontrait pas de difficultés. Elle lui fit signe que tout allait bien. Comment en aurait-il été autrement dans ce lieu tapissé de fleurs sauvages et balayé par les embruns ? Entre les anfractuosités, ils repérèrent une petite crique et s'assirent sur une pierre plate. Des cormorans poussaient des cris en tournoyant au-dessus des bateaux de pêche qui se dirigeaient vers le port de Cancale. Alice ferma les yeux. Elle avait envie de s'étirer. Et de respirer l'air du large. A ses côtés, Maximilian déboucha la thermos, emplit un gobelet d'eau fraîche, le lui offrit.

— Tout se liguait contre ma venue en Bretagne. L'instabilité politique dans mon pays. Ainsi que des travaux à effectuer dans une cave du domaine.

Et me voici avec vous sur cette langue de terre. Croyez-moi, je n'échangerais pas ma place contre un empire !

Pour contrebalancer l'atmosphère délétère qui régnait en Autriche, il avait besoin d'espace, de clarté et de sérénité. En février, les socialistes s'étaient opposés aux conservateurs dans les villes industrielles et la capitale. Le chancelier Dollfuss, chrétien et fondateur d'un régime autoritaire, avait ordonné de tirer sur les insurgés. Aux blessés et aux morts s'étaient ajoutées de nombreuses arrestations. Une fois le parti socialiste anéanti, l'instauration de l'austro-fascisme était devenue envisageable… même si le pouvoir en place en refusait l'idée. Le 25 juillet, à la suite d'un coup d'Etat manqué, un commando nazi assassinait Dollfuss. Le chancelier était mort pour avoir refusé le rattachement de sa patrie au Troisième Reich. Ce dernier épisode avait conforté les inquiétudes de Maximilian qui voyait combien l'idéologie hitlérienne s'infiltrait au cœur de la population. Lui, qui avait partagé de fortes amitiés avec des collégiens et des étudiants juifs, les voyait partir l'un après l'autre vers des contrées où ils ne seraient plus pourchassés. Lorsqu'il faisait part de son appréhension à son épouse, celle-ci lui reprochait de tout aggraver. Il avait connu Magda lorsqu'ils étaient adolescents. Leurs familles habitaient la même rue. Elle était blonde, jolie, trouvait les mots pour l'apaiser quand il était contrarié et l'aimait. Quand il avait perdu sa mère, elle s'était montrée délicate, attentive, compréhensive... L'université et le service militaire les avaient séparés, mais elle l'avait attendu. Tout naturellement, ils s'étaient mariés. Parents de deux enfants, ils auraient pu être heureux si Magda n'avait contracté la tuberculose après la naissance de leur fils. Depuis, elle passait de longs mois dans la propriété que possédait sa famille à Salzbourg dont le climat lui était conseillé. Ajoutées à ses déplacements professionnels, leurs séparations répétées malmenaient l'équilibre auquel il aspirait.

Alice s'était levée pour prendre des photos. Vêtue d'un cardigan bleu marine et d'un pantalon de toile blanche, elle allait et venait pour débusquer le meilleur angle. Comme l'an passé, elle braqua l'objectif dans sa direction.

— Je suis plutôt douée pour les portraits.

— Tout le monde n'est pas photogénique !

— Otez vos lunettes noires. Que je voie vos yeux !

— Vous m'intimidez, plaisanta-t-il.

Son visage se détachait sur un fond de chaos où le granit et l'eau faisaient alliance. En souriant à demi, il tenta de mettre un peu d'ordre dans ses cheveux que le vent ébouriffait. Les rayons du soleil donnaient à ses yeux bruns des reflets mordorés. Elle prit plusieurs clichés qu'elle promit de lui envoyer.

Avant de regagner Dinard, ils roulèrent jusqu'à Cancale qu'Alice voulait faire découvrir à Maximilian. Réputée pour son abondante production d'huîtres plates, l'agglomération se divisait en deux parties : le Bourg, où habitaient les armateurs, les navigateurs, les commerçants, et le port de la Houle, bâti sur des amas de coquilles et réservé aux pêcheurs. Abandonnant le véhicule, ils s'aventurèrent à travers les rues.

— Sous le règne de Louis XIV, plus de cent millions d'huîtres étaient chaque année remontées de la baie. Ce qui ne pouvait qu'entraîner une diminution de la réserve naturelle. Pour éviter cette situation, Louis XVI fit publier une ordonnance. A la période de Pâques, des bisquines…

— Des bisquines ?

— Ce sont des voiliers de pêche très toilés. Typiques de Cancale, ils sont parfaits pour la pêche au chalut et le dragage des huîtres sauvages.

Ils atteignirent le bassin. A marée haute, les bateaux revenaient à quai où régnait une forte animation. Attirés par les cargaisons de poissons et de crustacés, des oiseaux volaient en poussant des cris stridents pendant que s'effectuaient le tri, le pesage et la vente. Des enfants assistaient au spectacle. Avec leurs familles, ils profitaient d'une mer calme… avant la prochaine grosse tempête qui engendrerait des inquiétudes au sein de leur communauté trop souvent endeuillée par des naufrages. Entre deux hivers rudes, la saison estivale était source de processions religieuses, de fest noz, de noces. On remettait sa vie et celle des proches dans les mains de Dieu que l'on honorait dans les églises et les chapelles, on profitait de journées où la tombée tardive de la nuit facilitait les tâches quotidiennes, on se regroupait pour chanter et danser.

Sans se concerter, ils s'arrêtèrent devant un étal.

— C'est tentant ! avoua Maximilian.

Quelques minutes plus tard, ils se retrouvèrent assis devant un cageot rempli d'huîtres tout juste ouvertes.

En voyant Alice apprécier cette dégustation improvisée, il lui demanda avec une pointe d'ironie si elle ne regrettait pas de l'avoir accompagné.

— Vous connaissez la réponse…

Alors qu'elle prononçait ces mots, elle se rendit compte que le souvenir de leur escapade resterait dans sa mémoire. Maximilian commençait à ne pas la laisser indifférente et cette découverte la perturbait. Depuis le décès de Louis, aucun homme ne l'avait troublée jusqu'à ce jour. Il était pourtant le dernier auquel elle aurait dû prêter attention. Marié, père de deux enfants, vivant à des centaines de kilomètres ! Tandis qu'ils revenaient sur leurs pas, elle tenta de se raisonner, mais le poison coulait dans ses veines. D'autant que lui non plus ne semblait pas pressé de rentrer. Elle en était à appréhender son prochain départ de Saint-Lunaire, lorsqu'il annonça :

— Je dois venir à Paris, la troisième semaine d'octobre…

# 31

Alice retrouva Hervé à la sortie du théâtre où se déroulaient les répétitions d'une pièce d'Henri Duvernois qui serait bientôt présentée. Content d'avoir obtenu un rôle qui lui convenait, il ne ménageait pas sa peine.

— Il fait beau... Et j'ai besoin de verdure. Allons dans un parc.

Ils prirent un autobus pour se rendre aux Tuileries et s'assirent devant le grand bassin où des enfants faisaient naviguer les voiliers miniatures que proposait un loueur. En fumant une cigarette, Hervé se débarrassait de son personnage d'emprunt pour renouer avec la réalité. Sa rentrée se déroulait sous de bons auspices. Remarqué par plusieurs metteurs en scène, il commençait à obtenir régulièrement du travail. Son rêve restait d'être appelé par Louis Jouvet, mais il n'avait pas à se plaindre. A vingt-sept ans, la vie lui avait déjà beaucoup donné.

Comme si elle avait lu dans ses pensées, Alice lui rappela son installation à Paris… dix ans auparavant.

— Tu découvrais la Sorbonne et la liberté ! Depuis, tu as fait ton service militaire, vécu à l'étranger, progressé dans ton métier… Et tu sembles heureux.

— Je le suis !

L'aveu avait jailli avec une telle spontanéité qu'Hervé en éprouva de la gêne. D'autant qu'Alice observait ses réactions. Perçut-il que le moment était venu de lui révéler la vérité ?

— Cela n'a pas toujours été le cas.

— Je le sais.

— Certains de mes choix sont compliqués à vivre. Pour ne pas peiner mes parents, ne pas détruire leurs espérances, je suis obligé de leur mentir.

— Je le sais aussi.

— Plusieurs fois, je me suis demandé si tu avais compris.

Elle hocha la tête.

— Ce qui m'occupe depuis quelque temps ne t'a donc pas échappé ?

— Hervé… Ne te sens pas obligé de…

— Bertrand m'a autorisé à ne rien te cacher.

— Il est pourtant si secret ! s'étonna Alice.

— Il l'est un peu moins depuis que nous nous sommes rencontrés.

Il s'interrompit avant d'ajouter :

— Bertrand est plus âgé que moi. Il n'est, à priori, pas mon genre. Nous évoluons dans des domaines différents. Pourtant... Il est nécessaire à ma vie. Autant que je le suis à la sienne. J'ignore où cela nous mènera...

En lançant un ballon qui arriva sur la tête d'Hervé, un garçon suspendit la conversation. Autour d'eux, l'animation s'était accrue. Entre la marelle et la corde à sauter, des petites filles en uniforme se dépensaient après l'école. D'autres jouaient à colin-maillart ou faisaient tourner leurs crécelles. Assises sur des chaises, les nurses bavardaient entre elles en veillant sur leurs protégés.

— Puisque nous en sommes aux confidences, reprit Hervé, tu ne m'as jamais parlé de ta solitude. Tu es jeune... Séduisante... Les hommes se retournent sur ton passage...

— Pour le moment, je reste imperméable à leurs compliments !

En rentrant chez elle, Alice sourit en pensant qu'elle savait, elle aussi, jouer la comédie. Depuis qu'elle avait retrouvé son appartement, elle comptait les jours. Son impatience s'était accrue quand deux cartes de Maximilian étaient arrivées. L'une de Zurich. L'autre de Varsovie. Dans la seconde, il lui rappelait qu'il séjournerait bientôt à Paris. Depuis leur séparation, elle était devenue rêveuse et les chansons sentimentales lui mettaient du vague à l'âme.

La troisième semaine d'octobre se profila. Alice sortit ses manteaux de la penderie où ils étaient remisés. Elle fit livrer du bois pour la cheminée.

Place de la Madeleine, l'odeur des marrons chauds commença à se répandre. Un soir, Maximilian téléphona. Il venait de s'installer à l'hôtel Lotti, rue de Castiglione. Serait-elle libre pour déjeuner le lendemain ? Il semblait tellement à l'aise qu'elle s'en voulut de s'être autant monté la tête.

Il lui avait donné rendez-vous à la Régence, un restaurant proche de la Comédie-Française. Debout devant le bar, il guettait son entrée. C'était la première fois qu'elle le découvrait en costume de ville et elle apprécia son élégance.

— Bonjour, Alice, dit-il en venant à sa rencontre.

Après s'être débarrassée de son manteau, elle suivit le maître d'hôtel qui les emmena à l'étage où se situait leur table. En haut de l'escalier, un miroir lui renvoya son image. Elle portait un chapeau agrémenté d'une voilette qui, s'arrêtant sous ses yeux, donnait à son visage une touche de mystère. Sa robe de serge grise aurait pu paraître austère si elle ne l'avait rehaussée d'un choker de perles. Elle s'assit sur la banquette de velours rouge.

Installé à son tour, il la remercia de s'être rendue libre.

— Je devais n'arriver que lundi… Mais j'ai eu envie d'être à Paris pendant ce week-end.

On leur apporta les cartes et il se fit expliquer la composition de certains plats. Puis il s'enquit de ses choix et elle s'efforça de cacher sa nervosité. Lorsqu'il lui proposa du vin, elle accepta en pensant que l'alcool l'aiderait à tenir des propos légers. Un instant, elle croisa son regard puis détourna les yeux. Consciente qu'il continuait de la fixer, elle se sentit rougir. Un silence s'étira avant qu'il ne répétât :

— J'avais envie d'être à Paris… Et de vous voir. Le temps m'a semblé long depuis que nous nous sommes quittés.

Il la vit battre des paupières. Se rendait-elle compte combien son émoi la rendait séduisante ? Pour ne pas la brusquer, il changea de ton et lui posa des questions exemptes de toute équivoque qui, à plusieurs reprises, la firent rire. Autour d'eux, il y avait du monde et du brouhaha, mais ils n'y prêtaient pas attention. Conscients de jouer avec le feu, ils savaient déjà qu'ils ne renonceraient pas à se brûler.

En quittant l'établissement, ils trouvèrent une foule massée devant la Comédie-Française. La matinée du samedi allait bientôt commencer.

— Avec un soleil pareil, on a davantage envie de marcher que d'assister à un spectacle. Aussi bon fût-il ! déclara Maximilian.

Qu'existait-il de plus agréable que de flâner avec un homme auquel on avait beaucoup pensé ? Alors qu'ils avançaient en direction de l'Opéra, Alice renouait avec le plaisir d'être deux, de s'arrêter devant des vitrines, de confronter les goûts, de plaisanter. L'impression de se réveiller après un long endormissement lui montra combien elle s'était enfermée dans une solitude qu'elle pensait définitive. Boulevard des Capucines, ils s'arrêtèrent devant les devantures d'Old England où il repéra un pardessus.

— Entrons, proposa-t-elle.

— Une autre fois…

Arrivés à la Madeleine, ils trouvèrent les habituelles bouquetières qui vantaient la fraîcheur de leurs fleurs. Azalées, bruyères et cyclamens indiquaient que le grand froid allait s'installer.

Alice abandonna Maximilian dans le salon, le temps d'enlever son chapeau, d'allumer les lampes et de faire bouillir l'eau pour le thé. Lorsqu'elle revint, il était en train de regarder par la fenêtre le jour qui déclinait sur les toits.

— Je parie que vous allez nous préparer une flambée en quelques secondes !

— Défi relevé, dit-il en s'accroupissant devant la cheminée.

Elle se trouvait encore dans la cuisine, lorsque les premières flammes crépitèrent. En l'attendant, il s'attarda sur le décor qui l'entourait. Un canapé et des fauteuils recouverts de soie ivoire donnaient une touche de féminité à la pièce dont le plancher disparaissait sous des kilims. De nombreux volumes emplissaient une bibliothèque. Il s'en approcha pour lire les noms des auteurs. Radiguet voisinait avec Cendrars. Zweig avec Cocteau. Hugo avec

Anna de Noailles. Sur les murs, des dessins et des gouaches avaient été choisis avec goût.

— Je vous ai préparé un earl grey, indiqua-t-elle en déposant un plateau sur la table basse.

Il suivit ses gestes, tandis qu'elle versait le thé dans des tasses en céladon. Lui arrivait-il d'oublier d'être gracieuse ? Sensible à son port de tête, à ses cheveux qui caressaient ses épaules, à ses poignets délicats, il s'approcha et saisit la théière pour la poser sur la table. Etait-ce la réaction qu'elle attendait ? Elle n'opposa aucune résistance quand il la prit dans ses bras. Soudain, tout devint naturel. Lui et elle tanguant légèrement, tandis qu'ils s'étreignaient. Sans réserve ni appréhension, Alice s'abandonna à la main qui caressait son visage, à la bouche qui s'approchait, aux lèvres qui écartaient les siennes. Une chaleur se répandit dans son corps pendant qu'il l'embrassait avec une fougue à laquelle elle répondit en se serrant contre lui. Puis elle l'entraîna vers sa chambre où le lit les accueillit. Dans une alternance de douceur et d'emportement, ils se libérèrent de leurs vêtements, s'enivrèrent de leurs peaux et de leurs odeurs avec l'impression d'avoir trouvé leur vraie place. Délivrée de toute appréhension, Alice allait à la rencontre de celui qui d'un mot, d'une caresse, l'enfiévrait. En entendant sa respiration précipitée, Maximilian sut qu'elle avait atteint l'extrême limite du désir. Sous ses doigts, ses seins durcissaient, son ventre se tendait. Elle était telle qu'il l'avait rêvée, délicate et provocatrice, sensuelle, sauvage. Dès qu'il s'enfonça en elle, elle s'adapta à son rythme... Et, lorsqu'ils eurent atteint ensemble les cimes du plaisir, ils surent que ce qu'ils avaient partagé ne les laisserait plus en paix. Incapables de se détacher l'un de l'autre, ils reprirent lentement leur souffle. Le visage contre l'épaule d'Alice, Maximilian se laissait dériver. Il avait tant attendu ce moment où il la retrouverait dans un cadre dont il ignorait tout... Dehors, il faisait nuit. Brièvement, il imagina la capitale éclairée. Une soirée commençait où personne ne les dérangerait...

Ils prirent ensemble un bain, s'arrosèrent en riant, s'essuyèrent mutuellement. Puis ils s'installèrent devant le feu qu'il avait ranimé. Vêtue d'un peignoir, elle était restée pieds nus. Lui avait retrouvé chemise et pantalon, mais ses cheveux étaient encore mouillés. Lorsqu'elle le regardait, elle se sentait sans force. Sous d'épais sourcils, les yeux bruns étaient observateurs et perspicaces. Son sourire la faisait chavirer... Alors que les minutes s'écoulaient, elle se sentait à l'aise avec lui dans ce lieu qui n'était pas lié à son passé. Loin de leurs histoires personnelles, ils foulaient une terre vierge. Bientôt, ils furetèrent dans la cuisine, ouvrirent une bouteille de chinon, trouvèrent du jambon et du fromage dans le garde-manger.

— Je n'ai que des biscottes, s'excusa-t-elle.

Alors qu'ils partageaient ce repas improvisé, il retrouva ce qui l'avait surpris à Dinard, l'impression d'avoir connu Alice dans un temps lointain. Que lui évoquait-elle ? Vers quoi le ramenait-elle ? Avant de lui donner rendez-vous, il avait craint qu'elle eût oublié ce qui les avait rapprochés. Au fond, il la connaissait peu. Pourrait-elle se montrer versatile et lui opposer un refus ? Dès qu'avait résonné sa voix au téléphone, ses craintes s'étaient dissipées... Et, maintenant, elle était assise en tailleur sur le tapis. Le vin avait rosi ses pommettes. A moins que ce ne fût la chaleur des braises. Il se pencha pour déposer un baiser sur sa nuque qui sentait les sels de bain.

Il resta la nuit et le lendemain. Occupés d'eux-mêmes, ils oublièrent de sortir, firent l'amour, paressèrent, se racontèrent en évitant les sujets glissants. Si Maximilian parla de Vienne, il n'évoqua pas sa vie conjugale. Avec l'accent qu'Alice aimait, il répondit à ses questions sur les quartiers qu'il fréquentait, les soirées au Burgtheater, les cafés où se croisaient intellectuels et artistes. Guidée par ses paroles, elle traversait les cours austères de la Hofburg, écoutait les grandes orgues de Stephansdom, respirait l'odeur du chocolat chaud, entendait claquer les sabots des chevaux sur les pavés. Elle l'interrogea sur le pensionnat où il avait étudié, l'imagina en uniforme et chahutant avec ses camarades. Après une enfance et une adolescence privilégiées, il avait affronté la période sombre de la guerre puis de l'après-guerre durant laquelle sa mère était morte d'une fièvre thyphoïde. A dix-sept ans, sa vie avait basculé avec la disparition de celle qui l'avait toujours encouragé et protégé.

— Si elle ne nous avait pas quittés, j'aurais été médecin. Mais mon père comptait sur moi pour le seconder. Et je n'ai pas voulu le décevoir.

De nature pudique, il s'étonnait de se livrer avec autant de facilité. Chez lui, on parlait de généralités. Pas de ce qui relevait de l'intime. Aussi s'était-il longtemps réfugié dans la littérature et la musique. Hofmannsthal, Rilke, Gustav Mahler et Richard Strauss avaient été ses amis. Lorsqu'il était entré dans la vie professionnelle, il les avait abandonnés pour se tourner vers d'autres univers. Il aimait la vigne et les rites autour du vin, la nature, l'escrime, qu'il pratiquait régulièrement, et la voile. Ses voyages lui avaient ouvert l'esprit, notamment quand il s'était attardé à Berlin avant de se fiancer. Rien de tel que les bars, les cabarets, une vie nocturne frénétique, pour collectionner les aventures sans lendemain !

Le dimanche se terminait et Alice appréhendait le moment où Maximilian franchirait la porte. Dès le lendemain, il retrouverait son travail, ses rendez-vous… Et cette pensée lui serrait la gorge. Pourquoi avait-elle mis en danger un équilibre qu'elle commençait à retrouver ? En dépit du ton enjoué qu'elle continuait de privilégier, il perçut son vague à l'âme.

— Est-ce que je peux rester avec toi cette nuit ? Ou tu…

— Reste !

# 32

Dès qu'il terminait ses rendez-vous professionnels, Maximilian rejoignait Alice. Ils allèrent au Louvre où ils s'attardèrent dans les salles dédiées à l'Egypte ancienne, se promenèrent le long des quais, dansèrent au Bal Blomet en buvant du punch, se rendirent aux Halles, juste avant l'aube, quand les pavillons étaient éclairés par des centaines de lanternes qui donnaient une impression de fête. Au milieu d'étals débordant de victuailles, de livreurs, de pousseurs de chariots et de volailles encagées, ils s'accoudèrent au zinc d'un bouchon pour y boire un café. Entre les cris des marchands et la dispute de deux prostituées, ils suivirent des yeux le spectacle qui se répétait quotidiennement. Puis il héla un taxi. Paris s'éveillait avec les éboueurs, les premiers autobus et les livreurs de lait frais. Si Alice s'apprêtait à dormir pour rattraper une nuit blanche, Maximilian n'aurait que le temps de prendre un bain et de se changer avant de travailler. Ce serait sa dernière journée en France. Le lendemain, il prendrait un train pour Vienne. Ce départ lui semblait iréel.

Pour Alice, il l'était tout autant. Pendant une semaine, la vie avait pris un cours nouveau. Ni l'un ni l'autre n'avaient évoqué l'avenir. Une façon, sans doute, d'ignorer le monde extérieur. Néanmoins, il allait retrouver sa femme, ses deux enfants... Songerait-il encore à elle, lorsqu'il aurait quitté Paris ?

Il sonna à sa porte en début de soirée. Comme elle, il essaya d'être enjoué, mais l'imminence de la séparation entrecoupa leurs propos de silences. Ce fut lui qui, le premier, aborda le sujet.

— Je voudrais ne pas partir... Mais c'est impossible ! Je pourrais aussi te faire des promesses que je ne tiendrais pas. Je me dois au domaine, à ma famille. Et quand je te dis cela, je suis malheureux...

Elle savait qu'il ne mentait pas. Malmené entre le devoir et ce qu'ils avaient partagé, il perdait pied.

— Je suis fautif d'avoir tout fait pour te rejoindre. Mais...

— Ne dis plus rien, l'interrompit-elle. Et profitons de ces moments.

Au fil des jours et des nuits, Maximilian s'était attaché à l'appartement qui protégeait leur liaison des indiscrétions. Se sentant mal placé pour questionner Alice, il supposait qu'elle n'avait pas eu d'amant depuis la mort de son époux. Que se passerait-il après son départ ? L'idée qu'un autre pût l'approcher lui était insupportable ! Néanmoins, il n'aurait rien à dire ! Blottie contre lui, elle avait fermé les yeux. Il se pencha pour déposer des baisers sur ses paupières, ses joues où se creusèrent les fossettes familières, la bouche qui souriait...

Au petit matin, il lui demanda de ne pas se lever pour le raccompagner. Le cœur battant, Alice entendit la porte du vestibule se refermer. Puis il y eut le silence. Elle roula vers la partie du lit qui avait conservé sa chaleur, entoura l'oreiller de ses bras. Bientôt, il traverserait des paysages qui augmenteraient la distance entre eux.

Deux jours plus tard, elle reçut un télégramme. Il était bien arrivé. Puis il y eut des lettres où il lui racontait des faits et gestes sans conséquences. Elle lui répondait à l'adresse indiquée sur un ton similaire qui ne correspondait en rien à ce qu'elle ressentait. Depuis son départ, elle avait l'impression de vivre au ralenti. Comme s'il avait tout emporté. Incapable de voir des amis, elle se promenait dans les endroits où ils étaient allés, s'installait aux mêmes tables de café, furetait chez les bouquinistes qui avaient attiré leur attention... Ce qu'elle traversait lui était inconnu. Etait-ce ce que l'on nommait la passion ? Cette sensation de manque qui la rongeait, ce besoin de se raccrocher à ce qu'ils avaient partagé, cette brûlure au ventre, cette stupide envie de pleurer qui la submergeait sans crier gare ?

La Toussaint se profila, la ramenant obligatoirement aux périodes douloureuses. Elle alla sur la tombe de son père où elle déposa de la bruyère. Personne d'autre n'était passé. Raymond avait sombré dans l'oubli général ! Puis Alice se rendit au cimetière où reposait Louis. Pressentant une averse, elle hâta le pas. Une jarre de géraniums écarlates entre les bras, elle bifurqua dans la travée où se trouvait le caveau. Autour d'elle, des gens venaient se recueillir. Certains étaient en grand deuil, d'autres pas. Marchant dans les allées tapissées de feuilles mortes, ils étaient là pour honorer le souvenir de leurs disparus. Devant la sépulture de son époux, elle s'arrêta. A chacune de ses visites, une sensation d'abstraction l'envahissait. Comme si elle ne pouvait relier Louis et la pierre tombale sous laquelle il reposait. Longtemps, elle s'était sentie coupable d'avoir envenimé leurs dernières heures ensemble. Aujourd'hui sa suspicion et ses reproches lui semblaient tellement dérisoires par rapport au drame qui s'était abattu sur leur couple… Alors que tombaient les premières gouttes de pluie, elle leur offrit son visage. Pour la première fois, elle éprouvait une sensation de délivrance et s'accordait la permission d'être heureuse. Sans se soucier de ses vêtements mouillés, elle demeura sur place… Louis lui rendait sa liberté. Il lui disait adieu.

Bertrand se trouvant à Paris, elle en profita pour faire un point avec lui sur la prochaine collection.

— Il faudrait se tourner vers des couleurs plus franches.

— Je n'en suis pas certain.

— Pourquoi ?

— Les tons pastel ont toujours la cote.

— A nous de bousculer les mentalités.

— Le moment me paraît mal choisi. Nos ventes ont baissé. Et la tendance est morose. Les gens dépensent moins pour leur foyer.

Elle savait qu'il disait vrai. Quatorze pour cent de la population active était au chômage et une persistante instabilité gouvernementale n'insufflait pas la confiance.

— Il faudrait leur donner envie de se sentir bien chez eux, reprit-il. Leur offrir des univers réconfortants.

Consciente de s'être relâchée depuis l'été, Alice décida de travailler avec davantage d'assiduité. Pour commencer, elle retourna dans les musées et les librairies. A l'affût d'un détail, d'une atmosphère, elle laissait son imagination vagabonder.

— C'est difficile d'oublier les automatismes, avoua-t-elle à Nicole.

En revenant d'une course, elle avait rendu visite à son amie qui, depuis plusieurs mois, s'était installée au fond d'une impasse. Entre un ébéniste et un graveur, Nicole occupait un atelier d'une trentaine de mètres carrés où elle transformait des livres brochés en œuvres d'art. Sa réputation n'étant plus à faire, des institutions prestigieuses lui confiaient des volumes de grande valeur. Remettant à plus tard le démontage d'un recueil de poèmes, elle alla préparer du café. En l'attendant, Alice s'approcha des peaux qui seraient bientôt employées, en respira l'odeur, admira la subtilité des tons. Chaque fois qu'elle s'arrêtait dans ce lieu, elle en sortait régénérée. Nicole regorgeait d'idées, ne craignait pas de bousculer les enseignements reçus. A trente-deux ans, elle savait déjà où elle allait... L'homme qui l'enflammait lui avait donné une petite fille. Tous les deux réussissaient dans le métier qu'ils avaient choisi. Après les horreurs de la révolution et l'exil, Vladimir était parvenu à se reconstruire et à s'épanouir. Aujourd'hui, elle les enviait de pouvoir partager au grand jour ce qui les unissait, alors qu'elle-même était tenue à la clandestinité et au secret ! Mais cachait-elle autant qu'elle le croyait ses états d'âme ? Fine mouche, Nicole avait remarqué un changement chez sa visiteuse. Plus volubile, plus joyeuse, elle était redevenue la jeune fille d'autrefois.

— Je te trouve en forme, avança-t-elle.

— Ah oui ? Peut-être... Je ne m'en rends pas compte.

Nicole n'insista pas, mais la gêne d'Alice ne lui avait pas échappé.

Noël approchait. Alice appréhendait cette date où la solitude lui serait d'autant plus insupportable que Maximilian serait avec sa femme et ses enfants. Elle pourrait aller avec Hervé chez son parrain et Geneviève, mais elle ne se voyait pas à Lorient. Son appréhension s'évapora lorsque Mitza lui téléphona.

— Tu ne pourras pas refuser notre proposition !

— Ah oui ? Tu sembles bien sûre de toi…

— Et François ne te parlera plus si tu nous laisses tomber.

— Il me fait du chantage, s'amusa Alice.

— Pierre nous invite à la montagne. A Megève.

— Mais…

— Il a réservé ta chambre.

— Je ne suis pas certaine qu'il l'ait fait sans mon approbation.

— Il a mis une option, concéda Mitza. Et je ne veux pas apprendre à skier sans toi. Alors, tu nous accompagnes ?

Ce séjour à la neige ne pouvait mieux tomber. Loin de chez elle, avec des amis attentionnés, elle oublierait une partie de son marasme. Maximilian continuait de lui écrire régulièrement. Chacune des enveloppes était déchirée avec impatience, ses lettres lues et relues. De nature pudique, il s'exprimait peu sur l'essentiel, mais lui racontait ses faits et gestes. Dans la dernière missive, il lui indiquait qu'une de ses connaissances devant passer par Paris, il lui avait confié un paquet à son intention. Pourrait-elle retrouver ladite personne aux date et heure indiquées chez Ladurée ?

Le jour du rendez-vous, Alice eut de la difficulté à se lever. Dans son lit, elle avait placé une bouillotte qui lui donnait envie de s'y s'attarder. Au dernier moment, elle prit un bain puis se prépara à rencontrer l'émissaire que lui envoyait son amant.

Il y avait beaucoup de monde dans le salon de thé quand elle y entra. Personne ne se manifestant, elle s'assit. Une jeune fille en tablier d'organdi blanc s'aprocha pour lui donner la carte des pâtisseries... Mais elle n'y prêta pas attention. Dans l'entrée, au milieu de la cohue, une silhouette accrocha son regard. Son imagination lui jouait-elle des tours ? Etait-ce possible ? L'homme se retourna. Il ne l'avait pas encore vue. Elle se leva et, en quelques pas, le rejoignit.

— Je te cherchais, dit-il simplement.

— Rassure-moi... Je ne rêve pas !

— Tu ne rêves pas ! C'est bien moi. En chair et en os !

— C'est fou ! répétait-elle. Complètement fou !

Alors qu'un client les bousculait, Maximilian entraîna Alice vers la sortie.

— Ne restons pas là.

— J'ai laissé mon sac et mon manchon..

Dès qu'elle les eut récupérés, ils quittèrent l'établissement. Une onde de bonheur coulait dans les veines d'Alice. Maximilian passa son bras sous le sien et ils firent quelques pas dans la rue Royale.

— Où veux-tu aller ? demanda-t-il.

Elle n'eut pas besoin de répondre. Serrés l'un contre l'autre, ils se dirigèrent vers la rue Boissy-d'Anglas. Bientôt, ils traversèrent le vestibule de l'immeuble. Dans l'ascenseur qui montait au cinquième étage, il tint son visage entre ses mains, comme s'il avait besoin de s'assurer qu'elle n'était pas un mirage. Pour lui faire cette surprise, il avait changé des rendez-vous, pris plusieurs trains.

— J'avais besoin de te voir !

A Vienne, Noël était attendu dans la joie et l'opulence. Les gens s'agitaient pour préparer le sapin. Partout, les vitrines des magasins incitaient à choisir des cadeaux. Il avait réfléchi au présent qu'il offrirait à Alice, mais l'idée de le confier à la poste ne lui convenait pas. Alors, il avait modifié son emploi du temps pour passer trois jours avec elle. Et il avait eu raison ! Dans la chambre éclairée par la seule lueur de la ville, il la déshabilla avec lenteur, fit glisser les bretelles de sa combinaison, repoussa satin et dentelle pour dénuder ses seins. Elle entoura ses hanches de ses jambes, creusa les reins. Tout recommençait, lui, elle, emportés par le désir de se fondre l'un dans l'autre...

# 33

Le bonheur n'était-il qu'une illusion ? Ayant perdu la notion du temps, Alice se laissait emporter par un tourbillon qui la faisait passer du rire à l'émotion. Maximilian avait réservé une chambre à l'hôtel de Castille voisin, mais il n'y allait que pour se changer et prendre d'éventuels messages. Tout son temps était dédié à celle qui embellissait et compliquait sa vie. Ils patinèrent au Palais de Glace, visitèrent une exposition à la galerie Charpentier, achetèrent des 78 tours qu'ils écoutèrent dans la quiétude du salon, déambulèrent dans les rues et les avenues décorées pour la Nativité, dînèrent dans une taverne alsacienne et dormirent à peine. Brûlants de désirs, leurs corps se cherchaient entre les draps, s'emboîtaient, se soumettaient à une passion dévorante et exigeante. L'avant-dernière nuit, ils avaient choisi de laisser la fenêtre grande ouverte. Blottis sous l'édredon, ils écoutaient les automobiles glisser sur la chaussée détrempée par la pluie.

En percevant le souffle régulier d'Alice, Maximilian comprit qu'elle s'était assoupie. Les yeux ouverts sur l'obscurité, il songea au bouleversement que lui avait causé leur rencontre. Alors qu'il ne le voulait pas, l'image de Magda s'imposa. Depuis deux mois, il lui mentait. Ce qui mettait à mal la complicité qu'ils partageaient depuis tant d'années. Loin d'imaginer qu'il retrouvait une autre femme, elle pensait qu'il se démenait comme un diable pour promouvoir les vins à l'étranger. Au fond, il n'avait rien à lui reprocher. Attentive, agréable, dévouée à leurs enfants, sa femme lui avait longtemps semblé inégalable... Mais la tendre affection qu'il lui vouait n'avait rien à voir avec ce feu qui le consumait. Certes, il avait eu des aventures avant et après leur mariage. Des histoires sans conséquences qui ne l'avaient pas culpabilisé. Aujourd'hui, le danger couvait. Il en était conscient... Même s'il se savait prisonnier d'un mariage qu'il ne remettrait pas en cause. Magda avait accompagné sa jeunesse, trouvé les mots et les attentions quand il avait affronté la mort de sa mère. Elle avait toujours cru en lui et il était fier de la famille qu'ils formaient avec Katarina et Gustav. Leurs préoccupations n'étaient, néanmoins, plus les mêmes depuis quelque temps. Elevée dans un milieu conservateur, elle ne partageait pas ses opinions politiques et ses aspirations sociales. Lui en voulait-il de ne pas ouvrir les yeux ? Sans doute ! Mais ce n'était pas tout. Subrepticement, leurs vies avaient pris des tours différents. Et lorsqu'ils se retrouvaient, entre deux séparations, ils avaient de la difficulté à renouer leurs liens. Alice bougea et il rajusta les couvertures. Au cœur de cette nuit de décembre, loin de ses racines et de tout ce qui l'avait forgé, il ressentait une insoupçonnable plénitude. Comme si rien ne pouvait l'atteindre. Etait-ce possible de partager une telle alchimie avec un être dont il ignorait encore beaucoup de choses ?

Alice se livrait avec parcimonie. Il lui arriva néanmoins d'évoquer son enfance, les lectures que lui faisait son père, son regret d'avoir été fille unique, ses frayeurs d'autrefois, ses goûts et dégoûts culinaires. Peu à peu se dessinaient des années dont il ignorait tout et qui avaient façonné la femme d'aujourd'hui. De son époux, elle ne parlait pas et il respectait sa réserve. D'un commun accord, ils œuvraient pour que rien ne pût altérer le temps qu'ils s'accordaient. Le dernier après-midi avant le départ de Maximilian, ils décorèrent le sapin qu'il avait fait livrer. En accrochant les bougies, les nœuds de satin rouge et les boules dorées, Alice se réconciliait avec la période des fêtes. Au retour du concert qu'ils étaient allés écouter salle Pleyel, ils allumèrent un feu. Elle prépara un chocolat chaud. Et ils déballèrent leurs présents. Alice trouva un fume-cigarette en argent, un flacon de Nuit de Noël de Caron et un ravissant bracelet en or et lapis-lazuli que Maximilian avait acheté chez Lacloche. Lorsqu'il le passa à son poignet, elle retint son émotion. De son côté, le choix s'était avéré plus compliqué. Ne pouvant lui offrir un objet trop personnel, elle s'était tournée vers une pendulette de voyage aux formes épurées et une édition rare des *Illuminations* de Rimbaud, l'un de ses poètes favoris.

Le 24 décembre, Alice essaya de ne pas penser au réveillon que partagerait Maximilian avec les siens. Pierre avait bien fait les choses. Ils résidaient dans l'un des plus agréables établissements de Megève. Au centre de la station, l'hôtel du Mont-Blanc aurait rasséréné les esprits les plus chagrins. Pour la circonstance, un énorme sapin trônait dans le salon qui précédait la salle à manger. Quand Alice descendit pour retrouver ses amis, la plupart des convives étaient déjà installés. En retenant un sourire, elle constata que de nombreux hommes observaient l'entrée de Mitza et la sienne. Il fallait reconnaître qu'elles étaient élégantes dans les robes longues qui leur donnaient une allure de sirène ! A chacune des tables, on servit du foie gras, des poules faisanes et d'autres mets succulents. Ainsi que d'excellents vins. Le dessert terminé, certains se levèrent pour assister à la messe de minuit. Eux préférèrent s'attarder devant un cognac.

En découvrant le fume-cigarette qu'Alice sortait de son sac, Mitza s'exclama :

— Il est très joli !

Alice se contenta de sourire, mais elle se sentit rougir. Alors que ses amis la croyaient nostalgique de ses réveillons avec Louis, elle leur cachait sa nouvelle vie.

Mitza avait retenu un moniteur de ski qui, chaque après-midi, leur enseignait les rudiments d'un sport en plein essor. Sous l'œil narquois de François, qui prenait des leçons avec des enfants de son âge, elles se familiarisaient avec les virages et le chasse-neige. En voyant certains bolides dévaler les pentes, Alice les enviait. Mais il lui faudrait beaucoup de travail et d'efforts avant de descendre du sommet de Rochebrune aux premiers chalets du village. Prenant son mal en patience, elle utilisait la benne nouvellement installée pour atteindre le haut des pistes et profiter d'un panorama exceptionnel. Le visage couvert d'une crème, les yeux protégés par des lunettes noires, elle contemplait les montagnes enneigées. Au retour de leurs équipées, elles se rendaient à l'Isba pour boire un verre en se laissant bercer par les chansons à la mode. Des fenêtres, on voyait passer les traîneaux qui faisaient la navette entre l'hôtel du Mont d'Arbois et la rue centrale du village. Les vacances allaient se terminer et Alice se rendait compte qu'elle n'avait pas vu s'écouler les jours.

— Vous avez été si gentils de m'emmener, dit-elle à Mitza.

— Louis aurait été heureux de ne pas te savoir seule.

Alice baissa les yeux.

— Sans doute… Mais je dois apprendre à tourner la page. En ne reniant rien.

Sur un ton plus ferme, elle ajouta :

— Il y a eu un bouleversement dans ma vie. J'ai rencontré quelqu'un…

Si Mitza fut surprise, elle n'en laissa rien paraître.

— Personne ne pourrait t'en vouloir. Tu es jeune et de nouveaux liens ne gomment pas le passé. On a le droit d'aimer plusieurs fois.

— Tu penses vraiment ce que tu dis ?

Jusqu'à ce jour, Alice n'avait jamais avoué à quiconque la dispute qui l'avait opposée à Louis avant son décès. Pour la première fois, elle trouva le courage de tout raconter : ses doutes quant à Vivien, le briquet, les remords qu'elle avait eus d'avoir prononcé des paroles fielleuses sans avoir pu les réparer.

— Pierre et toi, vous étiez ses plus fidèles amis. C'est grâce à vous que nous nous sommes connus ! Grâce à vous que je n'ai pas sombré lorsqu'il est mort ! Pour toutes ces raisons, je ne pouvais plus te cacher la vérité !

En janvier, deux tempêtes de neige s'abattirent sur Paris. Le macadam et la chaussée devinrent blancs et glissants. Les gens se calfeutrèrent. Alice en profita pour travailler. L'économie continuant d'être en berne, Bertrand s'inquiétait. D'autant que les chiffres lui donnaient raison. Les commandes avaient encore chuté.

— Si la baisse continue, je vais devoir licencier, avait-il annoncé à Alice que cette perspective rendait malade.

— Je ne sais plus quoi dessiner ! Peut-être que je ne suis plus en phase avec notre époque !

— Le problème ne vient pas de toi mais d'une conjoncture qui nous est néfaste.

En s'installant à Dinard, au mois d'avril, elle vit que les ventes des propriétés stagnaient. A la Vicomté, des domaines ne trouvaient pas preneurs. Même chose au Moulinet ou sur la pointe de la Malouine. Qu'était devenue la station balnéaire qui fascinait et attirait une clientèle cosmopolite ? Sa surprise fut d'apprendre que les Oudin quittaient Saint-Lunaire pour s'installer à Montréal où une entreprise proposait du travail à Victor.

— L'offre nous a tentés, lui dit Giselle.

— Vous quittez définitivement la Bretagne ?

— On a trouvé des acquéreurs pour la maison. Une famille nombreuse. Le père a pas mal discuté le prix. Par les temps qui courent, on a préféré la liberté à l'argent.

Alice pensa que Maximilian n'aurait plus de skipper pour participer aux régates. Jusqu'à présent, il était parvenu à la rejoindre tous les deux mois. Entre ses séjours, elle se sentait amputée. Avec Louis, elle avait partagé une vraie relation amoureuse, mais n'avait pas connu ce feu qui la consumait. Dans la villa, elle allait de pièce en pièce en se demandant si, un jour prochain, son amant frapperait à sa porte. Depuis le début de leur liaison, elle ne lui réclamait rien. Combien de fois ne s'était-elle pas interrogée sur le couple qu'il formait avec sa femme. Imaginer leurs ébats la rendait malade de jalousie. Personne ne pouvant la renseigner, elle se demandait si Magda était belle, séduisante, enjôleuse. Elle l'imaginait mal avec quelqu'un de terne ! Le printemps se déroula dans une atmosphère morose. D'autant que Bertrand se montrait moins et déclinait ses invitations.

— J'ai l'impression qu'il veut lâcher l'entreprise, confia-t-elle à Hervé qui passait quelques jours à la Vicomté. Tu ne pourrais pas le questionner sur le sujet ?

— Je suis le dernier susceptible de t'aider.

Devant sa surprise, il ajouta :

— Il refuse de me voir et de me parler.

— Depuis quand ?

— Trois semaines.

— Pourquoi ?

— J'ai eu une aventure de rien du tout avec un guitariste. Il ne l'a pas supporté.

— Vous vous êtes séparés ?

— C'est sa décision. Pas la mienne. Bertrand est trop entier. Trop exclusif. Et, moi, j'ai besoin de m'amuser. Ce qui n'enlève rien à mon attachement pour lui. Il ne comprend pas que les sollicitations sont fréquentes dans mon métier. Non seulement je ne suis pas un saint... mais il est fréquemment absent... En plus, on n'a pas le même âge !

Cette conversation laissa Alice pensive. Elle avait été trop longtemps naïve en pensant que les sentiments avaient une part d'immuabilité. Rien n'était écrit dans une relation. A l'impondérable s'ajoutaient les tracas de toutes sortes qui créaient les malentendus, égaraient, détruisaient. Le contentement des uns faisait souvent le malheur des autres. Elle-même, qui avait souffert à cause de Vivien, n'était-elle pas en train d'endosser le rôle délétère que celle-ci avait joué auprès de Louis ?

# 34

Contrariée que Bertrand eût décommandé un rendez-vous à l'usine, sous le prétexte qu'il était souffrant, Alice réfléchit à leur collaboration. Sans prendre l'avis de personne, elle compara le positif et le négatif, soupesa ses propres aspirations et fit des projections. Quand elle eut une idée précise de la situation, elle insista pour le voir.

Il avait la tête des mauvais jours.

— Les derniers résultats financiers ne sont pas réjouissants. Et je ne vois pas comment redresser la barre.

— En essayant de ne pas brusquer les gens, nous nous sommes fourvoyés ! Ils veulent qu'on les surprenne. Cette année, nous avons fait l'inverse et le résultat est parlant. Ils ont boudé les fleurs passe-partout que je me suis forcée à dessiner !

— Qui dit que cela n'aurait pas été pire avec des créations plus originales ?

— Tentons l'expérience.

— Alice ! Nous ne sommes pas au casino !

— Je suis certaine d'avoir raison. Donne-moi carte blanche… Comme à nos débuts !

Si elle se fourvoyait, il n'y aurait pas de repêchage ! Mais une idée prenait forme. Enfant, elle se racontait des histoires quand elle contemplait le papier peint de sa chambre, comptait les motifs, les assemblait par genres ou par couleurs… Pourquoi ne pas s'inspirer de ce rituel et créer des univers qui recèleraient des détails énigmatiques et ludiques ? Pourquoi ne pas restituer les mondes sous-marins qui continuaient de la fasciner, inventer des poissons et des plantes, s'amuser à glisser des intrus ?

On parlait beaucoup du prochain voyage inaugural d'un paquebot transatlantique qui, avant même d'avoir pris la mer, était entré dans la légende. Le 29 mai 1935, le *Normandie* allait acheminer ses premiers passagers vers New York. Alice prêta une attention mesurée à l'événement jusqu'à ce que Maximilian lui annonçât qu'il se rendrait au Havre pour assister au départ. Si elle acceptait sa venue à Dinard, il l'y rejoindrait avant de retourner en Autriche. Les Oudin ayant quitté Saint-Lunaire, il s'installerait dans l'hôtel qu'elle lui conseillerait. Sans perdre une minute, elle réserva une chambre dans un établissement nouvellement construit au Bec de la Vallée. Le Printania bénéficiait d'une vue sur Saint-Malo et se situait à cinq minutes de chez elle. A la radio, elle suivit avec davantage d'intérêt les explications truffées de superlatifs des journalistes. Avait-on déjà vu plus extraordinaire que ce palais flottant qui, grâce à sa vitesse, détiendrait bientôt le fameux Ruban bleu ? Pour sa décoration, les plus grands ensembliers avaient été plébiscités. Et les distractions ne manqueraient pas durant la traversée. Cinéma, théâtre, bals, concerts, baignades dans les diverses piscines, sports en tous genres, rien n'avait été oublié dans la déclinaison des plaisirs. Encore moins la gastronomie ! Dans son courrier, Maximilian expliquait que certains de ses vins seraient proposés à bord et qu'il en éprouvait de la fierté.

De loin, Alice le vit descendre du train puis se hâter sous la pluie. Une onde de joie la parcourut tandis qu'il lui serrait la main. C'était tout ce qu'il pouvait se permettre dans un lieu public où elle risquait d'être reconnue. Dans l'automobile, il se rattrapa en caressant son genou au travers du trench-coat.

— Nous allons faire une embardée, le prévint-elle.

Devant le Printania, elle attendit qu'il déposât sa valise dans la chambre qu'il occuperait. L'averse s'était accrue et des rigoles se déversaient le long de la chaussée. Bientôt, il retrouva son siège et, sous des cataractes, ils remontèrent la rue jusqu'à la villa Margarita. C'était la première fois qu'il y venait depuis le début de leur liaison… Ici, Alice n'était pas en territoire vierge. Intimidant, son passé l'entourait, l'accompagnait. Débarrassés de leurs imperméables, ils s'installèrent dans le salon où elle apporta un café qui les réchaufferait.

— Alors… Ce paquebot est-il aussi extraordinaire qu'on le prétend ?

A mesure qu'il en détaillait la décoration, elle monta les marches de l'escalier monumental, s'arrêta devant la grande volière, dîna dans la salle à manger aux innombrables colonnes, s'attarda sur le pont pour contempler le firmament…

Un bruit dans la maison interrompit Maximilian. Après son temps de repos, Soizic avait regagné la cuisine pour préparer le dîner.

— Bientôt nous serons tranquilles, le rassura Alice.

Elle-même brûlait d'enlacer cet homme dont la présence la laissait sans force. Que possédait-il pour la mettre dans un tel état de manque et de dépendance ? Ce qu'elle lut dans son regard la fit trembler. Il s'en rendit compte et déposa un baiser furtif au coin de ses lèvres.

Maximilian s'était octroyé une semaine de liberté. Geneviève et Henri n'ayant pas encore pris leurs quartiers d'été à la Vicomté, Alice n'avait pas à craindre de les croiser. Ce qui la soulagea. Personne ne devait savoir qu'elle vivait une liaison avec un homme marié. Personne… sauf Soizic dont elle appréciait la discrétion. La gardienne avait beau être les yeux et les oreilles de la villa, elle n'avait jamais colporté la moindre information concernant ses employeurs. Elle savait aussi se rendre quasi invisible lorsque c'était nécessaire.

Ce qui leur donna l'impression d'être seuls. Maximilian arrivait en milieu de matinée et trouvait Alice dans son atelier. Jusqu'à ce séjour, il n'était jamais entré dans la pièce encombrée de toiles, de châssis, de cartons à dessin. A peine en eut-il franchi le seuil qu'il se trouva projeté dans un univers bruissant de féminité et de mystère. En silence, il contempla les toiles, s'immergea dans des fonds sous-marins, découvrit des ruines englouties où devaient se réfugier les sirènes. Mieux que quiconque, il comprenait l'importance des mondes que l'on portait en soi. Les siens étaient constitués d'impressions plus ou moins tenaces ou fugaces, mais il ne savait pas les restituer. Alice possédait un don qui lui échappait. Pour sublimer ses émotions, il avait recours à la poésie et la musique. Depuis l'enfance, les plus beaux concertos ou lieder l'avaient bercé… Et chanter dans une chorale lui avait fait comprendre combien la voix pouvait exprimer les plus infimes nuances du sentiment.

Lorsque le temps le permettait, ils parcouraient les environs en automobile. Maximilian découvrit Saint-Briac, Saint-Jacut et le cap Fréhel où ils passèrent une journée. A mesure qu'il se familiarisait avec la Bretagne, il s'attachait à cette terre, en appréciait les contrastes, la force des traditions, les chapelles discrètes, la vaillance des pêcheurs. Lui qui avait grandi à l'ombre des forêts, dans une ville de plaisirs et de légèreté, se laissait prendre par l'âpreté des paysages escarpés, les promontoires où nichaient les oiseaux, les nuages qui filaient dans le ciel, les éclaircies soudaines. Il ressentait la force tellurique de ce bout du monde où le granit faisait barrage à la puissance des flots. Il avait profité de son installation à Dinard pour en explorer les divers quartiers. Surpris par des constructions qui n'obéissaient à aucun style, il s'était arrêté devant des grilles, avait escaladé des murets, grimpé et descendu des escaliers taillés dans la roche. A la Belle Epoque, nombre de souverains et dignitaires avaient séjourné dans ces demeures qui ressemblaient à des mausolées tant leur architecture était imposante. Son goût se portait tout naturellement vers le quartier de Bric-à-Brac dont il appréciait les maisons avec leurs belvédères et leurs balcons ouvragés qui ouvraient sur la promenade au Clair de Lune. Récemment aménagé entre les deux embarcadères, le chemin permettait de déambuler en contemplant des végétaux qui poussaient habituellement sur les rivages méditerranéens. Le préférant à la rue, il l'empruntait chaque fois qu'il se rendait chez Alice.

Un soir de confidences, elle lui avoua qu'elle ne pouvait pas avoir d'enfants et que cette situation l'avait profondément meurtrie. A son tour, il évoqua la mort de sa mère et la détresse qui l'avait longtemps empêché de prendre part à la vie. L'une après l'autre, les digues tombèrent pour les laisser face à face avec leurs failles et leurs fragilités. A trente-deux ans, chacun avait l'impression d'avoir vécu plusieurs existences.

— Parfois, je me sens très vieux, conclut Maximilian.

A peine eut-il terminé sa phrase qu'il reçut un coussin sur la tête.

— Voyons si tu l'es autant que tu l'affirmes ! le défia Alice.

Pris au jeu, il se leva et commença de la poursuivre tandis qu'elle traversait la pelouse puis filait vers le verger. Non seulement, elle courait vite, mais elle connaissait mieux que lui les coins et recoins du jardin. Il finit par la surprendre alors qu'elle sortait de la cabane à outils où elle s'était réfugiée. La ceinturant à bras le corps, il l'arrêta net dans son élan. Heureux de l'entendre rire aux éclats, il la garda contre lui et déposa un baiser sur sa tempe. Revenus à leur point de départ, ils se rassirent non loin d'un magnolia. Depuis plusieurs jours, Maximilian s'acharnait à débusquer un trèfle à quatre feuilles. C'était devenu une idée fixe. A tel point qu'Alice n'essayait même plus de le raisonner. Alors qu'il scrutait l'herbe, elle le regardait faire. Dans peu de temps, elle n'aurait que les échos de ces jours heureux pour terminer l'été sans lui. Lorsqu'il se retourna pour lui parler, il lut de la nostalgie dans ses yeux, se rapprocha et posa simplement sa main sur la sienne.

— Je t'aime.

Ces mots dont il connaissait la valeur étaient spontanément montés à ses lèvres. Il ne pouvait rien lui promettre, rien lui offrir… Néanmoins, il n'avait pu s'empêcher de lui avouer ce qui le comblait et le perturbait.

— Moi aussi, je t'aime, répondit-elle. Même si je sais que tout nous est contraire.

# 35

La belle saison se termina sans que Maximilian trouvât l'opportunité de revenir à Dinard. A l'inverse des autres années, les vacances furent moroses. Tout d'abord, Hervé ne fit qu'un bref séjour chez ses parents. Ensuite, Nicole demeura à Paris pour terminer sa deuxième grossesse et accoucher du petit Volodia ! Quant à Mitza et Pierre, ils passèrent en coup de vent avant de partir avec François pour New York, à bord du *Queen Mary*. Plusieurs fois, Alice vit Bertrand afin de lui soumettre la nouvelle collection. Qu'en pensa-t-il réellement ? L'homme enthousiaste qu'elle avait connu n'existait plus. Un étranger l'avait remplacé, avec qui les échanges se réduisaient au minimum. Lorsqu'elle revint à Paris, elle se demanda si elle ne vivait pas la dernière année de leur collaboration. Dans ce cas, il lui faudrait chercher du travail au sein d'une entreprise. Ce qui ne serait pas évident !

Durant l'automne, l'hiver puis le printemps, Maximilian saisit l'occasion de la rejoindre plusieurs fois. La santé de Magda laissant de plus en plus à désirer, il se sentait obligé de lui accorder temps et attention. Ainsi qu'à leurs enfants sur lesquels elle n'avait plus toujours la force de veiller. Dès qu'il retrouvait Alice, il avait l'impression de sortir d'un scaphandre. Une sorte de fête s'organisait durant laquelle ils oubliaient les nouvelles du monde. En France, les élections législatives avaient, en mai 1936, offert la victoire au Front populaire. Ce qui engendra des congés payés de quinze jours par an et la semaine de quarante heures. Sur les plages de Dinard, on vit arriver les bénéficiaires de ces nouvelles lois. Mais les esprits étaient préoccupés par le début d'une guerre civile en Espagne entre républicains et nationalistes. Henri voyait d'un mauvais œil une situation qui ne pourrait que s'enflammer. En cette période, tout était de nature à l'inquiéter. Au point de vouloir vendre sa villa de la Vicomté. Ce qui désespérait Geneviève.

— Je ne sais pas ce qui lui passe par la tête ! confia-t-elle à Alice.

— Demandons à Hervé de l'influencer dans le bon sens.

— Hervé ! Il n'est plus jamais là ! Tu arrives à le voir à Paris ?

— Moins qu'avant.

— Son métier a pris le pas sur tout le reste. Et s'il commence à faire du cinéma… il oubliera jusqu'à notre existence !

Le nom de leur fils occupait régulièrement les affiches. Sans être un jeune premier, il était apprécié du public parisien. En particulier dans les rôles comiques, où il excellait. Ce n'était pas à ce répertoire qu'il s'était préparé, mais il prenait plaisir à déclencher les rires. Récemment, il avait passé un bout d'essai pour un film et il attendait la réponse. Quant à sa vie privée… Alice le rencontrait avec des partenaires différents. Jeunes, pour la plupart. Au détour d'une conversation, il lui avait demandé des nouvelles de Bertrand.

— Il va mal.

— Pas à cause de moi ?

— A cause de toi.

— Je ne lui avais rien promis… Et il a dramatisé une situation qui aurait pu s'arranger.

— Je ne veux pas rentrer dans vos querelles.

— Si je lui faisais signe… cela n'arrangerait rien, n'est-ce pas ?

Alice n'avait pas jugé bon de répondre. Qu'aurait offert Hervé sinon sa vie de conquêtes et de succès dont son ancien compagnon ne pouvait que se sentir exclu ? Elle-même était parvenue avec difficulté à réinstaurer un semblant de complicité. Depuis que les commandes avaient retrouvé un meilleur rythme, Bertrand s'était radouci. Même si en filigrane il laissait entrevoir qu'il se libérerait tôt ou tard de l'entreprise.

Alice s'attendait à tout, sauf à la nouvelle que lui annonça Mitza.

— Nous allons bientôt quitter Paris... Et la France !

— Que dis-tu ?

— L'été dernier, Pierre a reçu une offre intéressante pour travailler à New York. Il l'a acceptée. En regardant ce qui se passe autour de nous, je ne peux que lui donner raison. Ni lui ni moi ne voulons que François grandisse dans un pays où rien ne va plus. Il a vendu sa société à un moment encore opportun... Et l'appartement est en passe de trouver un repreneur.

Abasourdie par ce qu'elle entendait, Alice regardait Mitza en espérant qu'elle allait se réveiller d'un mauvais rêve. Le couple et leur fils étaient devenus sa famille. Ce serait un déchirement de les voir s'éloigner !

— Pierre est persuadé qu'une tourmente va s'abattre sur l'Europe. Et que nous devons anticiper le cataclysme. D'autant que mes origines juives pourraient me mettre en danger.

Alice demeura silencieuse. Les paroles de Mitza ne faisaient que corroborer ce que Maximilian ne cessait de lui répéter et qu'elle refusait d'écouter.

— Tu devrais prendre exemple sur nous, poursuivait celle-ci. D'autant que tu es américaine par ta mère.

— Ma vie est ici ! Je suis incapable d'y renoncer.

En mai 1937, Maximilian assista à l'inauguration de l'Exposition internationale qui s'étendait du Champ de Mars au Trocadéro. Pour que ses vins fassent partie de la sélection autrichienne, il s'était démené comme un diable. Dès qu'il avait terminé ses rendez-vous, il consacrait son temps à Alice. Fuyant la capitale, ils se rendirent à Versailles, se promenèrent dans la forêt de Rambouillet, poussèrent jusqu'à Chartres dont il découvrit la cathédrale. Alors qu'il déambulait dans la nef, il vit la jeune femme déposer un cierge devant une statue de la Vierge. Eclairé par la flamme, son profil se découpait sur la pénombre. A la découvrir, minuscule au milieu de l'édifice, l'émotion le submergea. Lui, qui avait depuis longtemps perdu la foi, se surprit à prier pour qu'il n'arrivât rien de mauvais à cette femme qu'il adorait. En dépit de leurs fréquentes séparations, leur amour grandissait jusqu'à leur faire oublier qu'il ne pourrait jamais s'émanciper de ses charges. Récemment, son père avait eu une attaque qui l'avait affaibli. Depuis, il lui déléguait de plus en plus de responsabilités. Aveugle et sourd à ce qui se passait en Autriche, Johann Jager ne jurait que par le domaine viticole auquel il avait voué son existence. S'il avait su que son fils nourrissait des idées contraires aux siennes, la relation serait devenue explosive. Cacher une part de son existence pesait à Maximilian. Lui qui détestait le mensonge nageait, depuis quelque temps, en eaux troubles... Un soir, il confia son malaise à Alice, lui raconta ce qui se passait dans son pays et comment il avait aidé un couple d'amis juifs à partir à l'étranger en leur donnant de l'argent. Il lui répéta que l'atmosphère était devenue irrespirable au sein de sa belle-famille et qu'il était préoccupé que Katarina et Gustav séjournent avec leur mère chez des gens qui tenaient des propos révoltants.

— Que faire ? Magda ne se trouve bien que chez ses parents...

Au fur et à mesure qu'il se livrait, Alice comprenait que son mariage ne ressemblait plus à grand-chose. Néanmoins, il existait... Et ses enfants avaient besoin de protection.

— Tu ne connais rien du monde dans lequel je vis, constata-t-il avec tristesse. J'aimerais tant te faire découvrir Vienne. Les lieux qui ont compté pour moi. Ceux qui te plairaient. Mais ce ne serait pas une bonne idée. Je t'emmènerai ailleurs...

Au mois de juin, Alice vit partir ses plus chers amis. Au moment des adieux, elle tenta de refouler ses larmes. En embrassant François, elle crut qu'elle allait s'écrouler. Mitza n'en menait pas large, non plus.

— Promets de venir nous voir, dit-elle à Alice qui se contenta de hocher la tête.

Il fallut plusieurs jours à celle-ci pour réaliser qu'un océan les séparerait. Une tristesse l'envahissait, correspondant au monde qui, autour d'elle, se délitait. Depuis son veuvage, elle avait appris à ne rien envisager à long terme. Ce qu'elle vivait aujourd'hui lui rappelait que tout pouvait être repris.

Pendant plusieurs jours, elle demeura insensible à ce qui l'entourait. Il fallut qu'Hervé sonnât à sa porte pour la sortir de son engourdissement.

— Je n'ai pas aimé ta voix au téléphone, lui dit-il en pénétrant dans l'appartement.

Les sanglots jaillirent lorsqu'il la prit dans ses bras.

— Je devrais être contente pour eux, balbutia-t-elle. Mais... c'est dur. Trop dur...

A Dinard, les vacances ne ressemblaient plus à ce qu'Alice avait connu. Certes, les plages étaient fréquentées, mais un état d'esprit avait disparu en même temps que les Anglais. Pour la première fois, elle se demanda si elle devait conserver la villa. Elle s'interrogea davantage lorsque Maximilian lui fit faux bond. Il lui avait promis de la rejoindre au début du mois d'août. Pour préserver les apparences, elle avait réservé une chambre au Printania et organisé une surprise : l'emmener pendant trois jours à Jersey. Alors que son impatience de le revoir grandissait, il lui envoya un télégramme pour annuler sa venue. Magda étant entrée à l'hôpital, il ne pouvait partir à l'étranger. Ce changement de dernière minute ressembla à un coup de poignard. Aveugle et sourde à ce qu'elle aurait habituellement compris et admis, elle se sentit trahie. Pire : elle pensa qu'il se jouait d'elle. Une colère l'envahit contre son amant et ce qu'elle acceptait depuis le début de leur liaison. Elle envoya un télégramme en lui signifiant que tout était terminé entre eux. Puis elle prit des cachets pour dormir jusqu'au lendemain.

Soizic, qui avait compris que quelque chose n'allait pas, s'inquiéta. Depuis les premiers mois de son veuvage, elle n'avait jamais vu madame Favier dans un tel état de nervosité. Ne touchant pas à la nourriture qu'elle lui préparait, désertant son atelier, elle partait en voiture vers des lieux de distraction d'où elle rentrait tard. A plusieurs reprises, monsieur Jager avait téléphoné de l'étranger. Elle avait refusé de lui parler. Un jour qu'elle était absente, la gardienne s'était permis de le rassurer. Madame poursuivait ses vacances. Oui, elle allait bien... Soizic avait toujours apprécié la courtoisie et la gentillesse de monsieur Jager. Elle s'était réjouie qu'il fût devenu un compagnon privilégié... Même s'il ne semblait pas totalement libre de ses mouvements. Sans doute était-il marié ? Des histoires d'amour contrariées, elle en lisait régulièrement dans les journaux... Et, comme sa fille, elle en raffolait ! Il n'y avait pas si longtemps, toutes les deux avaient adoré que le roi d'Angleterre eût renoncé au trône pour épouser une Américaine, divorcée de surcroît !

Les jours passèrent sans qu'Alice décolérât. Avec la sensation d'avancer sur des terres brûlées, elle faisait un bilan. Peu de choses lui ayant été épargnées depuis un certain temps, il lui avait fallu trouver des solutions pour ne pas sombrer dans la désillusion. Un sentiment d'injustice auquel s'ajoutait une grande lassitude lui faisait entrevoir l'avenir comme une punition. Mitza avait peut-être raison. Rien ne l'empêchait de quitter l'Europe à feu et à sang ! Lorsque le visage de Maximilian s'interposait, elle aurait voulu qu'une gomme magique l'effaçât. Dans sa détresse, elle songea à se séparer de tout ce qui les liait. Dinard étant l'endroit où ils s'étaient rencontrés, elle devait s'en éloigner. Pourquoi conserver une maison où ils ne vivraient jamais ensemble, où elle ne donnerait pas naissance à leurs enfants, où ses amis les plus chers ne viendraient plus ?

Au milieu de l'été, Alice s'accorda une semaine pour prendre une décision. Amené par un négociateur, un couple lui avait fait une offre d'achat à un prix satisfaisant. Si elle acceptait de leur céder la villa, elle serait libre comme l'air. A mesure que les jours passaient, elle tentait d'imaginer à quoi ressemblerait son existence. Avait-elle autant lutté pour baisser les bras aujourd'hui ? Elle se revit lorsqu'il avait fallu rembourser les dernières dettes de Louis et se séparer de Gilbert qui ne l'avait pas ménagée. Depuis, il avait déposé le bilan. Ce qui ne l'empêchait pas de rester son ennemi et de dégoiser sur ses moindres agissements. Comment parvenait-il à être aussi bien renseigné ? Refusant de s'appesantir sur cette question, elle se concentra sur le choix qu'elle devait faire.

# 36

Alors que Bertrand lui donnait des rendez-vous au compte-gouttes, Alice s'étonna qu'il provoquât une rencontre.

Ce qu'il lui annonça la laissa sans voix.

— Je vais rejoindre les républicains en Espagne.

Avait-elle bien entendu ? Jamais il n'avait évoqué la guerre civile qui faisait rage de l'autre côté des Pyrénées.

— Je comprends ton étonnement. Mais je ne changerai pas d'avis. Le drame de Guernica m'a réveillé. J'étais enfermé avec mes états d'âme. Sourd à tout ce qui ne me concernait pas... Jusqu'à ce que je découvre ce bombardement et ses conséquences. En entendant les informations, j'ai décidé de me battre contre le fascisme.

En avril dernier, Alice avait été horrifiée d'apprendre que des avions de la Légion Condor allemande et de l'Aviation Légionnaire italienne avaient volé au secours des nationalistes espagnols en lançant un tapis de bombes sur la commune basque. On avait compté des centaines de morts parmi la population civile.

— Je me suis organisé pour rallier les Brigades internationales. Et je partirai début novembre.

— N'agis-tu pas sur un coup de tête ?

— Ma vie ne ressemblait plus à grand-chose ces derniers temps.

— Est-ce que tu ne fuis pas ?

— Sans doute. Mais j'aurai une raison valable de me lever. Ici, je meurs à petit feu.

Etait-ce d'avoir trop longtemps contenu un silence qui l'étouffait, il trouva enfin le courage de formuler combien se séparer d'Hervé l'avait détruit.

— J'avais connu une rupture avant la guerre. Et je pensais que plus personne ne pourrait éveiller de sentiments en moi. Je ne me suis pas méfié de lui. Au début, on partageait un engouement pour le cinéma et les spectacles. Et puis… c'est devenu sérieux. En tous les cas, je l'ai cru. Dès qu'il est régulièrement monté sur scène, je n'ai plus été une priorité. La différence d'âge a fait le reste !

La version des deux hommes ne coïncidait pas tout à fait, mais Alice n'avait pas envie de prendre parti.

— Assez parlé de moi ! poursuivit Bertrand. Nous avons à discuter de ton avenir au sein de l'entreprise.

Deux ans auparavant, il avait engagé un contremaître en qui il avait toute confiance.

— Denis est fiable et compétent... Il me remplacera. Deux solutions seraient envisageables. Soit notre association perdure pendant mon absence. Soit tu souhaites vendre tes parts et Denis serait intéressé par leur rachat. Ce qui ne t'empêcherait pas de travailler pour nous...

Alice se préparait à rejoindre Geneviève au Balnéum lorsque la sonnerie du téléphone retentit. Après quelques secondes d'attente, l'opératrice la mit en relation avec son correspondant.

— Allô... Alice...

En reconnaissant la voix de Maximilian, elle tressaillit.

— Oui.

— Je suis à Paris. Si tu ne me l'interdis pas, je prendrais demain matin un train pour Dinard.

Quand Alice lui avait signifié que tout était terminé entre eux, Maximilian l'avait trouvée injuste. Ainsi, leur liaison risquait de s'interrompre à cause d'un événement dont il n'était pas responsable ! Son épouse à l'hôpital, leurs enfants sous sa protection, il lui était impossible de la rejoindre. Quand elle n'avait pas répondu à ses appels téléphoniques, ses télégrammes et ses lettres, il en avait perdu le sommeil.

Aujourd'hui, alors qu'elle se trouvait à ses côtés, il peinait à renouer leurs liens. Pour profiter des derniers rayons du soleil, ils s'étaient installés sur la terrasse. Peu de mots avaient été échangés depuis son arrivée. Sans doute lui fallait-il un temps d'adaptation pour passer du tourment au soulagement de ne plus se sentir banni. Alors qu'elle laissait tomber des glaçons dans un verre, il la regarda. Les cheveux retenus par un cercle en écaille, elle portait une robe de plage vert émeraude. Ses gestes étaient précis, mesurés. Comment parvenait-elle à garder son calme, alors que lui se sentait encore malmené par leur conflit ? En enviant sa maîtrise, il tentait de se convaincre qu'il ne rêvait pas. Elle lui avait rouvert sa porte. Alors qu'elle déposait un whisky devant lui, il la fit asseoir sur ses genoux et l'entoura de ses bras.

Jersey n'étant plus d'actualité, ils passèrent deux jours dans le Finistère où Maximilian eut l'impression de recouvrer la liberté, après plusieurs mois pestilentiels à Vienne.

— Les plus grands esprits s'y sont donné rendez-vous au début du siècle ! Et la plupart ont dû partir… Je ne reconnais plus rien et ne me sens plus chez moi !

Elle l'écouta critiquer son père qui, pour protéger le patrimoine, envisageait de faire des compromis.

— Savoir qu'il pourrait pactiser avec le diable me le fait voir autrement.

— Penses-tu vraiment que le pire pourrait arriver ?

— Regarde ce qui se passe en Espagne.

Quand elle lui raconta que Bertrand allait rejoindre les Brigades internationales, il fut surpris :

— Ce type ne m'a jamais donné l'impression d'être un révolutionnaire ! Mais je le connais peu.

— Il me reste à décider si je dois poursuivre ou non notre association.

— Tu es en train de me demander un conseil ?

— En effet.

— Reprends ton indépendance.

Alice ne rentra à Paris qu'après avoir annulé la vente de sa villa et cédé ses parts de l'entreprise au contremaître. La veille de son départ, elle était allée dire au revoir à Bertrand. Sept ans plus tôt, leurs chemins s'étaient croisés. Depuis, ils avaient concocté de belles réalisations dont certaines étaient punaisées sur les murs du bureau. Elle songea à la ferveur qui les avait unis à leurs débuts, à la joie de se surpasser pour contenter une clientèle exigeante. Elle se souvint aussi de l'amitié qu'ils avaient partagée avant que celle-ci ne s'étiolât. Remuait-il les mêmes pensées ? Il n'en laissa rien paraître, se contentant de lui donner les consignes à suivre durant son absence. Une page se tournait. Consciente que plus rien ne serait comme avant, elle ressentit de l'émotion au moment de quitter les lieux où résonnaient le bruit des machines et les voix des ouvriers. Bertrand était-il déjà loin ou ne voulait-il rien montrer de ses sentiments ? En le découvrant, le visage figé, l'attitude peu avenante, elle comprit qu'il ne fallait pas prolonger leurs adieux. Alors qu'elle lui serrait la main, l'intuition de le voir pour la dernière fois la figea. Immédiatement elle tenta de l'étouffer. Les séparations la rendaient de plus en plus impressionnable !

Hervé l'accueillit dans le nouvel appartement qu'il louait à quelques pas de chez elle. Ses cachets lui permettaient maintenant de vivre dans l'aisance. Dès qu'il ouvrit la porte, Alice constata un changement dans son attitude. Etait-il grisé par un début de succès ?

— Assieds-toi, proposa-t-il en la précédant dans un salon où s'accumulaient des bibelots, des gravures et des photographies.

La prétention du décor lui fit regretter le modeste studio qu'elle l'avait aidé à décorer. Pendant qu'il sortait des tasses d'un buffet, il remarqua :

— Tu ne devais pas rentrer plus tôt de Dinard ?

— J'avais des choses à régler.

— Rien de grave ?

— Des décisions professionnelles.

— Bertrand te cause des soucis ? insista-t-il avec une pointe d'ironie dans la voix.

— Pas exactement.

— Mais encore...

— Puisque tu y tiens ! Il part pour l'Espagne.

— Il est devenu fou !

— Il y va pour combattre.

— Tu plaisantes !

— Pas sur un pareil sujet.

Alice constata qu'Hervé était devenu livide.

— Pourquoi ? répétait-il.

— Tant de gens pérorent sans bouger le petit doigt. Lui va au bout de ses choix.

— Mais c'est très dangereux.

— Il le sait.

De plus en plus ébranlé, Hervé se laissa tomber dans un fauteuil.

— Tu penses que c'est à cause de moi ?

— Tu te donnes beaucoup d'importance, persifla-t-elle.

— Je sens que tu m'en veux.

— Là n'est pas la question.

— S'il lui arrivait quelque chose… Je ne me le pardonnerai pas.

En voyant sa mine défaite, Alice retrouvait le garçon qu'elle aimait. En dépit d'apparences trompeuses, il était resté le même. Sur un ton qu'elle voulut persuasif, elle tenta de le rassurer :

— Il ne lui arrivera rien !

# 37

Mitza envoyait régulièrement des nouvelles à Alice. Elle se plaisait à New York et François adorait sa nouvelle existence. Sur les photographies qu'elle joignait à ses lettres, il posait avec sa batte de baseball. Elle les regardait avec tendresse, imaginant le quotidien de ses amis dans une ville où elle n'était plus retournée depuis seize ans. Sa mère continuait de lui adresser de brèves missives dans lesquelles elle évoquait ses activités. De ce côté-là, rien ne changeait. Il arrivait à Alice de se demander si elles se reverraient un jour… Et si elle-même le souhaitait ! Pourquoi remuer une relation qui ne la perturbait plus ? L'année 1938 commença. Avec Nicole, elles se rendirent à la première Exposition internationale du surréalisme à Paris. Organisée par Paul Eluard, André Breton et Marcel Duchamp, elle se tenait à la Galerie des Beaux-Arts, rue du faubourg Saint-Honoré. Deux cent ving-neuf œuvres de soixante artistes y défiaient le rationalisme. Dans la cour d'entrée, elles furent surprises par le *Taxi pluvieux* de Salvador Dalí dont le chauffeur avait la tête recouverte d'une mâchoire de requin. Seize mannequins les accueillirent dans un corridor transformé en « rue surréaliste », chacun d'entre eux étant habillé par Jean Arp, Yves Tanguy, Man Ray, Miró, Max Ernst… Avec un plafond recouvert de chauves-souris, un sol disparaissant sous le sable ou les feuilles mortes et quatre lits défaits, la salle centrale retint leur attention. Cette surenchère d'originalité stimula Alice qui, depuis le départ de Bertrand, avait de la difficulté à travailler.

— J'ai besoin de me renouveler, reconnut-elle.

Elles avaient terminé l'après-midi chez Nicole. Alice aimait l'appartement de ses amis où se mêlaient leurs deux cultures. Au gré du temps, Vladimir avait acheté des icônes et des objets qui lui rappelaient sa Russie. Un samovar en argent trônait dans le salon. Il l'avait trouvé au marché aux puces dont il fréquentait assidûment les allées. Nicole, qui aimait la modernité, avait ajouté les dessins d'artistes contemporains et certaines créations de Lalique. Elles s'installèrent devant le poêle à bois. A travers la porte, elles entendaient les enfants qui jouaient avec leur nurse. Volodia avait pris l'ascendant sur sa sœur aînée qui exauçait tous ses caprices.

— Si on le laissait faire… Ce serait un despote, s'agaçait leur mère.

Des événements d'une extrême gravité empêchèrent Maximilian de venir à Paris. La gangrène s'étendait en Europe et l'Autriche fut touchée de plein fouet. Le 12 février, à Berchtesgaden, Hitler avait exigé de son homologue autrichien – Kurt Schuschnigg – l'amnistie des nazis emprisonnés, l'autorisation pour les membres de ce parti de mener en toute liberté leurs activités et la nomination d'un des leurs à la tête du ministère de l'Intérieur. Craignant une occupation de son pays, Schuschnigg avait, le 9 mars, annoncé la tenue d'un référendum en espérant que ses concitoyens se prononceraient pour une Autriche indépendante. Le 11 mars, avant même que n'eût lieu le vote, Hitler exigeait son annulation et la démission de Schuschnigg, qui dut obtempérer. « Le gouvernement allemand a remis aujourd'hui au président Miklas un ultimatum lui ordonnant, dans un délai imposé, de nommer au poste de chancelier une personnalité désignée par ce gouvernement allemand. » A peine eut-il quitté son poste que des hordes de nazis firent régner la terreur à Vienne où ils molestèrent quantité de Juifs. Le 12 mars au matin, la huitième armée de la Wehrmacht franchissait la frontière austro-allemande sans rencontrer de résistance. Le 15 mars, Hitler recevait un accueil triomphal dans la capitale.

Effondrée par ce que la radio et les journaux relataient, Alice se rongeait les sangs pour Maximilian qui ne s'éloignerait pas du domaine viticole durant cette sombre période. La sachant inquiète, il lui donnait des nouvelles, mais se gardait de commenter ce qu'il voyait. Par des méthodes brutales, l'envahisseur étouffait le moindre sursaut de rébellion. Aussi se montrait-il prudent. Le printemps se termina sans qu'ils puissent se voir. Chaque matin, Alice se réveillait avec une sensation de vide qui lui donnait envie de pleurer.

Pour se distraire, elle allait avec Hervé au théâtre et au cinéma. A la sortie d'une représentation, il lui présenta Jean Marais qui s'était fait acclamer dans *Les Parents terribles* de Jean Cocteau. D'abord intimidée, elle se sentit à l'aise lorsqu'ils se découvrirent voisins : le comédien et son pygmalion habitaient place de la Madeleine. Dans un grand rire, il lui raconta que, n'ayant pas d'argent pour meubler leur appartement, il allait voler des meubles dans les jardins des Champs-Elysées. Hervé, qui venait de décrocher un double rôle de jumeaux dans une pièce policière, ne cachait pas son excitation. Depuis plusieurs semaines, il s'affichait avec un Anglais, David, qui s'était installé à Paris pour écrire un roman. Ses deux précédents ouvrages avaient connu un honorable succès dans les pays anglo-saxons. Appréciant sa compagnie, Alice espérait que cette nouvelle idylle durerait plus longtemps que les autres.

Début mai, Maximilian annonça sa venue. Jusqu'au dernier moment, Alice craignit un empêchement. En voyant le train entrer en gare, elle respira. Ils ne s'étaient pas vus depuis cinq mois ! Elle avança sur le quai et l'aperçut au milieu des voyageurs. Une joie violente l'envahit. En dépit des obstacles, il était là !

Il posa sa valise pour la serrer contre lui, la regarder, la serrer encore. Elle glissa son bras sous le sien.

— Partons d'ici.

Alors qu'ils se dirigeaient vers la sortie, elle entendit qu'on la hélait, se retourna et découvrit Gilbert qui, venant en sens inverse, s'était arrêté. Sans aménité, il la fixait… Puis son regard s'attarda sur l'homme qui l'accompagnait. D'un bref signe de tête, elle le salua et poursuivit son chemin.

Dans le taxi, Maximilian garda sa main dans la sienne. Accompagnés par le tintamarre habituel, ils roulaient dans une ville où la liberté n'avait pas été bafouée. Les derniers temps à Vienne l'avaient ébranlé en profondeur. Comment ces gens qu'il avait longtemps considérés comme ses pairs avaient-ils basculé dans la passivité ou la pire des ignominies ? Dans les vitrines de librairies qu'il avait autrefois fréquentées, il n'était pas rare de voir des pamphlets antisémites. Sans parler de la nauséabonde exposition nazie « Le Juif éternel » ! En retrouvant Alice, il avait la sensation de se décontaminer d'un venin qui le rongeait. La sentir à ses côtés le ramenait à la normalité.

Chez elle, il oublia sa lassitude. La lumière d'une belle journée éclairait le salon. Dans peu de temps, les cloches de la Madeleine sonneraient l'angélus. Au gré de ses séjours, il avait découvert les rites qui accompagnaient son quotidien. Elle s'approcha de lui. Dans ses yeux, il lut combien il lui avait manqué, combien elle avait souffert de le savoir dans la tourmente.

Pendant plusieurs jours, ils vécurent selon leurs habitudes. Maximilian rencontrait ses clients jusqu'au milieu de l'après-midi. Le reste de la journée leur appartenait ! Avec les beaux jours, Paris bourdonnait. Les chapeaux des femmes se paraient d'ornements bucoliques. Leurs robes révélaient leur gorge. Une atmosphère d'insouciance poussait à se divertir. A la radio, on écoutait les derniers airs de Suzy Solidor ou Rina Ketty. Les terrasses des cafés étaient prises d'assaut. On flânait dans des parcs à la végétation luxuriante, on sortait, on dansait jusqu'à l'aube. Gagnés par l'euphorie, Alice et Maximilian vécurent pleinement cette trêve. Avec l'impression d'avoir retrouvé leurs vingt ans, ils s'attardèrent à la Foire du Trône, tentèrent les autos tamponneuses, lancèrent des anneaux sur des bouteilles, essayèrent des manèges, tirèrent à la carabine, rirent dans le train fantôme, mangèrent des pommes d'amour et de la guimauve, gagnèrent une affreuse poupée dans une tombola.

— Elle deviendra notre mascotte, annonça Alice.

Un soir, ils allèrent boulevard Poissonnière à l'ABC, un music-hall où débutait un chanteur dont le succès défrayait la chronique. « Charles Trenet, un tout jeune homme, blond et rose, vigoureux, une vivacité, une ardeur, une santé de jeune animal en liberté… Il danse, il se trémousse. Il fait de grands gestes, il ôte et remet sur sa tête un curieux petit chapeau de feutre », s'émerveillait un journaliste du *Figaro*. Dès son apparition sur scène, Alice fut conquise par la poésie des textes et la joie que communiquait l'auteur-interprète ! Autour d'elle, des spectateurs se trémoussaient sur leurs sièges et battaient la mesure. Les applaudissements fusaient. Et ce fut une ovation à la fin du récital. En rentrant, ils ne purent s'empêcher de chantonner les refrains qu'ils venaient d'entendre. L'accent de son amant égaya Alice.

— Moque-toi de moi ! s'insurgea-t-il, faussement vexé.

A trois heures, il ne dormait pas et, sur le balcon du salon, fumait une cigarette. De temps en temps, une voiture passait, rompant le silence qui s'étendait sur la ville. Dans trente-six heures, il serait parti. Cette perspective lui serrait la gorge. Pourrait-il revenir facilement à Paris ? Depuis l'annexion de l'Autriche, les restaurateurs achetaient moins les crus viennois et son carnet de commandes n'était rempli qu'au tiers. Ses concitoyens ayant accueilli et plébiscité les ennemis héréditaires des Français, il n'était plus le bienvenu... Et il ne fallait pas être devin pour comprendre que les choses allaient empirer. Hitler voulait avaler l'est de l'Europe. Ce qui fatalement déclencherait une guerre massive où Alice se trouverait dans le camp ennemi. Depuis des jours il remuait cette perspective ! S'il avait été seul en cause, il aurait quitté son pays, tenté sa chance ailleurs avec la femme qu'il aimait. Un léger bruit lui fit tourner la tête. Eveillée à son tour, elle l'avait rejoint.

— La chaleur m'a sortie du lit. Toi aussi ?

— Pas seulement la chaleur.

Maximilian ne pouvait plus garder ses pensées pour lui.

— Je réfléchissais à nous deux... Depuis que nous sommes ensemble, je n'ai jamais pu veiller sur toi comme je l'aurais voulu. Je n'ai été qu'un homme de passage.

— Tu n'as jamais menti sur la situation. Dès le début, je l'ai acceptée.

— Je suis malheureux de ne pas t'avoir donné ce que j'aurais voulu. De t'avoir causé des soucis, des inquiétudes, des déceptions.

— Il n'y a jamais eu de déceptions.

La pénombre les incitait à parler bas.

— Si je le pouvais... je quitterais tout.

— Mais tu ne le peux pas. Et nous le savons, l'interrompit-elle. Jamais tu n'abandonneras ton père, tes enfants, le domaine. A des degrés différents, ils sont essentiels pour toi. Si tu les laissais, tu ne te le pardonnerais pas.

Elle le vit baisser la tête.

— Nous nous sommes rencontrés trop tard pour vivre ensemble, poursuivit-elle. Mais nous partageons autre chose. Un lien plus fort et...

— Je crains ce qui se prépare.

Que lui répondre ? Qu'ils risquaient d'être emportés chacun de leur côté dans le conflit qui se profilait ? Il s'était rapproché et elle sentit sa bouche s'attarder sur son épaule nue, remonter vers son oreille.

— Je t'aime, murmura-t-il. Je t'aime plus que tout...

Elle savait qu'il disait la vérité.

## 38

Dès le départ de Maximilian, Alice se rendit à Dinard. Comme d'habitude, Soizic avait fleuri la maison pour son arrivée. Sa première visite fut pour Henri et Geneviève, qu'elle trouva fatigués. Son parrain ne se plaisait plus dans une station balnéaire qui avait perdu de son faste.

— Blum et son Front populaire ont tout fichu par terre, maugréait-il.

Ils ignoraient qu'elle se préparait à recevoir le compagnon de leur fils. Afin de sauvegarder les apparences, Hervé lui avait demandé si David pourrait habiter villa Margarita. Ce qu'elle avait accepté. D'autant que l'Anglais était d'excellente compagnie. Il arriva en même temps que Nicole et ses deux enfants. Pour qu'il pût écrire en toute tranquillité, Alice lui avait attribué une chambre à l'écart. Hervé venait le chercher en fin de matinée. Ils partaient en bateau la majeure partie de la journée. Les soirées étaient dédiées aux sorties. Même s'il y avait un choix moins attractif qu'autrefois…

Au milieu du mois d'août, le téléphone sonna.

— Madame Favier. C'est Denis…

— Bonjour, Denis. J'allais justement vous déposer une proposition de papier.

— Madame Favier… reprit le contremaître d'une voix étranglée. J'aurais voulu passer vous voir. Mais je ne peux pas quitter les employés. On vient d'apprendre un malheur. Un grand malheur…

Alice se réfugia dans sa chambre. Une sensation de vide l'habitait, accompagnée de tristesse et de culpabilité. Bertrand avait été tué, alors qu'il combattait le long de l'Ebre. Elle se souvint de sa prémonition lors de leur dernière rencontre. N'aurait-elle pas dû se montrer plus insistante, plus persuasive ? N'aurait-elle pas dû le retenir ?

Quand Hervé rentra de la plage avec David et Nicole, elle insista pour l'emmener dans le jardin. Frappé de plein fouet par la nouvelle, il peinait à trouver ses mots. Alice était-elle certaine de l'information ? Avait-on tout vérifié ? A mesure qu'elle répétait ce que lui avait appris le contremaître, il comprit que le doute devait être écarté. Assis sur un muret de pierre, il demeura comme pétrifié. Elle ne l'avait encore jamais vu aussi ébranlé. Spontanément, elle posa sa main sur son épaule et constata qu'il tremblait.

— Je sais ce que tu penses…

— J'aurais dû agir moins brutalement.

— Hervé… Tu ne peux pas refaire votre histoire. Vous vous êtes séparés. Il l'a mal supporté.

— Tant de souvenirs reviennent.

Alice hocha la tête. Elle aussi revoyait sa rencontre avec Bertrand devant l'usine en travaux, leurs conversations autour des premières collections. Des images de la Touesse affluèrent à sa mémoire. C'était l'époque où tous étaient encore réunis. Mitza, Pierre et François ne projetaient pas de traverser l'Atlantique. Elle venait de croiser le chemin de Maximilian. Hervé semblait heureux. La vie s'était chargée de les rappeler à l'ordre.

Par Claire, l'amie de Nicole qui habitait Dinan et à qui il avait adressé plusieurs courriers, ils apprirent que Bertrand s'était forgé un idéal dans son combat contre les nationalistes. Selon ses dernières volontés, il avait été enterré en Espagne. Alice lui dit adieu dans la cour de la manufacture pendant l'hommage que lui rendirent Denis et les ouvriers. D'émouvants discours furent prononcés devant sa photo. Le ciel était-il aussi bleu qu'aujourd'hui quand il était tombé sous les balles ? Quelles avaient été ses dernières pensées ? Ces questions tournaient dans l'esprit d'Alice qui s'y accrochait en retenant ses larmes. Plus tard, elle se demanda ce qu'allait devenir l'entreprise. Denis serait-il capable de rester aux commandes ?

Hervé ne s'attarda pas à Dinard. Il suivit David à Londres. La vie reprenait son cours. Pour Nicole et ses enfants, Alice s'évertua à ce que les vacances se poursuivent agréablement. Elle-même rentrerait à Paris en attendant de retrouver Maximilian. Ils avaient projeté de se rencontrer en Suisse. Alors que grandissait son impatience de le voir, les journaux s'intéressèrent aux trois millions d'Allemands qui habitaient dans les monts Sudètes. Des membres du parti nazi les disaient opprimés par le gouvernement tchécoslovaque et réclamaient leur autodétermination. Après l'Autriche, Hitler allait-il envahir ce pays ? La tension monta en Europe. Alice perdit le sommeil en pensant que la guerre ne pourrait pas être évitée. C'était aussi l'avis de Soizic qui se faisait du mauvais sang pour Mahé. Depuis un an, son fils possédait deux bateaux de commerce. Avec sa femme et ses enfants, ils habitaient Saint-Malo. Au cas où les hostilités seraient déclarées, il ferait partie des premiers appelés. Du côté de sa fille et de son gendre, la vie suivait son cours. L'un et l'autre continuaient d'être employés dans leurs hôtels respectifs et songeaient à s'acheter un logement en périphérie de Dinard. La gardienne n'aimait pas la tournure que prenait l'été. Le décès de monsieur Mansaud l'avait ébranlée. En travaillant pour madame Favier, elle s'était attachée aux habitués de la villa… et à monsieur Jager dont elle regrettait l'absence. Qu'il fût autrichien en expliquait sans doute la raison. Tous ceux qui avaient pactisé avec l'Allemagne n'étaient plus les bienvenus.

Indigné par la pression d'Hitler, le président Edvard Benes proclama l'état d'urgence dans les territoires tchèques où vivaient des Allemands. Un ballet diplomatique s'organisa. Le Premier ministre britannique, lord Neville Chamberlain, se rendit en Allemagne pour y rencontrer le Führer. Dès son retour à Londres, il décida avec le président du conseil français Edmond Daladier d'exhorter Benes à accepter la demande d'indépendance. Sans obtenir de résultat ! Le 14 septembre, les discussions entre Sudètes et Tchèques s'interrompirent… Ce qui poussa Hitler à surenchérir et exiger le rattachement des premiers au III^e^ Reich. Simultanément, il annonça aux dirigeants français et britanniques que, ce dernier problème territorial résolu, l'Allemagne ne chercherait plus à s'étendre.

— S'il dit vrai, nous devrions lâcher la Tchécoslovaquie, avança Henri.

— Comment le croire sincère quand on voit ce qu'il est capable de faire ? s'insurgea Alice.

Rien n'empêcherait les nazis de rallumer le brasier qui, vingt ans auparavant, avait fait des millions de morts ! Chez les gens lucides, on craignait de voir partir pour le front maris, pères et fils. Les 29 et 30 septembre, l'étau pourtant se desserra. A Munich, Hitler, Mussolini, Chamberlain et Daladier trouvèrent un accord. La France « lâchait » la Tchécoslovaquie dont elle s'était pourtant engagée à garantir les frontières. Hitler ayant obtenu ce qu'il voulait, le président Benes démissionna le 5 octobre.

Rentrée à Paris, Alice s'autorisa à croire qu'elle reverrait prochainement son amant. Au téléphone, ils n'évoquaient pas les événements politiques. Leurs conversations se bornaient à échanger de banales nouvelles, mais chacun se raccrochait à la voix de l'autre, à ses intonations. C'était à la fois intense et cruel.

— Je serai à Berne du 5 au 12 novembre, annonça enfin Maximilian.

Dans cette ville à la neutralité affichée, ils seraient à l'abri des indiscrétions. D'autant qu'Alice venait de recevoir un courrier qui l'avait inquiétée. Tapée à la machine, la missive était brève : « Nous savons que vous fréquentez un Boche. Par les temps qui courent, ce n'est pas recommandé ! » Stupéfaite, elle avait regardé le timbre : la lettre avait été postée à Paris. Puis elle s'était penchée sur la feuille, comme si celle-ci pouvait receler des indications. Le papier était blanc. Il n'y avait pas de fautes d'orthographe. Qui lui avait adressé cette missive dont la teneur ressemblait à une mise en garde ? Qui cherchait à l'intimider, voire à l'effrayer ? L'expéditeur s'était trompé en prenant Maximilian pour un Allemand. Ce n'était donc pas un familier ! Elle songea à la concierge de son immeuble, mais elles étaient en bons termes. Un voisin ? Ou quelqu'un qui, passant ses vacances à Dinard, les aurait vus ensemble ?

Ils s'étaient pourtant gardés d'alimenter les commérages ! Pendant plusieurs jours, elle se posa des questions, allant jusqu'à parler à Nicole qui, depuis plusieurs mois, connaissait sa liaison. Mitza partie, Alice avait souffert de ne plus pouvoir se confier et s'était tournée vers sa seconde amie qui s'était exclamée :

— J'avais compris que quelqu'un comptait pour toi... et que tu voulais garder le secret.

— Maximilian est marié ! Nous devions faire preuve de prudence...

Le testament de Bertrand fut ouvert. Par le biais de Denis, Alice apprit qu'il avait tout légué – maison et parts de l'entreprise – à un orphelinat qui allait les vendre. N'ayant pas les moyens d'investir davantage dans son outil de travail, le contremaître s'était mis d'accord avec les héritiers pour céder la manufacture à un repreneur. Alice n'était pas mécontente de récupérer sa liberté de dessinatrice. Vers quoi se tournerait-elle ? Elle avait besoin d'une pause avant de rechercher un emploi. D'autant qu'elle allait devoir quitter son appartement parisien. Echaudés par la crise qui venait de secouer l'Europe et horrifiés par les lois édictées contre les Juifs, Mitza et Pierre mettaient en vente leur dernière possession française : le logement qu'ils continuaient de lui louer. « Rejoins-nous à New York », répétaient-ils. Si elle n'avait pas été liée à Maximilian, elle aurait peut-être cédé... Lorsqu'il lui arrivait de trouver son existence compliquée, elle se reprenait. A l'inverse de son amant, son pays ne subissait pas les lois nazies. Elle se remémora les confidences qu'il lui avait faites sur sa jeunesse et ses premiers concerts. Avec sa mère, il avait assisté à *La Veuve joyeuse* de Franz Lehar. Puis il avait découvert les concertos de Mozart... Et, plus tard, les symphonies de Mahler auquel il vouait une admiration sans bornes. A propos de celui-ci, il lui avait raconté une jolie histoire. Le futur compositeur se promenait aux abords de la forêt viennoise quand son père, ayant oublié quelque chose chez eux, lui avait demandé de l'attendre.

— Ayant tardé à revenir, il craignait que son petit garçon se soit inquiété ! Mais il le trouva assis au pied d'un arbre... en train d'écouter en souriant les sons de la nature.

Pour prononcer ces mots, Maximilian avait baissé la voix. Comme s'il craignait de déranger l'enfant dans sa contemplation...

# 39

Un vent glacé soufflait quand Alice descendit du wagon. Le chauffeur que lui avait dépêché l'hôtel Bellevue l'attendait à la sortie du quai. Avec le crépuscule, les réverbères de la ville s'étaient allumés. Arrivée devant la façade de l'imposant palace, elle sentit son cœur battre. Dans moins de deux heures, Maximilian l'y retrouverait. Depuis plus de six mois, ils aspiraient à ce moment.

En l'attendant, elle s'installa dans l'une des chambres contiguës qu'il avait retenues. Décoré à la Belle Epoque, le bâtiment offrait un luxe feutré. Après s'être changée, elle guetta les bruits qui annonceraient l'arrivée de son amant. Des pas dans le corridor et un tour de clé dans la pièce voisine l'alertèrent. Elle se dirigea vers la porte communicante qui s'ouvrit au même moment.

Encore vêtu de son pardessus, Maximilian la regardait en souriant.

— J'aurais voulu arriver le premier et t'accueillir. Mais je n'ai pu quitter Zurich plus rapidement.

Dans la salle à manger, ils se racontèrent ce qu'ils n'avaient pu se confier au téléphone ou par courrier. Ebranlé par ce qu'il avait enduré, Maximilian s'interrompit plusieurs fois. Notamment lorsqu'il aborda sa dernière entrevue avec un ami de pensionnat qui avait quitté l'Autriche parce que les Juifs s'y trouvaient en danger.

— Il était devenu avocat. Alors qu'il venait d'ouvrir son cabinet, les Allemands sont entrés dans Vienne. Il est parti avec ses parents, sa femme et leur bébé.

Qui aurait imaginé que de l'autre côté de la frontière suisse se déroulaient tant d'horreurs et de drames ? Le ballet des maîtres d'hôtel et du sommelier, le calme de la clientèle laissaient croire que le monde se portait bien. Eux-mêmes finirent par se détendre. Grâce aux mets et au vin, une chaleur les enveloppa.

Ils burent un café dans le fumoir. Comme s'ils repoussaient délibérément le moment où ils seraient seuls. Pendant plusieurs jours, aucune obligation extérieure ne les empêcherait de se consacrer l'un à l'autre, ce qui les autorisait à ne pas se hâter.

— J'ai l'impression de recommencer à te faire la cour, remarqua-t-il.

Il y avait tout juste quatre ans qu'ils étaient devenus amants. Depuis, ils avaient déjoué les obstacles pour se rencontrer. Combien de temps y parviendraient-ils encore ? Les derniers événements lui avaient fait craindre de ne plus revoir Alice. Il avait même songé brièvement à fuir. Lorsqu'il avait vu son père désemparé devant les ventes qui s'effondraient, il s'était ravisé. Comment l'abandonner dans cette tourmente où plus rien ne leur rappelait ce qu'ils avaient connu ? Jusqu'à leurs ouvriers qui tenaient des propos antisémites dont il les aurait crus incapables. S'il disparaissait, cet homme ne s'en relèverait pas. Pire, on risquait de lui faire payer la désertion de son fils !

Pour leur première nuit, ils choisirent la chambre d'Alice. Au creux du lit aux draps amidonnés et chiffrés, ils veillèrent à ce qu'aucun espace ne s'immisçât entre leurs corps, s'aimèrent, chuchotèrent, s'assoupirent. Chaque fois qu'ils se retrouvaient, Maximilian se libérait du sentiment de culpabilité qui l'étouffait. N'aurait-ce pas dû être le contraire ? N'était-ce pas avec Alice qu'il trompait son épouse ? Elle seule, pourtant, répondait à ses rêves et comblait ses espérances.

Etendu sous l'édredon, il l'écouta vocaliser dans la baignoire. Puis il l'observa tandis qu'elle s'installait devant la coiffeuse pour brosser ses cheveux. Le miroir lui renvoya son visage où se lisait le manque de sommeil. Elle s'empara de son vaporisateur et son parfum chatouilla bientôt ses narines. Puis elle se retourna pour l'encourager à se lever.

— Nous devrions profiter du soleil !

Ils découvrirent la vieille ville, son atmosphère médiévale et ses arcades, s'arrêtèrent dans un café pour boire un chocolat nappé de crème fouettée, marchèrent le long de la rivière Aar. Au retour, ils s'attardèrent devant des vitrines, entrèrent dans des magasins. Alice acheta des gants en pécari pour Maximilian qui, à son tour, l'entraîna vers une joaillerie où il demanda à voir des bagues. Ensemble, ils choisirent un anneau pavé de grenats qu'il glissa à son annulaire lorsqu'ils eurent regagné l'hôtel. Sans cacher son émotion, elle lui promit de ne jamais s'en séparer.

Le quatrième jour, alors qu'ils entraient dans le salon de lecture, un titre en première page du *Der Bund* attira leur attention. Il s'approcha et lut qu'un secrétaire de l'ambassade d'Allemagne à Paris venait d'être assassiné. Immédiatement, il parcourut l'article. Un Juif polonais de dix-sept ans avait tiré sur le conseiller Ernst vom Rath afin de venger ses parents expulsés de Hanovre.

Après avoir traduit le texte pour Alice, il laissa échapper :

— Les nazis vont répondre à cet attentat par des représailles.

Il ne se trompait pas… Sauf que les répercussions dépassèrent ce qu'il avait imaginé. Le 10 novembre, ils apprirent que pendant la nuit des groupes de SA, de SS et des Jeunesses hitlériennes avaient à travers le Reich traqué, molesté, tué des Juifs, saccagé leurs habitations et leurs commerces, incendié deux cents synagogues. En découvrant qu'un grand nombre d'atrocités s'étaient déroulées à Vienne, Maximilian fut anéanti. Toute la matinée, il tenta de téléphoner à son père, mais la communication ne passait pas. Il finit par lui parler à l'heure du déjeuner et, à sa voix, le sentit bouleversé. Maximilian devant rentrer le lendemain, leur conversation fut brève. En raccrochant, il hésita à appeler Magda, puis se ravisa. Pour la Toussaint, elle s'était rendue chez ses parents à Salzbourg où, comme ailleurs, s'étaient déroulées des exactions. Il craignait qu'elle lui tînt des propos qui le heurteraient.

Pour leur dernière journée à Berne, ils se rendirent au musée des Beaux-Arts avec l'espoir que les œuvres des grands maîtres apaiseraient leur tension. Ils étaient presque seuls à déambuler à travers les salles où, de la Renaissance italienne à Cézanne et Van Gogh, se côtoyaient des scènes religieuses, panthéistes, guerrières ou de genre. Cruelle, violente, débridée, joyeuse, empreinte de poésie ou de mysticisme, l'humanité se livrait dans sa complexité. En silence, ils s'attardèrent plus ou moins longtemps devant les tableaux. Tels des fantômes, les gardiens les suivaient du regard… A la sortie, la nuit les surprit. Entre le passage des tramways et des automobiles, les passants allaient et venaient, pressés de s'abriter du froid. Une brume voilait la lumière des réverbères. Parvenus à l'hôtel, ils s'attardèrent dans le salon où une harpiste jouait en sourdine. Alice avait les joues rosies par la marche et il eut envie de l'embrasser pour la remercier d'être à ses côtés. A cause de lui, elle passait à côté d'une vie de couple normale. Même si elle ne cherchait pas à le rendre jaloux, il se doutait qu'elle ne devait pas manquer de sollicitations.

Dans le compartiment, Alice s'entoura de sa pelisse et ferma les yeux. Dans quelques heures, elle retrouverait ses habitudes... Autant dire une existence où lui manquerait l'essentiel. Maximilian l'avait accompagnée jusqu'à son wagon. Bientôt, il monterait à bord du train qui le ramènerait à Vienne. Elle avait perçu combien il appréhendait ce retour. Pour ne pas mettre les siens en péril, il devrait afficher une neutralité qu'il vomissait. Elle finit par s'endormir jusqu'à ce que le maître d'hôtel frappât. Le dîner allait être servi au wagon-restaurant. Assise à la table voisine, une femme à l'accent alsacien essaya d'entamer la conversation. Par politesse, Alice enchaîna quelques platitudes. Elle avait hâte de retrouver la solitude de sa cabine. Lorsqu'elle y revint, le lit avait été préparé pour la nuit. Sa toilette faite, elle s'étendit sous les couvertures. On atteignait une gare. Il y eut des annonces, des claquements de portes, des conversations dans le couloir, des sifflements... Puis le convoi repartit. Elle dormit peu, rêva et, lorsque le jour pointa, elle ouvrit le store sur un monotone paysage hivernal. Rien ne l'attendant à Paris, elle redoutait les semaines à venir. Devait-elle y chercher un emploi ? Dans ce cas, il lui faudrait trouver un pied-à-terre. Etait-ce ce qu'elle voulait ? Ne valait-il pas mieux s'installer complètement à Dinard ? Jamais son avenir ne lui avait semblé aussi flou !

Chez elle, elle ne prêta pas attention au courrier arrivé pendant son absence. Ce fut au moment où elle allait téléphoner à Hervé qu'elle s'empara des enveloppes. L'une d'entre elles lui provoqua de l'appréhension. Avec fébrilité, elle l'ouvrit pour en sortir un feuillet qui confirma ses doutes. « Alors, ce Boche ? Toujours près de vous ? On vous aura prévenue ! » La menace était montée d'un cran. Que lui voulait-on ? Et qui cherchait à lui faire peur ?

# 40

Début février, l'appartement que louait Alice avait trouvé ses nouveaux propriétaires : de jeunes fiancés dont ce serait le premier logement. Délivrés de leur dernière possession française, Mitza et Pierre avaient remercié leur amie d'avoir veillé sur la transaction. En avril, ce serait avec regret qu'elle quitterait ce lieu où elle avait réappris à vivre après son veuvage. Récemment, Louis lui était apparu en songe. Au retour d'une soirée arrosée avec Hervé, elle s'était endormie en oubliant d'éteindre sa lampe de chevet. Plongée dans un sommeil agité, elle s'était vue avec son époux sur une plage de sable blanc où jouaient des enfants. Pour une raison inconnue, elle était en colère et déchiquetait le collier de tiaré qu'elle portait autour du cou. Ce qui le faisait rire. Le klaxon d'une voiture l'empêcha de savoir pourquoi elle était si énervée. La bouche sèche, elle éteignit l'électricité et ouvrit les volets. Pour atténuer l'étrange impression qu'avait provoquée le rêve, Alice alluma la TSF où l'évolution de la guerre civile en Espagne occupait les commentaires. Avec la chute de Tarragone, celle de Barcelone, l'occupation de la Catalogne par les troupes franquistes, le nombre impressionnant de réfugiés pénétrant en France, tout laissait supposer que les républicains avaient perdu la bataille. Chaque journée apportait son lot de mauvaises nouvelles. Jusqu'à alarmer Nancy qui, se rappelant son existence, l'encourageait à la rejoindre. Son entourage lui avait-il ouvert les yeux sur les risques que courait sa fille dans une Europe au bord du gouffre ?

Elle rentrait du cinéma quand la sonnerie du téléphone la fit sursauter. Après une série de grésillements, on lui passa un appel en provenance de Vienne.

— Alice…

— Oui.

— J'ai des amis qui vont passer par Paris. Pourrais-tu leur faire visiter la ville ? T'en occuper…

La proposition l'étonna. Ce n'était pas le genre de Maximilian de lui réclamer un service. Encore moins à cette heure tardive.

— Ils ne connaissent personne, insista-t-il.

Soudain, elle comprit !

— Je pourrai leur consacrer un peu de temps. Quand arrivent-ils ?

— Après-demain.

— Donne-leur mon adresse.

— C'est très gentil de ta part.

Après un court silence, Maximilian ajouta :

— Merci.

Pendant trente-six heures, Alice se posa des questions. Qui allait se manifester ? A la date annoncée, on sonna à la porte.

Une jeune femme se tenait sur le palier. Dans un anglais médiocre, elle expliqua qu'elle sortait du train.

— Entrez, proposa Alice.

Deux enfants l'accompagnaient. Un garçon et une fille. Chacun tenait une petite valise. Elle les fit asseoir dans le salon. Puis leur proposa du thé et de la grenadine qu'elle rapporta de la cuisine avec des biscuits de Reims. La visiteuse lui avait seulement dit qu'elle s'appelait Talia Alpern. Et que son époux était un ami de monsieur Jager. Sans avoir enlevé leurs manteaux, le garçon et la fillette s'étaient assis près de la cheminée.

— Mettez-vous à l'aise, leur dit Alice en leur tendant des plaids et un jeu de petits chevaux.

Ces propos furent traduits en allemand par leur mère qui les encouragea à commencer une partie.

— Quel âge ont-ils ? se renseigna Alice.

— Alexandre a neuf ans. Maya... sept.

Dès qu'ils semblèrent tranquillisés, Talia avança :

— Est-ce que monsieur Jager a pu vous expliquer notre situation ?

— Non. Il se méfie du téléphone.

— Mon mari Mikhaël l'a connu à la chorale de leur quartier. Ils avaient dix ans. Quand les exactions contre notre communauté ont commencé à Vienne, il ne nous a jamais tourné le dos. Mikhaël travaillait dans l'horlogerie de son oncle. Il y a quelques jours, les nazis sont venus. Ils les ont arrêtés et emmenés avec deux employés. Depuis, je n'ai pas réussi à savoir où ils se trouvaient. Je suis allée frapper chez monsieur Jager. Il m'a assuré que je ne devais pas rester à Vienne. Ni en Autriche.

Talia tentait de retenir ses larmes tandis qu'elle parlait. Plusieurs fois, Alice l'aida à terminer ses phrases en anglais.

— Je ne voulais pas partir. Mais il a insisté en disant qu'il ne fallait pas mettre mes enfants en danger. J'ai rassemblé mes bijoux, pris des vêtements… Puis nous l'avons retrouvé. Il nous a fait monter dans son auto. Et on a roulé vers la frontière suisse. Les petits dormaient à l'arrière. A Zurich, il a acheté nos billets de train… Puis il m'a donné de l'argent et votre adresse. J'avais tellement peur de vous importuner…

— Vous ne m'importunez pas. Est-ce que je suis la seule personne que vous connaissez en France ?

Talia hocha la tête.

— Pour aujourd'hui et demain, vous allez rester ici. Ensuite… il faudra réfléchir. La meilleure solution serait que vous vous installiez en Bretagne.

Dans ma maison. On en reparlera quand vous vous serez reposée.

Alice avait prévenu Soizic qu'elle arrivait avec des amis étrangers. En les saluant, la gardienne comprit qu'il s'agissait de réfugiés. A la radio, dans les journaux, on parlait de ces pauvres gens qui fuyaient les pogroms ou l'Espagne. La maman et ses enfants s'exprimaient en allemand. Comme monsieur Jager. Etait-ce lui qui les avait envoyés ? Ils montèrent leur peu de bagages au dernier étage, où se situeraient leurs chambres.

Pendant qu'ils s'installaient, Alice rejoignit Soizic dans l'office. Sans lui détailler la situation, elle annonça que cette famille allait probablement rester plusieurs semaines.

— Comme vous l'avez constaté, madame Alpern ne parle pas français. Vous allez devoir vous comprendre avec des gestes.

— On y arrivera...

Sous la protection de la gardienne, Talia n'aurait pas à se soucier du quotidien. Resteraient l'inquiétude, la solitude, le regret d'un passé volé.

Avant de se coucher, la jeune femme répéta combien elle craignait pour son époux.

— Il n'a rien fait de mal. Et on l'a emmené comme s'il s'agissait d'un criminel.

Dans sa bouche, Alice entendit des horreurs similaires à celles que Maximilian lui avait racontées.

— Mikhaël ne voulait pas m'écouter quand je lui demandais de partir. Il répétait qu'il avait toujours été loyal envers son pays ! Hélas, j'avais raison… Et au lieu d'être tous les quatre en sécurité, on a dû l'abandonner.

A Paris, Alice trouva une nouvelle lettre d'intimidation. La troisième.

— Est-ce que Maximilian est au courant ? lui demanda Nicole.

— Je n'ai pas voulu l'alarmer. Et il ne pourrait rien y changer.

Elle sentit les larmes monter à ses yeux. Tout devenait trop difficile. Son amie s'en rendit compte.

— Nous avons une chambre et un cabinet de toilettes que nous n'utilisons pas au sixième étage. Quand tu auras quitté l'appartement, tu pourrais t'y installer.

— C'est très gentil, mais…

— Mais quoi ? Cette pièce ne sert à rien. Et nous nous tiendrons compagnie. Vladimir va de plus en plus souvent à Londres pour y développer sa marque. Les Anglais raffolent de ses bagages. A l'écouter, nous devrions y habiter !

— Tu n'es pas tentée ?

— Si je n'avais pas mon atelier de reliure… peut-être…

Les jours suivants, Alice prospecta parmi les fabricants de papiers peints, mais aucune offre ne correspondait à ce qu'elle cherchait. On lui promit de l'informer si quelque chose se présentait. En attendant, elle commença d'organiser son déménagement, vendit à des antiquaires ce qu'elle ne souhaitait pas conserver, projeta d'expédier le reste à Dinard. Une nouvelle page se tournait. La villa Margarita qui lui avait dispensé tant de plaisirs et de joies se transformait en retraite forcée... Preuve en était : Talia s'y morfondait en attendant des nouvelles de son mari. Les recherches effectuées par Maximilian l'avaient mené vers un camp où un grand nombre de Juifs étaient emprisonnés. Combien de temps Mikhaël s'y trouverait-il retenu ? Nul ne le savait !

Soizic lui donnait régulièrement des nouvelles de leurs protégés :

— Cette pauvre dame. C'est à peine si elle veut sortir ! En revanche, Alexandre et Maya commencent à se sentir mieux. Ils jouent avec mes petits-enfants. Et Rozen leur apprend le français.

# 41

A Grindelwald, Alice se sentit revivre. Sachant depuis longtemps qu'elle rêvait de montagnes et de neige, Maximilian lui avait donné rendez-vous au pied de l'Eiger et du Wetterhorn. Pendant plusieurs jours, ils respirèrent un air pur, chaussèrent leurs skis, se promenèrent en traîneau, se réchauffèrent avec du vin chaud. Entourés de sportifs ou d'amateurs de cimes infranchissables, ils retrouvèrent les parfums de liberté qui avaient accompagné leurs premières rencontres. Dans un paysage où se mêlaient douceur et âpreté, leurs regards se laissaient happer par une nature qui leur offrait ses parois rocheuses, des pics encapuchonnés de nuages et des ruisseaux figés dans la glace. Le soir, il leur arrivait de laisser la fenêtre de leur chambre ouverte. Blottis sous des couvertures et des édredons, ils appréciaient le silence de la vallée.

Jusqu'à l'avant-dernier jour, ils ignorèrent volontairement les actualités et ravalèrent leurs soucis.

Mais certains sujets ne pouvant être différés, la réalité refit surface.

— Le sort de Talia et de ses enfants me préoccupe, avoua Maximilian.

— A Dinard, ils sont en sécurité. Et ils pourront y rester autant qu'ils le souhaiteront.

— Tout ce que j'ai réussi à savoir sur Mikhaël est inquiétant.

— Elle ne pense qu'à regagner Vienne pour le retrouver.

— Tu dois l'en dissuader.

En entendant ces paroles, Alice songeait à cette jeune femme qui se désespérait dans un pays dont elle ne connaissait ni les gens ni la langue.

— Je ferai tout mon possible, promit-elle.

En ces temps troublés, le soutien d'Alice aidait Maximilian à ne pas trébucher. Depuis des mois, il dupait Magda, ses beaux-parents et certains proches en leur laissant croire qu'il partageait leur opinion. Endormir leur méfiance lui permettait d'agir sans éveiller de soupçons. Autour de lui, personne n'imaginait qu'il avait aidé Talia et d'autres personnes à fuir l'Autriche. Il devait se montrer d'autant plus prudent que son épouse, se portant mieux, était revenue à Vienne. Combien de temps saurait-il jouer la comédie ? Où cela le mènerait-il ? Alice restait sa seule éclaircie dans un avenir opaque.

Début avril, Alice termina de ranger ses affaires personnelles dans des malles. Puis elle accueillit les déménageurs qui commencèrent de descendre des meubles dans leur camion. A mesure que se vidait l'appartement, elle avait l'impression qu'on la dépouillait de ses souvenirs avec Maximilian. Pour échapper à la nostalgie, elle sortit faire un tour. Depuis sept ans, elle s'était attachée à la place de la Madeleine, aux bouquetières, au chasseur de chez Lucas Carton, au catastrophisme du marchand de journaux qui prévoyait une fin du monde imminente. Dès ce soir, elle aurait intégré la chambre que Nicole mettait à sa disposition. Après avoir bu un thé et mangé une pâtisserie, elle revint sur ses pas. Une bruine commença à tomber. Accélérant l'allure, elle arriva sous le porche où deux transporteurs venaient de descendre un secrétaire dont ils avaient enlevé les tiroirs.

— Pendant votre absence, quelqu'un nous a posé des questions, lui dit l'un d'entre eux.

— Sur quel sujet ?

— La personne voulait savoir où nous emmenions vos affaires On a refusé de répondre.

— Il s'agissait d'un homme ou d'une femme ?

— D'un homme.

Etonnée, Alice cherchait qui pouvait s'intéresser à ses agissements.

— Vous pourriez le décrire ?

— Un monsieur d'une cinquantaine d'années. Taille moyenne. Plutôt froid. J'ai pensé que c'était un huissier...

— Vous n'avez rien remarqué de particulier ?

— Si... Il avait un tic nerveux ! En même temps que clignait sa paupière, son nez se plissait.

Alice sursauta.

— Vous en êtes certain ?

— Certain !

Ainsi, Gilbert la surveillait ! Comme elle s'était montrée naïve de penser qu'il l'avait oubliée. Au fil des années, sa rancune et sa détestation ne s'étaient pas édulcorées... Et la découvrir au bras de Maximilian à la gare de l'Est les avait attisées. Sans doute s'était-il hâté de savoir qui était l'inconnu avec lequel elle s'affichait. Le croire allemand l'avait incité à envoyer des lettres anonymes ! Apprendre qu'il en était l'auteur lui enlevait un poids. Son ennemi avait une identité !

— Le cousin de Louis ne m'a jamais pardonné d'avoir dissous l'entreprise. Dès qu'il le pourra, il tentera de me nuire, confia-t-elle à Nicole.

— Que pourrait-il faire ? Maximilian ne vient plus en France.

— J'héberge Talia Alpern et ses enfants. Ce sont des Autrichiens.

— Ce sont, avant tout, des Juifs molestés par les nazis. Qui pourrait te reprocher de les secourir ?

Nicole avait sans doute raison. Epuisée par la journée, Alice sentit ses paupières s'alourdir. En début de soirée, elle avait refermé la porte de l'appartement pour la dernière fois et salué la concierge. Puis elle était venue chercher du réconfort chez son amie...

On fêtait le muguet quand Alice prit le chemin de Dinard. Autant Alexandre et Maya avaient bonne mine, autant Talia semblait l'ombre d'elle-même.

— Monsieur Jager n'a pas obtenu de nouveaux renseignements. Rien ne filtre du camp où votre mari a été enfermé, fut-elle obligée de lui annoncer.

— Je commence à imaginer le pire…

Alice sentit sa gorge se serrer. Comment vivre quand on ignorait tout de l'homme que l'on aimait ? Quand les communications étaient interdites ? Elle savait que, dans une situation similaire, elle-même perdrait pied. La distance qui la séparait de Maximilian et leurs trop longues séparations lui étant de plus en plus difficiles à supporter, elle aurait été anéantie si elle n'avait pu lire ses courriers ou entendre sa voix au téléphone. Etouffant son propre tourment, elle se concentra sur l'aide qu'elle pourrait apporter à Talia, chercha à la sortir de la villa, lui tint compagnie, se préoccupa des enfants, continua de leur enseigner le français…

— Ils savent pas mal de choses, dit-elle à Soizic.

— Rozen leur donne des leçons deux fois par semaine. Ils ont aussi progressé en jouant avec mes petits-enfants.

Peu à peu, Talia se laissa prendre par le simple plaisir de parcourir la plage et la satisfaction de constater qu'Alexandre et Maya vivaient une existence normale. Lorsqu'elle avait proposé à Alice de régler leur nourriture et de participer à certains frais en vendant ses bijoux, celle-ci s'était récriée... Ils étaient ses invités.

Invités ! C'était le terme que l'expéditeur de la lettre anonyme avait employé. Gilbert s'était évidemment renseigné sur ce qui se passait villa Margarita. Sans doute imaginait-il qu'elle hébergeait des proches de son « amant allemand ». En temps normal, elle aurait déposé plainte contre ce nouveau courrier à la gendarmerie... Mais elle ne souhaitait pas attirer l'attention sur la famille Alpern. Alors qu'elle réfléchissait quant à la conduite à adopter, un imprévu apporta la solution. Après avoir quitté Linz, des cousins de Talia venaient de s'installer à Angoulême et lui proposaient de les rejoindre.

— Je ne voudrais pas paraître ingrate après ce que vous avez fait pour nous. Mais...

— Je comprends que vous vouliez retrouver votre famille, la rassura Alice.

Pour simplifier leur voyage, elle les accompagna en auto jusqu'à leur nouveau domicile. Les petits ne cachèrent pas leur tristesse de quitter Soizic et Rozen. Dans leurs sacs, elles avaient placé des sucreries qu'ils grignotèrent durant le trajet. Talia parla peu. Sans doute était-elle perturbée par ce nouveau déménagement et appréhendait-elle ce que ses proches pourraient lui apprendre. Deux kilomètres avant d'atteindre leur destination, Alice s'engagea dans une route qui menait vers un hameau. Ses notes à la main, Talia la guida vers une maison basse dont le portail était ouvert. Avertie par le bruit du moteur, une femme sortit dans la cour.

— Vous êtes madame Alpern ?

— Oui, répondit Talia. Et voici madame Favier.

— Garez-vous à droite. Sous l'arbre...

— Mes cousins ne sont pas là ?

— Ils sont allés en ville. Et vont revenir dans pas longtemps.

Après une nuit à l'hôtel, Alice reprit le chemin de Dinard. Les cousins de Talia les avaient rapidement rejoints et elle avait pu constater combien le visage de sa protégée s'était éclairé en les voyant. Pour les laisser à leurs retrouvailles, elle était repartie avec la promesse qu'ils enverraient de leurs nouvelles. En roulant, elle revit la dernière image d'Alexandre et Maya lui envoyant des baisers.

Alors qu'elle se rendait à Dinan pour y faire des courses, Alice s'arrêta devant la fabrique, qui venait d'être revendue à une société dont elle connaissait les papiers peints peu onéreux, mais d'une affligeante banalité. En attendant la venue du prochain propriétaire, les machines étaient à l'arrêt. Une nouvelle page se tournait et elle se sentait perdue face à ce qui se délitait. Jusqu'à sa relation avec Henri et Geneviève, qui se repliaient sur leurs soucis et leur insatisfaction de voir s'étioler la société qu'ils avaient fréquentée. Ce qui agaçait Hervé et lui ôtait tout désir de séjourner chez eux. En attendant la venue de Nicole et de ses enfants, Alice tentait de s'occuper, mais les livres lui tombaient des mains. Pour rompre le silence, elle allumait la TSF qui, quotidiennement, diffusait de mauvaises nouvelles. Début juillet, l'éclaircie qu'elle attendait se profila. Maximilian l'invitait au bord du lac Léman !

# 42

Allongée dans une chaise longue, Alice regardait des enfants jouer à saute-mouton. Le long du rivage, des canards s'ébattaient sous l'œil dédaigneux de cygnes. En provenance de Montreux, un bateau à aubes s'approchait. On discernait les passagers sur le pont. Elle leva la tête. Pas un nuage ne se profilait au-dessus des montagnes. A l'aide d'une paille, elle but le reste de son orangeade. Au milieu d'un paysage aussi parfait, on ne pouvait que balayer ses soucis. Ce qu'elle faisait depuis son arrivée à Vevey où Maximilian l'avait accueillie.

Il revenait de l'embarcadère où il était allé consulter des horaires et elle ne se lassait pas de le regarder, d'être sensible à sa silhouette, son élégance teintée de nonchalance. Lorsqu'il s'installa à ses côtés, elle posa sa main sur la sienne avec la sensation qu'ils faisaient tous les deux partie d'un paysage sur lequel les siècles avaient glissé en patins de velours.

Alors qu'ils se rapprochaient du Lavaux, Alice vit se dessiner les terrasses qui, à flanc de coteaux, s'étageaient depuis le lac. Toutes étaient couvertes de vignes.

— Nous arrivons dans l'un de mes lieux préférés, annonça Maximilian.

Conduisant la voiture avec lenteur, il profitait d'un spectacle qui lui dispensait un bonheur profond. Nulle part ailleurs il n'avait trouvé autant d'harmonie.

— La première fois que je suis venu, j'ai cru pénétrer au paradis.

Bientôt, ils circulèrent entre les cépages qui s'étendaient à perte de vue. En suivant la route, la voiture grimpa vers un premier hameau qu'ils traversèrent sans croiser quiconque. Plus ils montaient, plus le lac grandissait. A l'horizon, les Alpes offraient des cimes encapuchonnées de neiges éternelles. Dans le ciel tournoyaient des oiseaux de proie.

— Imagine les vendanges, disait Maximilian. Des journaliers sur ces pentes abruptes… Leurs hottes se remplissant peu à peu. Des chants pour se donner du courage. La fatigue…

En l'écoutant, elle comprit qu'à défaut de pouvoir l'accueillir dans son propre domaine, il l'initiait au monde qui lui était familier. Comme s'il voulait qu'elle en connût le pouvoir de fascination. Ils poursuivirent leur chemin jusqu'au village de

Chexbres, ses maisons trapues, ses cours fleuries, et s'arrêtèrent devant un porche.

Un homme sortit d'un appentis et vint à leur rencontre.

— Monsieur Jager ! Content de vous voir.

— Je vous présente madame Favier, qui découvre votre terroir.

— Il est peu étendu. Mais nous en sommes fiers ! Entrez…

— Quelle vue ! s'extasia Alice en s'approchant du parapet où sommeillait un chat tigré.

Une bouteille fut bientôt débouchée et trois verres remplis de vin blanc. En écoutant les deux hommes discuter de leur métier, elle profitait de la brise et contemplait les voiliers qui, en contrebas, ressemblaient à des jouets. Au bout d'une vingtaine de minutes, ils se levèrent pour parcourir à pied le vignoble. Guidés par un chien, ils longèrent des murets de pierres sèches, empruntèrent de petits escaliers. Durant la marche, elle apprit que les vignes avaient été plantées au Moyen Age par des moines cisterciens, qu'elles étaient taillées au printemps. A plusieurs reprises, Maximilian s'arrêta pour examiner la répartition des grappes sur les ceps. Dans quelques jours, l'éclaircissage débuterait. Des journaliers ôteraient le surplus qui pourrait nuire à la maturation générale.

Peu pressés de regagner Vevey, ils poursuivirent leur flânerie jusqu'au port de Lutry où des pêcheurs déchargeaient leurs filets. Le long du quai, des maisons offraient leurs balcons aux rayons d'un soleil déclinant. Par les portes ouvertes des caveaux, ils entendirent les conversations animées des vignerons qui, chaque soir, se réunissaient. Alice se laissait envahir par l'élan vital qu'impulsait le lieu. A l'ouest, le ciel commençait à rosir. Elle s'arrêta pour regarder le rivage français. Son pays était à la fois si proche en kilomètres et si lointain dans ses pensées !

Au retour, ils passèrent par Granvaux puis, en pleine nature, trouvèrent une guinguette dont la terrasse était recouverte d'une treille. En s'asseyant à une table, ils eurent l'impression de s'installer sur un tapis volant tant ce belvédère semblait suspendu entre ciel et terre. Avec la tombée du jour, le lac devenait moins fréquenté. Ils commandèrent des filets de perche et une bouteille de saint-symphorien. Le voisinage des vignes régénérait Maximilian. Même s'il n'oubliait pas leur fragilité. En quelques minutes, orages et grêlons pouvaient anéantir de belles promesses. Etait-ce l'omniprésence de ce danger qui aiguisait son attachement à l'univers auquel il se consacrait ? Ces derniers temps il s'était demandé s'il pourrait s'engager sans trop de déchirement dans une nouvelle profession. S'il saurait vivre loin du domaine et des chais. Pour lui, le vin s'apparentait au plaisir, mais aussi à la mythologie, aux rites et à la poésie. S'il n'avait pas été respectueux du travail de ses ancêtres, il aurait probablement tenté sa chance ailleurs, acquis des arpents de vignes auxquels il aurait dévolu son savoir-faire. Dans ses rêves les plus fous, il s'était vu vendanger avec Alice des grappes tiédies par le soleil avant de les déguster dans la demeure qu'ils partageaient.

— Si j'avais été libre, tu aurais été ma femme. Celle qui m'était destinée. Celle que je n'aurais jamais quittée. Pourquoi le destin nous a-t-il éprouvés en nous faisant nous rencontrer trop tard ?

— Si tu me voyais quotidiennement, tu finirais par découvrir mes défauts.

— Tu n'en as pas ! Ou si peu.

De loin leur parvinrent le roulement d'une charrette et des échos de voix. Sur la rive opposée, Evian commençait à s'éclairer.

Il se pencha vers elle.

— Tu es tout pour moi. Et je suis incapable de te rendre heureuse.

— Ne le suis-je pas en ce moment ?

Elle n'ajouta pas qu'elle aurait pu mourir sans regret auprès de lui. Il lui avait tant apporté ! Les rendez-vous qui lui donnaient la fièvre, les nuits passionnées, l'ouverture au monde !

— Serions-nous aussi tranquilles si nous ne devions pas nous cacher ? avança-t-elle.

— Ce n'est pas un argument !

Approchant sa chaise, il chuchota à son oreille :

— Je ne supporte pas de te savoir loin… Et je suis jaloux de tous ceux qui ont la chance de te côtoyer.

D'un geste apaisant, elle lui caressa la joue.

— Profitons de cette soirée ! Tout est réuni pour qu'elle soit magique. Regarde...

Deux bateaux de croisière illuminés faisaient retentir leurs sirènes avant de se croiser. A l'intérieur ou sur les ponts, les passagers devaient discuter, boire et s'amuser sans se soucier des lendemains.

Jusqu'à la fin du séjour, ils profitèrent des plaisirs qui leur étaient dispensés. On les vit danser dans un night-club de Montreux, entrer dans un cinéma, jouer au golf et au tennis. La veille de leur retour, Maximilian loua un voilier pour la journée.

Alors qu'ils avaient jeté l'ancre, il se fit violence pour aborder le sujet qui le tourmentait.

— De graves événements pourraient nous séparer... et nous interdire de communiquer.

— Tu me l'as déjà dit.

— Pas avec autant de crainte.

— L'année dernière, nous avons failli entrer en guerre. Et les choses se sont calmées.

— Si Hitler envahit la Pologne... ce sera un brasier. Et tout indique qu'il va le faire.

— Pourquoi en parler maintenant ?

— Parce qu'il le faut ! Imagine que je sois obligé de combattre ton peuple !

En se radoucissant, il poursuivit :

— Plusieurs fois, quand nous nous sommes quittés, j'ai tremblé de ne plus te revoir. Mais je n'ai pas voulu t'inquiéter.

La nuit suivante, Alice demeura éveillée. Jusqu'à sa mise au point, Maximilian s'était évertué à ce que rien n'altérât leurs vacances… comme s'il redoutait qu'elles fussent les dernières. Un étau comprimait son cœur, l'empêchant presque de respirer. Elle se rapprocha de lui, chercha sa chaleur. Dans un demi-sommeil, il posa sa tête contre son épaule. Elle écouta son souffle. Il lui semblait impensable qu'ils ne puissent plus partager les nuits à venir. Rien ni personne ne parviendrait à les arracher l'un à l'autre ! Elle sentit sa main se poser sur son ventre, sa caresse devenir plus exigeante. Avec une colère teintée de désespoir, ils se nouèrent l'un à l'autre… Chaque baiser, chaque étreinte revêtant une intensité particulière comme s'il leur fallait en conserver la trace.

— Promets-moi que tu ne te mettras jamais en danger à cause de moi, demanda Maximilian avant qu'ils ne quittent l'hôtel.

Alors qu'elle restait silencieuse, il insista :

— Si tu tiens à moi autant que tu le dis… jure-le.

Elle hocha la tête :

— Je voudrais tellement que tu te trompes !

En frappant à la porte de la chambre, le groom les interrompit. Il venait chercher les bagages.

Jusqu'à la gare, ils croisèrent des vacanciers qui rejoignaient les embarcadères ou les plages aménagées. Maximilian conduisait avec calme. L'atmosphère était légère, insouciante ! Elle aurait tant voulu que le temps s'arrêtât... Que tout se figeât. Alors qu'il se garait, elle tenta de se persuader qu'il lui donnerait bientôt rendez-vous à Lucerne ou ailleurs ! C'était sa seule façon de ne pas éclater en sanglots. Confiant les valises à un porteur qui les mènerait jusqu'au compartiment, Maximilian se dirigea vers le kiosque pour lui acheter ses magazines préférés. Arrivés sur le quai, il la guida au milieu des voyageurs. Alice avait l'impression de marcher comme un automate. Parvenus à son wagon, il oublia son habituelle pudeur. Prenant son visage entre ses mains, il le contempla comme s'il voulait en mémoriser chaque détail. Elle eut le temps de voir qu'il avait les larmes aux yeux... avant que le chef de gare ne lui enjoignît de gagner son compartiment.

# 43

Le 30 juillet, la crise ouverte entre la Pologne et l'Allemagne pour le « corridor » de Dantzig occupa le devant de la scène internationale. Le Reich étalait avec clarté ses visées ! Le 17 août, le gouvernement polonais bloqua le trafic frontalier entre les deux pays. Mais le coup de tonnerre vint du pacte de non-agression germano-soviétique que signèrent, le 23 août, Ribbentrop et Molotov. Ce qui mettait à mal la politique franco-anglaise qui, pour mieux isoler l'Allemagne, avait privilégié ses relations avec les Russes. Immédiatement le gouvernement français décida le rappel d'un contingent supplémentaire de réservistes. Les journaux *L'Humanité* et *Ce soir* furent saisis.

— Il était temps ! tonna Henri qui vouait les communistes aux gémonies.

En l'entendant, Geneviève leva les yeux au ciel. Devait-on préférer la peste au choléra ? Elle qui avait soigné tant de blessés durant la dernière guerre ne pouvait envisager que, vingt ans plus tard, on se préparât à reprendre les armes. En songeant à Hervé qui ferait partie des appelés, elle croyait étouffer.

Comme elle, d'autres mères souffraient. Avaient-elles élevé leurs fils pour que la patrie les leur enlevât ? Soizic savait que Mahé rejoindrait les premiers contingents de marine qui se battraient contre l'ennemi historique. Alice l'avait surprise en train de pleurer dans l'office. Elle-même n'allait pas mieux. En essayant d'affermir sa voix, elle lui prodigua des mots de sympathie. Puis elle s'interrogea sur l'opinion de sa gardienne qui connaissait sa relation avec un Autrichien. Lui en voulait-elle ?

Les dernières nouvelles avaient anéanti Alice. Combien de temps les courriers de Maximilian lui parviendraient-ils ? Allaient-ils être définitivement coupés l'un de l'autre ? Un soir, alors qu'elle se préparait à se coucher, la sonnerie du téléphone la fit redescendre. Il y eut des chuintements, des voix d'opératrices qui se superposaient, un silence. Puis elle entendit celle de Maximilian...

— Alice...

— Tu as réussi à m'appeler !

— J'essaie depuis ce matin.

— Où es-tu ?

— A Vienne...

Un long craquement l'obligea à se hâter.

— Alice... Nous risquons d'être interrompus d'une seconde à l'autre. N'oublie pas la promesse que tu m'as faite. Si les choses s'aggravent... Il faudra te mettre à l'abri… Ces gens sont capables du pire.

— Mais toi ?

Il y eut de nouveaux grésillements. Les paroles de Maximilian devinrent hachées.

— Allô, répétait Alice. Allô…

— Je suis là…

— Je t'aime. Ce qui se passe n'y changera rien. Je t'aime plus que tout.

La coupure l'empêcha de poursuivre. Après avoir raccroché, elle se laissa tomber dans un fauteuil. Un mur s'édifiait entre elle et celui qu'elle ne considérerait jamais comme un ennemi. Certes, il aurait pu fuir… Et elle l'aurait suivi où il l'aurait décidé. Mais sa désertion aurait mis sa famille en péril… Et elle-même n'aurait pas accepté qu'il abandonnât ses enfants. Ainsi, les dés étaient jetés et la chance leur faisait faux bond. Son désespoir était si profond qu'aucune larme ne franchissait ses paupières.

Le 1er septembre, les troupes allemandes fondirent sur la Pologne. Ce que ne tolérèrent ni l'Angleterre ni la France. En apprenant la nouvelle, Soizic se décomposa. On était arrivé au point de non-retour ! Avec Alice, elle écouta les discours belliqueux que retransmettait la TSF. Le lendemain, la mobilisation générale fut déclarée et le son du tocsin résonna dans Dinard. Après avoir parlé au téléphone avec Hervé qui devait rejoindre la caserne à laquelle il était affecté, Geneviève s'écroula dans les bras de son époux. Le 3 septembre, des affiches rappelant les armées de l'air, de terre et de mer furent placardées dans toutes les rues. Avant de partir, Mahé confia sa femme et leurs enfants à ses parents. Chacun essayait de croire qu'il s'agirait d'une guerre éclair.

Alice reçut un bref appel téléphonique de New York. Mitza la suppliait d'embarquer à bord d'un paquebot.

— Nous t'accueillerons à la maison.

— C'est très gentil... Mais je préfère attendre.

— Attendre quoi ? Que la France soit envahie ?

— Cela n'arrivera pas !

— Ouvre les yeux !

— Mitza... Je te promets de réfléchir.

Depuis le déchaînement des hostilités, Alice s'interrogeait sur le sort de Maximilian. Avait-il été mobilisé dans les troupes de la Wehrmacht ? Ou pas encore ? Tant de questions se bousculaient dans sa tête ! Pour trouver le calme, elle s'enfermait dans son atelier où elle n'avait plus travaillé depuis des mois. Assise sur un tabouret, elle regardait d'anciens projets de papiers peints, mais aussi ses toiles qui représentaient des mondes engloutis. Avait-elle eu la prescience de ce qu'il lui faudrait affronter ?

Une timide éclaircie se profila, lorsque Nicole arriva de la capitale avec les enfants.

— Merci de nous recevoir. Vladimir ne voulait pas que Natacha et Volodia restent à Paris.

Leur présence obligea Alice à se reprendre. La vie continuait et elle ne faisait pas partie des plus à plaindre ! A l'inverse des années précédentes, toutes traces de vacances avaient disparu dans Dinard. Devant les magasins où personne n'avait le cœur d'acheter quoi que ce fût, on se rassemblait pour évoquer le départ des hommes. Dès qu'elle rentrait à la villa, le soulagement l'envahissait. Comme si les murs du jardin allaient la protéger. Ils n'empêchèrent pourtant pas l'arrivée d'un courrier menaçant. Après des mois de silence, Gilbert refaisait surface. Profitant de la situation, la lettre « anonyme » laissait entendre qu'Alice entretenait d'excellentes relations avec l'ennemi. Non seulement elle fréquentait un Allemand mais elle avait hébergé une famille germanique, l'hiver précédent. Ce qui méritait d'être connu. Ebranlée, elle en parla à Nicole.

— Tu sais où il habite ?

— Sans doute... au même endroit.

— Si tu lui laisses carte blanche... Vladimir pourrait résoudre le problème.

— Vladimir ?

— Il a quelques fréquentations qui pourraient lui faire peur.

Alice fixa Nicole comme si elle lui avait parlé en javanais.

— Pendant son exil, il a connu des types qui ne vivent pas tout à fait comme nous. Et pourraient s'occuper de Gilbert.

— Imagine qu'il se venge…

— Il n'osera plus le faire !

Sur la ligne de front, rien ne bougeait. Geneviève envoyait des paquets à Hervé qui, avec sa compagnie, stationnait dans le Nord. Durant l'hiver, tout le monde se demanda combien de temps les armées s'observeraient sans combattre. Il faisait froid et Yann partait ramasser du bois pour alimenter les cheminées de la villa. Grâce aux conserves de Soizic, personne n'eut faim. Comme d'autres, Alice se demandait sur quoi déboucherait cette attente qui vrillait les nerfs de chacun. Seule éclaircie dans ses journées : les cours de dessin qu'elle donnait à Natacha et Volodia. Ainsi qu'aux petits-enfants de Soizic qui venaient jouer avec eux. Les sbires de Vladimir s'étant occupés de Gilbert, elle ne reçut plus rien de son tourmenteur. Quelle punition lui avaient-ils promise ? Elle l'ignorait… Mais leur intimidation avait porté ses fruits. Teintées de tristesse et de morosité, les journées se ressemblaient. Dès qu'elle s'éveillait, elle se demandait où se trouvait Maximilian, ce qu'il endurait. Si seulement un événement pouvait arrêter les hostilités ! Comme d'autres, elle allait à l'église pour y faire brûler des cierges en espérant un miracle.

Ce qui se produisit au printemps lui ôta son peu d'illusions. Le 9 avril, les Allemands entrèrent au Danemark et en Norvège. Piétinant la neutralité des Pays-Bas, de la Belgique et du Luxembourg, Hitler s'occupa de ces trois pays… En France, tout bascula avec la percée des blindés du général Guderian à Sedan. Le 19 mai, Amiens fut bombardée par les avions de la Luftwaffe. La ville fut prise, ainsi qu'Arras. On vit déferler sur les routes des milliers de gens qui fuyaient leurs habitations détruites ou menacées. Sans bagage, à vélo, à pied, en charrette, mourant de faim et d'épuisement, ils tentaient de trouver un refuge. Alice en accueillit villa Margarita, chercha des lieux de fortune pour d'autres. A Dinard, la solidarité s'installa. L'hôtel Gallic fut transformé en hôpital où elle prodigua des soins aux soldats blessés et rapatriés. Ainsi qu'aux civils tombés malades durant l'exode. Pour tous, elle eut des gestes et des paroles réconfortantes. Une prouesse, alors qu'elle-même était en miettes ! Comment vivre avec l'idée que son amant faisait partie des envahisseurs ? Qu'il pouvait mourir dans une bataille et qu'elle ne le reverrait jamais ? Pour éviter de réfléchir, elle se dédiait aux autres. Aidée de Nicole, Soizic et Rozen, elle distribua ce qu'elle pouvait fournir de nourriture, récupéra de l'eau de pluie dans des citernes, dénicha du lait pour des bébés, prépara de la charpie pour les pansements. La fatigue l'aidait à s'endormir.

A la fin du mois, l'enfer se propagea. Regroupées sur les plages de Dunkerque, les forces françaises, belges et anglaises attendaient d'être évacuées vers le Royaume-Uni, sous un déluge de feu. Au même moment, les environs de Paris étaient bombardés !

Folle d'inquiétude, Nicole se demandait si Vladimir avait quitté la capitale pour la rejoindre.

— A force de ne pas vouloir fermer son entreprise, il va se retrouver piégé !

Inlassablement, la TSF diffusait son lot de mauvaises nouvelles. Regroupés sur la Somme, les soldats français ne parvenaient plus à tenir la ligne de front qui, le 7 juin, céda sous l'attaque des panzers. En cinq jours, la capitale se vida de ses habitants. Cette fois-ci, Vladimir prit la décision de se mettre à l'abri. A vélo, il parcourut la distance qui le séparait de Dinard où il arriva une semaine plus tard. Ce fut un jeune réfugié qui l'entendit tambouriner à la porte, alors que tout le monde dormait.

En haut des escaliers, dans un renfoncement du corridor, il constata que des gens étaient assoupis sur des matelas. Un spectacle auquel il s'était habitué durant un trajet qui l'avait fait s'arrêter chez des habitants plus ou moins désintéressés. Pour ne pas affoler Nicole, il frappa. Puis entra.

— N'aie pas peur... C'est moi, murmura-t-il en s'approchant du lit.

Après avoir allumé une lampe de chevet, sa femme le regarda comme s'il était un fantôme.

— C'est bien moi, répéta-t-il en s'approchant.

Le lendemain matin, Vladimir fit à Alice une description apocalyptique de ce qu'il avait vécu : les routes bombardées par l'aviation allemande, les gens qui se jetaient dans les fossés, les vieilles personnes que l'on poussait dans des brouettes, des fillettes se hissant sur les épaules d'hommes valides… Et partout, le désarroi, la peur d'être rattrapés par l'ennemi, de perdre ses proches, ou celle de mourir ! A plusieurs reprises, il avait aidé des inconnus. Au début, son accent faisait peur. Un Russe ! Peu à peu, la méfiance s'estompait.

En apprenant son arrivée, Geneviève était accourue. Ignorant où se trouvait Hervé, elle se faisait un sang d'encre. Etait-il bien portant, blessé, prisonnier ? Une attitude que partageait Soizic ! Où se trouvait Mahé ? Sur quel navire ? Pour ne pas les affoler davantage, Vladimir édulcora son récit.

Le 14 juin, les Allemands entrèrent dans Paris, déclaré ville ouverte. Les drapeaux tricolores des édifices publics furent remplacés par ceux qui déployaient la croix gammée. Les troupes de la Wehrmacht défilèrent au pas de l'oie sur les Champs-Elysées. Le gouvernement français s'installa à Bordeaux. Depuis les ports bretons, des troupes britanniques continuèrent d'être évacuées par leurs compatriotes vers l'Angleterre. Le 16 juin, le maréchal Pétain devint président du Conseil. Au même moment, le système fortifié de la ligne Maginot céda. Effarée par l'ampleur du désastre, la population française s'agglutina le lendemain devant les postes de TSF pour écouter le discours du vieux militaire.

A la villa, les réfugiés, Soizic et Rozen s'installèrent dans le salon autour d'Alice et de Nicole. Vladimir resta debout dans l'embrasure d'une fenêtre. Bientôt, résonna la voix affaiblie de celui qui tenait entre ses mains le sort de la France. Après avoir loué l'héroïsme des soldats, fait don de sa personne au pays, il déclara :

« C'est le cœur serré que je vous dis aujourd'hui qu'il faut cesser le combat. Je me suis adressé, cette nuit, à l'adversaire pour lui demander s'il est prêt à rechercher avec nous, entre soldats, après la lutte et dans l'honneur, les moyens de mettre un terme aux hostilités. »

Un frisson parcourut Soizic. Ainsi, on capitulait ! Toutes les personnes réunies dans la pièce partagèrent sa honte. En dépit des sacrifices, de la peur du lendemain, des séparations et des pertes, de telles paroles étaient inacceptables. Après avoir gagné la guerre précédente, on ne pouvait s'incliner de la sorte.

L'arrivée des Allemands à Dinard conforta cette opinion. Sur des motos, à bord de camions tractant des remorques et des canons, ils investirent les différents quartiers de la ville. On les vit arpenter la Vicomté dans leurs uniformes détestés. A l'aide de jumelles, certains d'entre eux regardaient le panorama. D'autres photographiaient les villas qui, en dépit des beaux jours, semblaient vides d'habitants. Leurs éclats de voix et le bruit de leurs bottes résonnaient dans les rues dont ils investirent les magasins. En découvrant leur présence, Alice comprit combien Maximilian avait vu juste. L'occupant était là... Omniprésent, menaçant...

## 44

Le 22 juin, la convention d'armistice signée à Compiègne dans le wagon de Rethondes divisa la France en deux zones. Le Nord et la façade atlantique étaient occupés. Le Sud restait libre. Les troupes allaient être démobilisées. Quatre jours auparavant, un homme s'était élevé contre cette capitulation. De Londres, Charles de Gaulle avait lu son discours sur les antennes de la BBC. A l'inverse du gouvernement, il demandait de poursuivre le combat : « ... Cette guerre n'est pas limitée au territoire malheureux de notre pays. Cette guerre n'est pas tranchée par la bataille de France. Cette guerre est une guerre mondiale. Toutes les fautes, tous les retards, toutes les souffrances n'empêchent pas qu'il y a dans l'univers tous les moyens nécessaires pour écraser un jour nos ennemis. Foudroyés aujourd'hui par la force mécanique, nous pourrons vaincre dans l'avenir par une force mécanique supérieure. Le destin du monde est là. Moi, général de

Gaulle, actuellement à Londres, j'invite les officiers et les soldats français, qui se trouvent en territoire britannique ou qui viendraient à s'y trouver, avec leurs armes ou sans leurs armes, j'invite les ingénieurs et les ouvriers spécialistes des industries d'armement qui se trouvent en territoire britannique ou qui viendraient à s'y trouver, à se mettre en rapport avec moi. Quoi qu'il arrive, la flamme de la résistance française ne doit pas s'éteindre et ne s'éteindra pas. »

Ces paroles trouvèrent un écho immédiat chez Vladimir qui refusait de ployer l'échine devant l'envahisseur. A Londres, il pourrait se rendre utile… Et subvenir aux besoins de sa famille puisque son associé lui fournirait du travail. Restait à convaincre Nicole. Etait-elle prête à abandonner son atelier de reliure ? D'autant qu'il ne fallait pas perdre de temps ! Le Premier ministre britannique le conforta dans sa décision quand, le 3 juillet, la Royal Navy attaqua la flotte française dans la rade de Mers el-Kébir. Craignant que la France ne finisse par livrer sa flotte au III^e^ Reich – ce qui aurait remis en cause la suprématie maritime anglaise et fait courir un péril mortel au Royaume-Uni –, Winston Churchill avait ordonné le bombardement des navires après l'expiration d'un ultimatum.

Geneviève et Henri furent horrifiés par la nouvelle. Ils ne plébiscitaient pas Pétain. Loin de là ! Mais que des bateaux français fussent détruits par leur allié historique était, pour eux, inacceptable.

Alice songea avant tout à ses gardiens dont le fils servait en mer. Soizic avait beaucoup maigri. Elle en fit la réflexion à Rozen.

— Tant que maman ne saura rien sur Mahé, elle dépérira. Mers el-Kébir n'a rien arrangé.

En revanche, des nouvelles d'Hervé furent transmises par l'un de ses camarades. Blessé à l'avant-bras durant la retraite, il était soigné dans un hôpital de Périgueux. Bientôt, il pourrait rentrer chez lui. Rassurée, Geneviève versa les torrents de larmes qu'elle avait jusque-là contenus.

Alice ne pouvait en faire autant. Nicole était la seule à savoir ce qu'elle endurait et s'inquiétait.

— Si nous arrivons à partir pour Londres, tu seras isolée de tous tes amis. Viens avec nous.

— Qui veillera sur la villa ?

— Soizic et Yann ne le font-ils pas depuis des années ?

— La situation n'est plus la même.

— Il suffit de t'organiser pour qu'ils touchent régulièrement leur salaire.

— Imagine que les Allemands réquisitionnent la maison.

— Ils en préféreront de plus luxueuses.

Nicole marqua un silence avant de reprendre :

— J'ai cru que je ne pourrai pas quitter mon travail. Puis j'ai compris que la liberté exigeait des sacrifices Tu t'imagines sous le joug allemand ?

— Qui nous dit que l'Angleterre ne sera pas envahie ?

— Ses dirigeants ne sont pas du genre à se laisser intimider.

Elles en eurent la preuve quand, à partir du 8 août, Hitler fit traverser la Manche à ses avions… et que la défense britannique en abattit un grand nombre.

Ne trouvant pas le sommeil, Alice se réfugia dans son atelier où personne ne viendrait la déranger. Par la fenêtre, elle voyait la façade de la villa. Eclairée par la lune, elle se découpait sur un ciel laiteux. Depuis seize ans, sa maison lui avait apporté joies et consolations. Dans les plus infimes détails, elle se remémora sa première visite. Pas un instant elle n'avait imaginé qu'elle y habiterait avec celui qui serait devenu son époux. Il y avait longtemps qu'elle n'avait pas senti Louis aussi présent… avec l'impression qu'il lui insufflait du courage et l'aidait à voir clair dans ses choix. Que seraient-ils devenus si un stupide accident ne lui avait pas ôté la vie ? Sans doute auraient-ils rencontré Maximilian, lors d'une régate… Et rien ne serait arrivé. Au lieu de cela, elle avait appris que l'on pouvait aimer à nouveau. Et qu'une relation n'effaçait pas la précédente. A ces deux hommes, elle s'était donnée avec une sincérité, une fougue et une confiance sans réserve. Pour des raisons différentes et dramatiques, ils n'étaient plus à ses côtés et sa solitude était abyssale. Maximilian avait vu juste. Elle l'aimait passionnément et ce qu'ils avaient partagé demeurait intact et lumineux. Mais leurs pays s'affrontaient. De cette situation, il ne résulterait rien de bon ! Comment renouer avec un homme qui avait combattu les siens ? Comment revenir vers lui, et inversement, après tant de tragédies ? En cette nuit particulière, elle admettait qu'ils ne pourraient plus rien poursuivre ou reconstruire ensemble. Cruelle, injuste, infiniment douloureuse, l'évidence fouaillait son cœur. Jusqu'à l'aube, elle demeura dans cette pièce où elle avait créé. Trois jours auparavant, les Allemands avaient réquisitionné la manufacture pour y imprimer leurs tracts. Face au naufrage de tout ce qui avait compté, elle ne voyait pas pourquoi elle s'attarderait dans un pays piétiné. Maximilian ne lui avait-il pas fait promettre de partir quand elle se sentirait en danger ?

En frappant à la porte, Soizic la tira de ses réflexions.

— Madame… Mahé est revenu !

— Mahé ! Quand ?

— Hier soir… On se préparait à dormir.

— Comme vous devez être heureuse !

— Si vous le permettez, j'irai à l'église pour y allumer un cierge.

— Bien sûr. Mais racontez-moi…

Le navire sur lequel il servait avait navigué dans l'Atlantique puis en Méditerranée. Il mouillait dans le port d'Oran pendant l'attaque de Mers el-Kébir.

— Dieu merci, ils n'ont essuyé aucun tir. Et le voilà chez nous ! Démobilisé… Quand vous souhaiterez le recevoir, il viendra vous saluer.

Mahé avait le visage fermé et la démarche lourde. Son regard de marin contenait des colères rentrées et la haine de l'occupant. Durant des mois, il avait joué au chat et à la souris avec les bateaux ennemis. Le temps s'était arrêté quand, sidéré, il avait appris l'armistice et sa prochaine démobilisation. Certes, il était heureux de revoir sa femme et ses enfants… Mais comment supporter la cohabitation avec les Boches ? Plusieurs mois avant la déclaration de guerre, il avait arrêté de commercer avec l'Europe du Nord pour revenir à la pêche. Ses deux bateaux étaient prêts à reprendre du service. Dans quelles conditions ? Les Allemands s'étaient positionnés sur toute la côte ouest du pays. Inquiets d'y voir débarquer les Anglais, ils la hérissaient de pieux et la truffaient de mines. Naviguant depuis son plus jeune âge dans des eaux dont il connaissait chacun des récifs, îlots, courants et périls, ce dispositif ne l'intimidait pas. En revanche, il en suivait avec attention la progression.

Dinard vit revenir ses soldats démobilisés. Certains étaient valides. D'autres avaient été blessés. Dès son arrivée à la gare, Hervé découvrit l'omniprésence de l'occupant. Ce spectacle infamant avait beau lui avoir été infligé durant son périple, il ne le supportait pas dans un lieu familier. Sans compter cette langue gutturale qui résonnait à ses oreilles ! Avant d'aller chez ses parents, il s'arrêta villa Margarita. A travers le portail, il aperçut les enfants de Vladimir et Nicole qui jouaient aux quilles. Tout semblait tranquille. En lui ouvrant la porte, Soizic poussa un cri de joie. Alertée, Alice sortit du salon et le serra dans ses bras.

— Aïe !

— Pardon ! J'avais oublié ta cicatrice, s'excusa-t-elle. Ta mère sait-elle que tu es là ?

— Pas encore. De sa part, je redoute une déferlante d'émotions.

— Tu as raison !

— Comment va-t-elle ?

— Beaucoup mieux depuis qu'elle a appris que tu allais rentrer.

— Et papa ?

— Il ne décolère pas ! Contre les Allemands. Contre Pétain. Contre les Anglais ! Plus personne n'a grâce à ses yeux.

Devant un café édulcoré et des fruits du verger, il leur fit le récit de sa retraite. L'ennemi sur ses talons, il avait quitté son cantonnement de Roye dans le Nord pour descendre vers Compiègne. Puis il s'était enfoncé vers Tours, Vierzon, Limoges où une balle s'était fichée dans son bras. Durant sa convalescence, il avait réfléchi. Par tous les moyens, il lui faudrait échapper à la chape de plomb qui risquait de paralyser sa carrière pendant des années.

Tant que les Allemands seraient présents, il ne jouerait pas sur une scène de théâtre ou devant une caméra. Pas question d'accepter de travailler avec l'assentiment de l'ennemi. On lui avait parlé de Marseille comme point de départ de certains possibles…

— Où est Vladimir ? finit-il par s'inquiéter.

— Au lit. Avec une jaunisse, lui répondit Nicole. Il ressemble à un citron. Ou à une branche de mimosa !

# 45

Affaibli par la maladie, Vladimir passa la fin de l'été dans sa chambre. Il enrageait de ne pouvoir descendre au salon pour écouter la TSF. Nicole lui montait les journaux, mais il préférait qu'elle lui fît des résumés. Le pilonnage de Londres, le 7 septembre, lui provoqua un électrochoc. Trois cent vingt bombardiers et six cents chasseurs allemands avaient déversé leurs cargaisons sur la capitale britannique, faisant des centaines de morts, des milliers de blessés et causant d'incommensurables dommages. L'Angleterre étant attaquée méthodiquement et dans la durée par Hitler, cette tragédie faisait suite à des raids nocturnes sur des ports ou des lieux stratégiques. Face à ce constat, Vladimir ne considéra plus l'avenir de la même façon.

— Ce serait une folie d'aller là-bas. Nous n'allons pas mettre nos enfants en danger…

— Tu disais qu'ils l'étaient davantage en France.

— La situation s'est inversée. Il vaut mieux attendre.

Nicole hocha la tête. Emmener Natacha et Volodia vers une destination qui ne présentait plus la sécurité s'avérerait criminel.

Ce fut le discours qu'elle tint à Alice qui vit s'écrouler tout ce à quoi elle se préparait. Sans eux, ses plans tombaient à l'eau. Que ferait-elle dans une ville où elle ne connaissait personne ? Personne ? Vraiment ?

— Qu'est devenu David ? demanda-t-elle à Hervé. Tu en as une idée ?

— Il aurait été réembarqué à Cherbourg. Avec son régiment. Et serait à Londres. Mais je n'en ai aucune certitude. Et ce qui se passe en Angleterre n'est pas de nature à me rassurer. Même s'ils ont raison de ne pas céder !

— Tu n'as jamais pensé à fuir ?

— Bien sûr que si. J'ai des points de chute à New York... Et il existe des bateaux qui font la traversée de Marseille. Mais il faut obtenir un visa. Etre inscrit sur une liste. Les gens en danger sont prioritaires. Ce qui n'est pas mon cas.

— Pourquoi pas l'Angleterre ? avança-t-elle.

— C'est impossible !

— Nous n'en sommes pas loin.

Il la regarda comme si elle avait perdu la raison avant de rétorquer :

— Aucune zone maritime n'est plus gardée. Et la circulation des bateaux est quasi interdite.

... Sauf pour une pêche contrôlée et surveillée ! Ce qui conduisit Alice vers Mahé qui partait régulièrement au large avec ses filets et ses casiers. Avec lui, elle pouvait parler sans filtre. Il ne répéterait leur conversation à personne.

Le sachant en visite chez ses parents, elle guetta sa sortie puis le rattrapa alors qu'il descendait vers le quai.

— Mahé... Je voudrais te demander un conseil. Qui devra rester entre nous.

A l'inverse de ce qu'elle avait imaginé, il ne montra pas d'étonnement quand elle lui révéla son projet. A croire qu'elle n'était pas la première !

— Est-ce déraisonnable de vouloir traverser ?

— D'autres l'ont fait ! Et sont arrivés à destination. Il faut juste choisir le bon bateau et le bon moment. C'est devenu plus dur avec le survol des bombardiers allemands.

— Mais c'est possible ?

— A condition d'être patiente. Vous seriez seule ?

— Avec Hervé.

— Ce passage ne se fera pas avec moi. Mais je connais quelqu'un de sûr... Quand les circonstances seront favorables, il vous restera peu de temps pour vous préparer.

— Les dés sont jetés, annonça-t-elle à Hervé. Tu es toujours d'accord ?

— A condition que le plan soit sérieux.

— Le risque existera. A toi de le courir ou pas.

En prononçant ces mots, Alice s'en remettait au destin. Elle aurait pu continuer de vivre comme aujourd'hui, mais ne s'en sentait plus la force. Comment assimiler, jour après jour, Maximilian avec l'envahisseur honni ? Comment continuer de penser à lui sans éprouver de la culpabilité ? Pour sa survie mentale, la distance devenait nécessaire.

— Je partirai avec toi, s'engagea Hervé.

— Alors, mets tes affaires en ordre...

Ce qu'elle fit, elle aussi, en avertissant son entourage qu'elle passerait l'hiver à Paris où on lui proposait du travail. Seule Nicole connaissait la vérité.

— Je te laisserai de quoi payer les gardiens et l'entretien de la maison. Restez-y autant que vous le souhaiterez.

Dans le jardin, l'automne commençait à roussir les végétaux. Alice se souvint de Maximilian cherchant un trèfle à quatre feuilles. A son tour, elle s'agenouilla sur la pelouse. Mais n'eut pas plus de chance que lui.

Au mois d'octobre, Mahé apporta du poisson à l'improviste.

— J'ai réussi à mettre ces maquereaux de côté, dit-il à sa mère.

— Avec les Allemands qui prennent tout... c'est un tour de force.

Officiellement, la pêche était interdite. Dans les faits, l'occupant l'autorisait pour ses besoins personnels. Il pouvait sortir en mer pendant la journée...

Et, parfois, naviguer plus de vingt-quatre heures avant de rentrer au port avec son butin.

Alors qu'il repartait, il fit signe à Alice de le rejoindre.

— C'est pour après-demain soir. Rendez-vous à huit heures.

Il indiqua une crique connue de quelques initiés. Eloignée de l'embouchure de la Rance et de Saint-Malo où grouillait l'ennemi, elle n'était pas surveillée. D'autant que des rochers rendaient son accès difficile.

En contenant sa nervosité, Alice annonça à la cantonade qu'elle allait prendre un train pour la capitale. En revanche, tout le monde ignorait que, juste après son départ de la villa, Nicole emprunterait une bicyclette pour aller chercher des médicaments à la pharmacie... Qu'elle l'abandonnerait dans un recoin... Puis rentrerait à pied et raconterait qu'on la lui avait volée. Jusqu'à l'arrivée d'Alice en Angleterre, ses proches devraient ignorer la vérité. Nicole la révélerait aux gardiens et aux parents d'Hervé quand la traversée serait terminée.

Durant sa dernière matinée à Dinard, Alice tenta de garder la tête froide. Dans quelques heures, les dés seraient jetés. Si elle savait ce qu'elle quittait, elle ignorait tout de l'avenir. Parviendrait-elle à destination ? Serait-elle arrêtée ? L'accepterait-on en Angleterre ? David se trouverait-il à Londres pour les héberger ? Ces questions la taraudaient.

En prenant congé de ses amis et de Soizic, elle eut le cœur gros. Quand les reverrait-elle ?

Après s'être fait remarquer devant la gare, elle alla discrètement récupérer la bicyclette. Au bout de plusieurs kilomètres, elle bifurqua vers un sous-bois où il n'était plus possible de rouler, l'enfouit sous des feuillages et descendit à pied jusqu'au rivage. Arrivée en avance au lieu de rendez-vous, elle s'assit dans l'anfractuosité d'un rocher. La mer était houleuse, mais pas menaçante. En revanche, les nombreux récifs ne facilitaient pas la navigation. Devait-elle s'appesantir sur cette question ? Mahé était trop expérimenté pour prendre des risques qu'il ne contrôlait pas. Au bout d'un moment, elle entendit un bruit de pas. En sortant de son abri, elle découvrit Hervé.

— Personne ne t'a vu ?

— J'ai fait attention.

— Tes parents ne se sont doutés de rien ?

— Ils me croient chez des amis. A Dinan.

Avec le crépuscule, l'air avait fraîchi. Ils sortirent leurs cirés de leurs sacs. Le ciel gris se confondit bientôt avec l'eau. Hormis le roulement des vagues, tout semblait immobile et déserté. Alice aurait voulu fumer une cigarette, mais la restriction de tabac la privait depuis longtemps de ce plaisir. Dans un geste de superstition, elle toucha l'anneau que lui avait offert Maximilian et qui n'avait jamais quitté son doigt.

— Le voilà, murmura Hervé.

— Où ?

— A droite…

En prêtant attention, on discernait un canot. A mesure qu'il se rapprochait, Alice se sentait partagée entre la peur et l'excitation.

— Vite, leur ordonna Mahé.

De l'eau jusqu'aux genoux, ils grimpèrent à bord. Il faisait de plus en plus sombre, mais le marin semblait s'en accommoder. Alors qu'ils s'éloignaient de la crique, Alice se tourna vers le large et aperçut une lueur à peine perceptible.

— C'est votre bateau !

Le canot tanguant de plus en plus, elle avait hâte d'en sortir. Quelques minutes plus tard, ils atteignaient les chalutiers. Deux hommes se trouvaient à bord de celui où ils se hissèrent.

— Je vous laisse, annonça Mahé avant de rejoindre sa propre embarcation.

Alice et Hervé furent poussés vers une cabine. Puis le moteur se mit à tourner. Pendant que le plus âgé des pêcheurs manœuvrait, le plus jeune leur versa un cordial dans un gobelet.

— A la moindre interception, vous vous cacherez au milieu des casiers…

Alice hocha la tête.

— Nous aurons des bancs de brume. La meilleure protection contre les avions allemands ! Si la chance ne nous lâche pas, on débarquera un peu avant l'aube !

# Epilogue

*1952*

De fortes bourrasques de vent soufflaient sur Dinard. Annonciatrices d'une tempête, elles obligeaient les bateaux à ne pas prendre la mer. Un homme déboucha de la rue Levavasseur puis, en s'aidant d'une canne, s'approcha de la villa Margarita. En ce mois de février, les demeures et les jardins alentour semblaient abandonnés. Pas un son ne résonnait, hormis le grincement d'une girouette. Il s'approcha du portail et regarda le nom qui s'inscrivait à côté de la sonnette. *Stevenson*. En observant les lieux à travers la grille, il constata que les volets étaient clos. Alors qu'il semblait perdu dans sa contemplation, un crissement de freins le fit se retourner. Une bicyclette s'était arrêtée derrière lui.

— Monsieur Jager, dit une femme avec hésitation.

En découvrant la gardienne, Maximilian sentit sa gorge se serrer.

— Monsieur Jager, reprit Soizic sur un ton incrédule. Si j'avais pensé vous trouver ! Mais il fait froid. Allons nous réchauffer.

Dans la cour, Maximilian lutta contre l'émotion. Tout était resté à sa place. Après avoir rangé son vélo et sorti des paquets du porte-bagages, Soizic l'invita à la suivre. Ils passèrent devant l'atelier. Autour de la porte, le rosier qu'il avait offert à Alice était toujours là. En boitant, il suivit la gardienne jusqu'à son logement. Dans l'âtre, des braises diffusaient leur chaleur. Elle ôta sa houppelande. Il ne l'avait pas vue depuis près de quinze ans. Elle avait forci. Des cheveux gris encadraient son visage creusé de rides.

— Asseyez-vous, monsieur, proposa-t-elle avant de ranimer le feu.

Il trouva place sur une chaise.

— Est-ce que je peux vous offrir un café ?

— Je ne voudrais pas vous déranger trop longtemps.

Pendant qu'elle s'activait, il sentit grandir son impatience et son appréhension. Qu'était devenue Alice ? Où se trouvait-elle ? Pourquoi le nom de Stevenson avait-il remplacé le sien ? Ces questions se bousculaient dans sa tête.

Dès le début de la guerre, Maximilian avait été enrôlé dans les armées du IIIe Reich. Puis envoyé en Afrique afin d'y défendre les intérêts coloniaux des forces de l'Axe. En Libye puis en Egypte, il s'était battu dans l'infanterie contre les Anglais jusqu'à ce qu'il fût blessé à El Alamein. Après un séjour à l'hôpital, il avait repris les armes en 1943 contre les Français. De victoires en défaites, il avait fini par recevoir un éclat d'obus dans la cuisse et s'était retrouvé prisonnier des Américains pendant trois longues années. Comme la plupart des enrôlés, la guerre l'avait brisé moralement et physiquement. Son soulagement restait de ne pas avoir combattu en France. Ce qui l'aurait désespéré. A son retour en Autriche, il avait trouvé un pays en lambeaux, occupé par quatre puissances victorieuses : l'URSS, l'Angleterre, l'Amérique et la France. Magda, son épouse, était morte. Sa santé précaire n'avait pas supporté les privations d'un conflit qui s'était retourné contre les envahisseurs. Leurs deux enfants l'avaient accueilli comme s'il était un inconnu. Il avait retrouvé le domaine viticole dévasté et sous domination anglaise. Autour de lui, tout n'était plus qu'un champ de ruines. Mais, de ce désastre, Katarina et Gustav étaient sortis indemnes. Pour eux, il décida de reconstruire. Vers qui chercher de l'aide ? Son père avait sombré dans la neurasthénie et un début de sénilité. Ses amis n'existaient plus…

Soizic s'était assise en face de lui. En dépit des circonstances, elle n'en voulait pas à monsieur Jager.

La guerre s'était terminée sept ans plus tôt. A l'inverse de Saint-Malo détruit aux trois quarts par les bombardements alliés, Dinard avait été épargnée. Ce qui n'avait pas été le cas de l'île Cézembre où, après une longue résistance, les Allemands avaient été décimés. Elle constata que les mains de son visiteur tremblaient en tenant son bol. Il avait beaucoup vieilli. Ses traits s'étaient asséchés, burinés. La bouche ne souriait plus. Il y avait du désarroi dans son regard.

— Qu'est devenue madame Favier ? finit-il par demander.

— Elle est vivante.

— J'avais tellement peur d'entendre le contraire. Où est-elle ?

— En Angleterre. Elle habite le Sussex.

— Depuis longtemps ?

— Elle est partie en octobre 1940…

Maximilian apprit qu'Alice et Hervé avaient accosté sur les côtes anglaises après une traversée sans encombres.

— Ils ont bien fait de ne pas attendre. Plus tard, la surveillance et les mines auraient rendu leur fuite impossible, commenta Soizic. Ils ont ensuite rallié Londres et le Général. C'était ce qu'ils voulaient.

Maximilian songea à toutes les questions qu'il s'était posées pendant la guerre et depuis son retour. Alice était-elle restée en France ? Avait-elle choisi de rejoindre sa mère et Mitza en Amérique ? Il n'avait pas pensé à la Grande-Bretagne.

— Madame est devenue traductrice et secrétaire pour la France libre. Monsieur Hervé a travaillé pour la radio. Ils sont revenus à la Libération.

Maximilian écoutait ces informations avec la sensation de rêver. Alice ne faisait pas partie des morts ou des disparus. Elle existait en chair et en os. Depuis qu'ils s'étaient séparés, pas un jour ne s'était écoulé sans qu'elle ne fût avec lui. Il l'avait emmenée partout. Dans les pires moments et dans ceux où il cherchait à se persuader que l'humanité n'était pas aussi monstrueuse qu'elle le laissait paraître. En Afrique, il avait aimé la grande lumière, le désert lorsque les armes se taisaient, la tombée de la nuit sur les dunes. Il aurait voulu lui faire connaître l'ombre des palmeraies, les ruines antiques. Au lieu de cela, il se battait pour des causes auxquelles il n'adhérait pas. Combien de fois avait-il regretté d'être un homme de devoir... De ne pas savoir passer au-dessus du respect et du soutien que l'on devait à sa famille !

— A-t-elle déménagé ? demanda-t-il. Le nom a changé sur le portail.

— Elle revient chaque été.

Maximilian perçut la gêne de Soizic qui, pour donner le change, lui offrit des galettes.

— Et le reste du temps ? insista-t-il.

— Elle a trouvé un travail à Londres. Dans les papiers peints.

Il y eut un silence pendant lequel Maximilian se prépara à ce qu'il allait apprendre.

— Madame s'est remariée, finit par murmurer la gardienne. Il y a deux ans... Elle a épousé un médecin. Le docteur Stevenson. Mais...

Devait-elle ajouter ce qu'elle avait observé ou perçu ? Lors de son retour, Alice lui était apparue différente. En dépit de la liesse générale, elle lui avait semblé ailleurs.

— ... c'est ce qu'on appelle un mariage de raison, reprit-elle. Le docteur est plus âgé. Quand elle l'a rencontré, il était veuf... Père et grand-père.

Un goût de larmes emplit la bouche de Maximilian. Ce qu'il entendait n'avait pourtant rien d'anormal. N'avait-il pas demandé à Alice de ne plus chercher à le revoir ? Ne lui avait-il pas affirmé qu'ils ne pourraient plus partager quoi que ce soit ensemble ? N'avait-il pas renoncé à la rechercher ? Quel visage lui aurait-il montré ? Celui d'un homme mutilé, défait, ruiné... Il avait fallu qu'il vînt à Paris pour que ses résolutions s'envolent. Depuis peu de temps, le commerce du vin reprenait et il s'évertuait à retrouver une clientèle étrangère. Lorsqu'il s'était trouvé au centre de la capitale, il n'avait pas résisté à se rendre place de la Madeleine. Les souvenirs l'avaient envahi avec une telle force qu'il était monté dans un train pour Dinard.

— Est-elle heureuse ?

— Heureuse ? s'interrogea Soizic. Je dirais plutôt... apaisée.

Maximilian s'était tassé sur lui-même. A le voir si désemparé, elle se demanda si elle devait se montrer discrète – comme l'exigeait son poste – ou révéler la vérité. Le dilemme ne dura pas longtemps. Si elle ne parlait pas, elle le regretterait. Cet homme avait été un ennemi de la France, il avait fait partie de ces armées qu'elle avait honnies... Mais il n'était pas que cela ! La guerre était terminée. Elle n'avait pas à pleurer des proches. Mahé avait fait de la résistance, mais il était passé entre les mailles du filet. Aujourd'hui, elle aspirait à un monde meilleur. Afin que ses petits-enfants connaissent autre chose que l'occupation, les privations, les exactions, le bruit des bombes. Dans ce monde, elle devait faire preuve de compassion... En commençant par se montrer franche envers son visiteur.

— Pardonnez-moi si j'outrepasse les règles ! Depuis plusieurs années, j'ai senti que Madame espérait un signe de vous. Vous avez laissé un grand vide dans sa vie.

De nature pudique, elle s'était fait violence pour prononcer ces mots. Mais la réponse qu'ils provoquèrent la récompensa.

— Merci... Ce que vous venez de me confier m'aidera à vivre.

Pour cacher son émotion, Soizic se tourna vers la fenêtre. Dans le jardin, Yann était en train de clouer des planches afin de protéger une baie vitrée contre d'éventuels dommages. Elle entendit que son visiteur se levait.

— Je vais vous laisser. Mais avant... vous allez me faire une promesse.

D'une voix qu'il voulait ferme, il ajouta :

— Jurez-moi que vous ne raconterez pas à madame Favier que je suis venu. Vous m'avez dit qu'elle était apaisée. Elle doit le rester. Vous comprenez ?

Comme elle restait silencieuse, il crut bon d'insister.

— De moi, elle ne sait plus rien. Mon apparition ne ferait que bousculer un début de stabilité.

Avait-il raison de se sacrifier ? Soizic l'ignorait... Mais elle n'avait pas à donner son avis. Aussi s'engagea-t-elle à ne rien révéler.

En franchissant le seuil, Maximilian vit en contrebas le quai de la Perle où tout avait commencé. Ils allaient avoir trente ans et ne savaient pas que le destin les avait liés l'un à l'autre par un ruban invisible. Dans sa poche, ses doigts touchèrent le portefeuille où était rangée la petite aquarelle qu'Alice lui avait offerte et qui ne l'avait pas quitté. Peut-être l'avait-elle protégé durant les combats ou dans ses moments de grand abattement ? En évitant d'être reconnu par le gardien, il retraversa le jardin, actionna pour la dernière fois le portail. Puis il s'engagea dans une rue envahie de brume. Etait-elle réelle ou sa vue se brouillait-elle ?

DU MÊME AUTEUR (*suite*)

*Les Pêcheurs de lune* (Presses de la Cité), roman, 2014
*Ecrits d'amour* (Omnibus), anthologie illustrée, 2015
*Jeux de clés* (Presses de la Cité), roman, 2016
*L'Amour fou à Paris 1920-1940* (Omnibus), album, 2018

www.dominique-marny.com

Club des Amis de Terres de France
12, avenue d'Italie
75627 Paris cedex 13

Composition et mise en pages
Nord Compo à Villeneuve-d'Ascq

MIXTE
Papier
FSC FSC® C003309

Achevé d'imprimer en France par EPAC Technologies

N° d'édition: 4550414311319

Dépôt légal: mai 2019